CW00460133

DANGEROUS WINTER

Reyes & Knight T2

VICTORIA LACE

Ce texte est une œuvre de fiction. Toute ressemblance avec des personnes vivantes ou mortes, des lieux ou des événements réels n'est que pure coïncidence pour laquelle l'autrice décline toute responsabilité.

CHAPITRE 1

Rafael

Une partie de mon job consiste à savoir me taire. J'ai déjà été cuisiné par des flics, et je sais gérer le stress, la pression, les questions insidieuses. Je sais ne pas me perdre dans mes mensonges et garder mon calme. Je sais répondre au jeu du bon et du mauvais flic. Je ne réponds ni aux menaces ni aux injures.

Mais face au docteur Jimenez, je balance tout. Je lui parle pêle-mêle de mon stress à cause de cet enfoiré de Jaime, de mon envie de plus en plus grande de revoir Drake, et de mes douleurs dans la poitrine qui sont revenues. Je confesse tous mes péchés et je demande l'absolution sous forme de petits cachets qui me permettront de traverser l'hiver sans m'écrouler.

— Tout ce dont j'ai besoin, docteur, c'est de

petites pilules magiques qui calmeront ces foutues douleurs, conclus-je.

Le docteur Jimenez, une femme dans la quarantaine bien tassée, est le portrait typique de la latina qui a réussi, avec son tailleur de marque et ses cheveux soignés. Elle me regarde d'un air impassible.

— Est-ce que vous pensez que c'est la solution ? demande-t-elle finalement.

— Non, soupiré-je. Mais si vous en voyez une autre, merci de la partager avec moi. Je me sens coincé.

— Et pourquoi, à votre avis ? Vous étiez revenu de vacances détendu et beaucoup plus serein, n'est-ce pas ?

— Pourquoi ? rétorqué-je avec emphase. Pourquoi ? Parce que les vacances sont finies, voilà pourquoi ! Parce que Jaime se prend pour le caïd depuis qu'il a géré mes affaires pendant deux mois, alors qu'il n'a fait que suivre la feuille de route que j'avais tracée ! Parce qu'il n'arrête pas de faire des allusions au supposé fric de ma supposée petite-amie !

Je dirige un gang du sud de Los Angeles, les *Diego Sangre*, en hommage à mon frère abattu sous mes yeux quand j'avais treize ans. Jaime est mon cousin et mon lieutenant. Il est là depuis le début. Au printemps, quand j'ai eu ces soudaines violentes douleurs dans la poitrine et que j'ai cru que je faisais une crise cardiaque, le docteur Jimenez m'a diagnostiqué un gros stress et des crises d'angoisse et m'a envoyé en vacances dans le Colorado. Ma mission était de me reposer, et de travailler aussi sur le léger problème de ma sexualité. Je suis parti vaguement hétéro, je suis revenu gay, et possiblement amoureux. Bon, d'accord, ce n'est pas tout à fait vrai. Je savais que j'avais un souci avec les filles, que ce n'était pas ma came, même si j'ai été marié. Je savais, plus ou moins, que j'aimais les mecs. J'ai eu confirmation durant mon séjour aux Pins, dans le verdoyant Colorado, et mon premier amant, et unique à ce jour, est un blond aux yeux bleus qui porte l'uniforme de shérif comme personne. Je suis rentré à regret, et Drake et moi on se fait des visios qui sont tellement chauds qu'ils font cramer le Wi-Fi.

Mais les vacances sont finies. Je ne peux pas être gay et chef de gang, parce que ça équivaut à une sentence de mort. Déjà que j'ai des rivaux qui ne demandent qu'à me descendre pour prendre ma place, des flics qui m'ont dans le collimateur, et maintenant Jaime qui veut plus de responsabilités et plus de thunes.

Durant l'été, j'ai aidé Drake à résoudre une affaire d'enlèvement d'une célèbre écrivaine qui séjournait aux Pins, Venus Marie. Elle vit avec son assistante, Naomi, et elle est aussi profondément dans le placard que moi. On a sympathisé et avec ces foutus réseaux sociaux, des photos de nous deux en train de papoter ou de déjeuner ensemble ont fuité. Et aucun de nous n'a démenti, parce que ça nous arrangeait tous les deux qu'on nous croit ensemble. On a gardé le contact une fois rentrés à L.A. et on s'est revus plusieurs fois. Évidemment, chaque fois, j'ai prétendu devant le gang que je baisais la jolie (fausse) blonde, que nous deux c'était chaud, qu'elle, la petite anglo, aimait trop ma (grosse) queue de latino, et toutes les conneries que les mecs racontent entre eux. Mais Jaime a commencé à développer des idées, ce con. Il se dit qu'une écrivaine qui vend des millions de bouquins a forcément de la thune, et que ma petite amie est donc riche, et pourrait vouloir investir dans nos affaires. Non seulement Venus n'est pas ma petite amie, mais même si c'était le cas, il serait hors de question que je l'entraîne dans nos magouilles.

On fait quand même dans la came et les flingues, sans rien déclarer aux impôts, ce n'est pas une activité à proposer à une honnête jeune femme qui écrit de la romance, merde ! Mais Jaime est en boucle là-dessus. C'est ma meuf, donc c'est quasiment mon fric, alors pourquoi je ne lui propose pas de mettre quelques pépettes dans nos affaires ?

— Et qu'avez-vous répondu à votre cousin ? demande le docteur Jimenez.

— Qu'on n'était pas assez intimes pour ça, et ce connard m'a donné des conseils pour tenir « ma femme » et la faire obéir. Ce type vit encore au XXème siècle, du moins dans sa tête.

Jaime joue les coqs de basses-cours, mais il se la ferme quand il se retrouve face aux femmes de la famille, comme Rosa, ma petite sœur, parce qu'elle n'hésite pas à lui remonter les bretelles s'il sort des conneries machistes. Mais à l'entendre, toutes les filles sont à ses pieds et il les mène à la baguette.

— Vous êtes conscient de votre problème, n'est-ce pas ? demande le docteur Jimenez.

Non. Oui.

— Que voulez-vous ? grogné-je. Que je fasse

mon coming-out devant mes hommes ? Pas sûr que j'ai le temps de finir ma phrase avant qu'ils ne sortent leurs flingues pour m'aligner.

Le bon docteur a un sourire maternel.

— Sans aller jusque-là, vous pourriez déjà envisager de travailler sur ce que vous avez appris durant ces vacances. Votre relation avec ce shérif, Drake, vous a plutôt réussi, non ? Vous étiez heureux avec lui.

Un grand sourire s'épanouit sur mon visage. Drake. Mon coup de foudre improbable, mon cowboy tout blond avec qui j'ai pris tant de plaisir, au lit et en dehors.

— C'était une parenthèse, comme toutes les vacances, soupiré-je. Imaginons que mes gars ne soient pas des connards homophobes. Drake est shérif. C'est un ancien du SWAT, bordel ! Nous deux, c'est impossible !

— Pourtant, vous l'aimez ?

Mais ce qu'elle m'énerve à transformer ses affirmations en questions ! Oui, je l'aime. Je crois. Je ne sais pas vraiment. Je n'ai pas été vraiment amoureux dans ma vie, même pas de mon ex-femme, la mère de mon fils. C'est nouveau pour moi, l'amour, ne me bousculez pas.

Mais je crois que je l'aime.

— Ouais. Et alors, ça change quoi ? Tout à coup, le monde devient un arc-en-ciel et on se retrouve à dos de licorne ?

Le docteur Jimenez se met à rire.

— Peut-être pas tout de suite, à moins d'utiliser certaines substances. Mais je vous entends beaucoup vous plaindre de votre cousin Jaime, qui semble être devenu un problème dans votre vie.

Jaime, ma nouvelle épine dans le pied. Je l'avais toujours pensé lieutenant fidèle, mais depuis mon retour, il montre les dents. Il voudrait qu'on s'associe à parts égales dans le gang, parce que Monsieur estime qu'il le mérite après tout le boulot qu'il a fourni cet été. Comme je l'ai dit, il a suivi ma feuille de route, ni plus ni moins. Il n'a pas lancé de nouveau deal, pas prospecté, pas eu d'idées pour accroître notre business. Mais avoir été le boss pendant deux mois lui est monté à la tête, à ce con. Tout ça, c'est la faute de sa nouvelle meuf, une pétasse que j'ai envie de baffer chaque fois que je la vois.

— Je gère, fais-je. Je sais dealer avec ce genre de problèmes. Ce n'est pas le premier à vouloir ma place. Le fait que ce soit mon cousin rend les choses un peu plus délicates, c'est tout. Je ne peux pas le buter de sang-froid pour faire un exemple.

Le docteur Jimenez ne hausse même pas ses sourcils délicatement épilés. Elle sait à qui elle a à faire, elle sait que je ne suis pas un enfant de chœur.

— C'est à vous d'apprendre à gérer vos hommes par la psychologie et la manipulation, sourit-elle.

Mais c'est qu'elle est en train de me dire comment gérer mon gang, la toubib ! Bordel, je suis tombé bien bas.

— J'y travaille, grommelé-je.

— Si vous pouviez faire ce que vous voulez, sans avoir à rendre de comptes à personne, que feriez-vous ?

Je me mets à rire.

— Je prendrais le premier avion pour le Colorado et j'irais hiberner chez le shérif. Ça doit être joli, le Colorado sous la neige.

CHAPITRE 2

Drake

Je déteste cette putain de neige ! J'ai dû apprendre à conduire sur cette saloperie, parce que ce n'était pas évident pour moi. Je ne dis pas qu'il ne neige jamais à L.A., mais la dernière fois c'était en 1962. Il y a de la neige en montagne, bien sûr, mais je n'ai jamais eu à conduire sur une route à peine dégagée, entourée de congères, où ça dérape malgré les pneus hiver. À pied, ce n'est guère mieux. J'ai dû déneiger le petit chemin qui mène à ma maison, et je marche prudemment dans les rues de Green Creek, histoire de ne pas m'étaler sur les trottoirs encore couverts de cette saloperie blanche qui devient de la bouillasse grisâtre avec le temps. Et en prime, ça gèle et ça glisse.

Je n'ai pas envie de me ridiculiser devant mes concitoyens, qui sont tous du coin et ont appris à marcher sur la poudreuse et la glace depuis leur plus tendre enfance. Du coup, j'ai adopté une démarche faussement nonchalante, genre j'ai tout mon temps, alors qu'en fait, je serre les fesses pour ne pas glisser. J'ai mis des grosses chaussures sur des grosses chaussettes, et deux pulls sous mon blouson kaki. Pour la première fois de ma vie, je porte des caleçons longs. Je vous jure que c'est la honte. J'ai l'impression de porter des collants. Je ne sais pas comment font les femmes, ça gratte, ça me colle aux jambes, et ça crée de l'électricité statique avec les poils de mes mollets.

J'ai le nez rouge, les lèvres gercées et les mains gelées malgré mes gants. Il vaut mieux que je n'ai pas à dégainer et à tirer, parce qu'il faudrait d'abord que je me dégèle les doigts sur une source de chaleur.

Je dors avec le chauffage allumé, un monceau de couvertures et un vieux jogging épais assorti d'un sweat qui a fait hurler Rafael de rire lors de notre dernière visio. Lui était en caleçon, ce connard.

Le seul qui se réjouisse de ce froid et de cette neige, c'est Mutt, mon golden retriever. C'est une victime des vacances de septembre. Je l'ai trouvé dans la forêt qui borde la résidence des Pins. Il errait, complètement paumé, et cela n'a pas été très compliqué de comprendre qu'il avait été abandonné. Je me suis trouvé nez à nez avec lui en faisant mon jogging. La dernière fois que j'ai fait une rencontre intéressante, c'était avec Rafael, cet été. Là, c'est un chien, un beau mâle couleur sable. Il s'est arrêté net, la patte avant en l'air, indécis. On s'est regardés, et puis Mutt est venu me renifler. Comme il n'avait ni collier ni tatouage, je l'ai emmené avec moi au poste. Il n'a pas été très bavard, et je n'ai pas eu le cœur d'appeler la fourrière, alors je l'ai gardé provisoirement. Il avait une plaie à la jugulaire, là où devait se trouver sa puce d'identification. Ses maîtres ont dû la faire sauter parce que le chien les gênait pour leurs projets, probablement des vacances dans une résidence qui n'accepte pas les chiens.

J'ai mis des photos sur les sites dédiés aux animaux perdus dans le coin, mais naturellement, personne n'a réclamé ce brave chien. On a pris nos habitudes. Je lui parle de ma vie, de mes soucis, de Rafael, et il me répond en me bavant dessus et en me léchant les mains. On s'entend bien. Il y a une semaine, j'ai rempli les papiers qui font officiellement de Mutt mon chien. C'est devenu la mascotte du poste. Il a même son collier personnel avec une étoile, histoire que le délinquant de base sache à qui il a affaire. Mutt n'est pas agressif pour un cent, il est plutôt du genre affectueux qui vous lèche et perd ses poils comme ce n'est pas permis. Il dort au pied de mon lit.

Et là, il fonce tout droit dans la neige en soulevant des nuages de poudreuse. Il est fou de joie, se roule dedans, dévale les pentes à toute allure, et vit sa meilleure vie pendant que j'avance misérablement à sa suite.

Je finis ma tournée par les Pins, que Crystal et Hank sont en train de fermer. Ils rouvriront juste avant les fêtes de fin d'année pour accueillir les touristes, mais pour l'instant, c'est rideau et un repos bien mérité pour eux. Naturellement, Crystal se plaint que la saison a été catastrophique, mais je sais par Hank qu'ils ont fait un bon chiffre d'affaires malgré la situation, entre pandémie qui a des sursauts et situation économique bien plombée par la crise.

Je suis nostalgique de cet été et de la présence de Rafael. Cet arbre-là, dont les branches croulent sous la neige, c'est celui qu'il a boxé pour évacuer sa frustration. Ce chemin, on l'a remonté ensemble après avoir constaté la disparition de Venus Marie.

Je suis en train de virer vieux con nostalgique. Je vais revoir Rafael pour le Nouvel An, lorsqu'il viendra passer quelques jours aux Pins. Je lui apprendrai à skier, comme j'ai moi-même appris à le faire l'hiver dernier. Là, j'aime bien la neige, je retrouve même les sensations du surf. C'est sur les trottoirs gelés que ça me pose problème.

Mutt finit de faire le fou lorsque nous sortons du bois. Je redescends jusqu'à ma voiture de patrouille et il grimpe à l'arrière, trempant la banquette réservée aux suspects avec ses pattes dégoulinantes. Je me débarrasse de mes gants, de mon bonnet doublé polaire, de ma deuxième écharpe et je pousse le chauffage à fond en tortillant mes orteils dans mes chaussettes de grosse laine.

— Tu vois, mec, ça, c'est le bonheur. Ne plus avoir froid, dis-je à Mutt qui s'étire et s'en fout.

Mon portable carillonne et je lâche une bordée de jurons parce qu'il est au fond de la poche de mon blouson et que je n'arrive pas à l'attraper, engoncé comme je le suis. Je dois me coucher sur le siège passager pour l'attraper du bout des doigts. C'est un numéro de L.A., mais ce n'est pas Brody. Mon ancien lieutenant m'appelle régulièrement pour me demander quand je rentre reprendre ma place au SWAT, et je réponds chaque fois que je n'ai pas l'intention de revenir. Depuis quelques semaines, Brody me fait chier chaque fois en me parlant du soleil qui brille et de la douce chaleur qui règne sur la ville pendant que je me les gèle. La dernière fois, il m'a carrément dit qu'il avait les doigts de pied en éventail au bord de sa piscine. Il n'a pas de piscine.

— Ouais, grogné-je.

— Drake Knight ?

Je connais cette voix. Je ne la connais que trop bien. J'espère me tromper.

— Oui ?

— Capitaine Williams.

Williams est mon ancien chef. Il m'appelle sûrement pour me demander de revenir. C'est tout.

— Monsieur ?

Dis-moi que tout va bien. Dis-moi que tu m'appelles pour prendre de mes nouvelles.

— J'ai une mauvaise nouvelle à vous annoncer, Knight. Le lieutenant Brody a été tué durant une mission hier après-midi.

Ma gorge se serre. Mon cœur descend dans ma poitrine. Brody. Brody est mort. Mon cerveau a du mal à traiter l'information.

Putain.

— Comment est-ce que cela s'est passé ? demandé-je.

— Brody poursuivait Guerrero. Il a voulu le suivre dans le saut d'un toit, et il s'est blessé. Il était à terre. Guerrero est revenu sur ses pas et l'a tué à bout portant.

Les images s'impriment dans ma tête. Je vois

Brody se viander en tombant d'un toit, se retrouver au sol, la jambe douloureuse, et pensant que Guerrero va encore lui échapper. Et puis il le voit se retourner, revenir vers lui, le flingue brandi. Et comprendre qu'il va le tuer. Qu'il va mourir au sol, comme ça, comme un chien.

— Vous êtes toujours là ? demande Williams.

— Oui, mon capitaine. Et Guerrero ? Il a été arrêté ?

— Non. Il a pu s'enfuir.

Je serre les poings. Ce fils de pute s'en est sorti, comme d'habitude.

— L'enterrement a lieu après-demain, m'informe Williams.

— Je serais là. Je vais prendre le premier vol.

Je n'ai même pas à réfléchir. C'est l'évidence pour moi.

— Comme j'ai pensé que vous diriez cela, j'ai pris la liberté de vous réserver un vol demain matin.

— Merci, capitaine.

— Comme vous aurez un peu de temps avant l'enterrement, j'ai pensé que vous et moi pourrions prendre un verre, poursuit Williams.

— Oui, Monsieur.

Il me demande mon nouvel e-mail pour m'envoyer les références de mon vol, et raccroche. Je reste dans la voiture surchauffée, avec Mutt qui s'est endormi sur le siège arrière, inconscient de la catastrophe.

CHAPITRE 3

Rafael

Le bilan n'est pas mauvais, et je fais part de ma satisfaction à mes hommes.

— On a bien bossé, dis-je en sifflant mon verre de tequila. Mais il ne faut pas se relâcher, les gars. On doit continuer à mettre la pression à ces salopards de *Locos*.

Les *Locos 13* sont le gang rival du nôtre. Nos territoires se jouxtent et s'entremêlent, et il y a souvent des incidents entre nos hommes. Ces derniers temps, ça s'est un peu calmé, et en bon parano que je suis, je me demande pourquoi c'est aussi paisible et ce que le camp adverse prépare.

— Ils nous proposent une alliance, intervient brusquement Jaime.

Un grand silence tombe sur la tablée. Nous sommes sept, un bon chiffre pour un superstitieux, tous plus ou moins cousins de cousins, tous des mecs, tous plus *bad ass* les uns que les autres. On a tous des couilles et des flingues, et on tient à ce que ça se sache. Alors que Jaime nous sorte une information dont il ne m'a pas fait part avant de l'exposer en réunion, ça jette un froid. Tout le monde nous regarde alternativement, pour savoir si j'étais au courant, et j'ai beau avoir ma *poker face*, je suis surpris. Je fais un signe de tête à Jaime, comme si j'étais au jus.

— Explique-leur, dis-je.

Je contrôle ma voix. Ça se réglera en coulisse. Cousin ou pas, Jaime va entendre causer du pays. Il aurait dû me parler avant d'une possible alliance au lieu de balancer ça en pleine réunion devant tous les lieutenants.

— Les *Locos* ont accueilli un nouveau membre, commence Jaime d'une voix nerveuse. Le mec s'appelle Guerrero, et je suppose que vous avez déjà entendu parler de lui.

Tout le monde hoche la tête. Guerrero est soit un héros qui bute du flic, soit un putain de psychopathe qui fait passer ses besoins meurtriers pour de l'héroïsme. Buter un flic, ça vous pose son homme dans les gangs, du moins si on ne se fait pas prendre. Drake m'en a parlé, c'est à cause de lui qu'il est parti dans le Colorado. Mais même avant, j'avais ma propre opinion sur Ernesto Guerrero (son vrai nom, tout le monde s'attend à ce qu'un jour il rajoute « che » entre son nom et son prénom). Ce type est un malade mental, un tueur qui aime donner la mort, et il est dangereux.

— Le chef des *Locos*, Morales, est une petite bite, mais ça, tout le monde le sait. Du coup, Guerrero le fait manger dans sa main, explique Jaime. Et il a des projets. Créer un grand gang sur toute la zone, avec une direction centrale des chefs de gangs, pour être plus efficace contre les flics et la racaille *negra*.

C'est un mot que je n'aime pas et que je ne veux pas que mon fils emploie. Mais si je dis ça, c'est moi qui vais passer pour une petite bite. Un bon chef de gang est machiste, homophobe et raciste. Putain, je ne suis pas sorti des ronces, moi.

— Et il veut qu'on en fasse partie ? demande Lopez en s'adressant à moi.

Je ne risque pas grand-chose à dire oui, aussi hoché-je la tête, même si je n'en ai pas la moindre idée.

— Et tu en penses quoi ? demande DeLéon.

C'est un cousin issu de germain, et l'un des rares à penser avec sa tête et non avec ses *cojones*.

— Pour l'instant, rien, réponds-je. Je voulais vous en parler, histoire que vous soyez au courant. Il faut d'abord que je tâte le terrain, que je vois qui est impliqué, et si c'est bénéfique pour nous ou pas.

Mieux vaut faire comme si tout cela venait de moi, et non pas de cet enfoiré de Jaime.

— Cela ne peut que l'être, intervient Jaime sans se douter qu'il s'enfonce. Si on se fédère, on sera plus puissants.

— Je ne me rappelle pas t'avoir demandé ton avis, lâché-je d'un ton glacial.

Jaime rentre instinctivement les épaules. Il n'est pas complètement con. Il sait qu'en lançant la nouvelle sans m'en parler avant, ça va barder pour son matricule quand on sera en privé, aussi essaie-t-il d'asseoir son idée, de remporter l'adhésion des autres, avant de me confronter.

— Je disais ça juste pour le bien du gang, fait-il d'une voix déjà moins assurée.

— Le bien du gang, c'est moi que ça concerne. Au cas où tu ne l'aurais pas remarqué, on n'est pas une démocratie. Je décide, vous exécutez, les mecs. Si ça ne vous va pas…

Je sors mon flingue et je le pose sur la table avec un claquement sec. Tout le monde se recule aussitôt, et les protestations d'allégeance fusent, y compris de Jaime, qui comprend qu'il est allé trop loin.

— Désolé, *jefe*, fait-il. C'est toi le boss.

Ouais. Il ne faudrait pas qu'il l'oublie.

— En attendant, on fait comme d'habitude avec les *Locos*, dis-je en me levant et en récupérant mon feu. Au turf, les gars, on ne va pas devenir riche en se branlant.

J'attends que les gars soient sortis, en retenant Jaime d'un regard. Lorsque nous sommes seuls, je ferme la porte et je tire une chaise loin de la table.

— Assieds-toi, cousin, dis-je.

— Je peux…

— Assis !

Jaime s'exécute. Je me place derrière lui, et je mets mes mains sur ses épaules, en appuyant un peu, histoire qu'il sente le poids de ma colère.

— Depuis quand tu prends des décisions pour le gang sans me consulter d'abord ? demandé-je à voix basse.

— Je n'ai pris aucune décision…

Ma main s'envole une fraction de seconde pour lui claquer la nuque, avant de se reposer sur son épaule. Jaime commence à transpirer. Il comprend qu'il est allé trop loin et que je suis très, très en colère.

— Écoute, mec, je te jure que ce n'est pas pour prendre des décisions à ta place ! s'écrie-t-il. C'est juste venu dans la conversation. Lupita est la cousine d'un des *Locos*.

— Lupita, soupiré-je. Toujours Lupita. Dis-moi, cousin, depuis quand Lupita a une place à cette table ?

Je désigne du menton la table de réunion que nous venons de quitter.

— Elle a de bonnes idées pour une fille, plaide Jaime. Si on s'alliait avec les *Locos*, on n'aurait plus de soucis de guérilla dans le secteur et on pourrait redéployer nos effectifs dans…

— Regardez-moi ça, le coupé-je d'un ton sec. Monsieur Jaime a des visions d'avenir. Monsieur Jaime remet en question ma gestion du gang.

— Non, pas du tout, je t'assure ! Mais les *Locos* et Guerrero, ça peut être un ticket gagnant.

— Un ticket gagnant pour perpète à San Quentin, ouais, rétorqué-je en le lâchant pour venir me mettre face à lui. Écoute, cousin, je vais te le dire gentiment parce que nous sommes de la même famille. Guerrero, c'est une merde. C'est un putain de taré qui bute des flics pendant qu'il s'astique le manche. Tu sais ce qui va se passer la prochaine fois qu'il en descend un ? Ces messieurs vont nous mettre la pression, multiplier les patrouilles et nous arrêter au moindre prétexte. Genre tu traverses en dehors des clous, hop, au poste ! On a déjà connu ça, tu te rappelles ? Ce n'était pas bon pour les affaires. Alors oublie les *Locos* et Guerrero.

— Comment tu sais que Guerrero est un psycho ? Tuer des flics, c'est bien, non ?

Dans la rue, c'est plutôt vu comme un exploit. Mais cela n'a jamais été ma conception de la vie. Je veux faire du business, pas aligner des types et me retrouver sur la chaise électrique. Tuer ne me fait pas bander.

Et depuis que je connais Drake, je suis hyper content qu'il se les gèle dans le Colorado au lieu d'être ici, dans la rue, où c'est chaud.

— J'ai mes sources pour Guerrero, fais-je d'un air entendu. Les flics ont un dossier sur lui. Il est complètement taré et dangereux. Il est hors de question que je m'allie avec un type pareil. Tu sais pourquoi on est encore en vie, Jaime ?

— Parce qu'on est les meilleurs ?

— Parce que je dirige ce gang avec ma tête, pas avec ma queue, répliqué-je. Alors que tu vas dire à ta Lupita qu'ici, une place à cette table, ça se mérite, et ça ne s'obtient pas en suçant comme une pro.

— N'insulte pas ma meuf, OK ? s'insurge Jaime, prêt à se lever.

Je me penche vers lui, les yeux durs. Il commence à me faire chier avec sa Lupita.

— Tu vas tenir ta gonzesse et arrêter de croire tout ce qu'elle te raconte. Si tu veux partir et fonder ton propre gang, tant que tu le fais loin d'ici, tu es libre. C'est ce que tu veux ?

— Non, bien sûr que non !

Il sait qu'il n'en est pas capable.

— Alors, tant que tu restes dans les *Diego Sangre*, tu m'obéis. Parle à ta meuf et dis-lui de se tenir tranquille. Parce que la prochaine fois, c'est moi qui vais lui parler, *comprende* ?

Jaime hoche la tête.

Mon portable buzze et je regarde le message. C'est Drake. Son ancien lieutenant s'est fait descendre par Guerrero et il vient à L.A. pour l'enterrement. Il ne dit rien d'autre.

Je relève les yeux vers Jaime qui n'a pas osé bouger.

— Ton Guerrero a descendu un flic hier, dis-je. De sang-froid. Un lieutenant. Je ne te raconte pas comme ça va grouiller de putains d'uniformes dans le coin. Tu veux toujours t'allier avec lui ?

CHAPITRE 4

Drake

La première chose que je fais en arrivant à l'hôtel, c'est de me foutre à poil et de prendre une douche tellement je transpire. Un an dans le Colorado, et j'avais oublié les températures printanières qui règnent à L.A. en cette saison. Je mets un jean propre, une chemise et une veste, et je remonte dans ma voiture de location direction le domicile de feu Brody. J'ai le cœur lourd comme une pierre.

Brody était mon mentor et mon ami. Quand je suis entré au SWAT, il était déjà un ancien et il m'a gentiment bizuté et guidé durant mes premiers mois, me donnant les astuces et les trucs des pros pour faire du bon boulot. Tandis que j'étais occupé avec ma vie sentimentale, Brody a bossé pour passer l'examen de lieutenant et monter en grade, mais on a gardé cette même relation. Il avait une quinzaine d'années de plus que moi. Savoir que ce fils de pute de Guerrero l'a assassiné de sang-froid me fout en rage. Ce psychopathe mérite une couchette à San-Quentin pour le reste de sa vie, et c'est seulement parce que je ne suis pas spécialement favorable à la peine de mort que je ne lui souhaite pas l'injection létale. La dernière exécution remonte à 2006, et le gouverneur en poste a mis un moratoire suspensif sur la peine capitale, de toute façon. Une partie de ma rage souhaite que je me retrouve face à face avec Guerrero, flingue en main. Je tirerais sans la moindre hésitation, et si ces putains d'avocats de merde ne me tombent pas dessus, on me donnera une médaille pour ça.

Bordel, je commence à penser comme mon père.

La mort de Brody m'a salement secoué.

Lorsque j'arrive chez lui, une dizaine de voitures sont garées dans la rue. C'est Shonda, sa veuve, qui vient m'ouvrir. À ma vue, ses yeux sombres se remplissent de larmes et elle m'étreint. Sa peau brune a pris une teinte grise et elle a l'air d'avoir vieilli de dix ans. Je murmure les mots habituels, même si brusquement, ils me semblent vides de sens. Oui, je suis tellement désolé pour elle et les petites, j'ai tellement de peine, mais ça ne couvre pas le quart de ce que je ressens. Les petites, d'ailleurs, quatre et six ans, viennent m'accueillir, elles me font des câlins, parce qu'elles n'ont pas revu leur « oncle Drake » depuis un an, à part en visio, mais même elles, si jeunes, ont compris que leur père ne rentrerait plus le soir les border et leur raconter une histoire. Mon cœur se déchire quand je les serre contre mon cœur. Elles vont grandir sans leur père, à cause d'un tueur psychopathe dont la place est six pieds sous terre.

Shonda me guide dans le salon où sont déjà installés quelques visiteurs. Je ne suis pas dépaysé, puisque c'est uniquement l'unité 66, mon ancienne unité, tous en civils, comme moi, y compris le capitaine Williams. Je serre des mains, sans un mot, et on se rassied tous pour boire le café apporté par Shonda. Nous parlons peu, parce qu'il n'y a pas grand-chose à dire, en tout cas pas devant la veuve et les petites. On l'assure de notre soutien, et les autres lui proposent de l'aider pour les petites, pour les garder, pour n'importe quoi dont elle pourrait avoir besoin. Shonda les remercie, les larmes aux yeux. C'est aussi cela, la grande famille des flics. On est solidaires, nos compagnes ou compagnons et nos gosses font partie de la famille, et chacun prend soin des autres. Un flic sait que s'il meurt, les autres seront là pour aider sa famille.

Je me sens brusquement étranger, parce que je me suis barré la queue entre les jambes un an auparavant.

J'ai fui mes responsabilités.

J'attends que Shonda soit monté à l'étage avec les petites, puis je dis brusquement la vérité.

— Guerrero était hors de portée quand j'ai tiré la troisième fois. Je le savais. J'ai tiré par frustration et un gamin est mort. C'est pour ça que j'ai démissionné.

Voilà, je préfère qu'ils sachent.

— On le savait, fait Carmen Sanchez, mon ex-partenaire. Si les caméras ne t'ont pas filmé, elles ont filmé Guerrero. Il était trop loin.

— Vous le saviez ? m'étonné-je. Mais durant l'enquête, vous auriez pu témoigner.

— Et t'envoyer en taule ? riposte Sanchez. Non. Tu as fait ton job. Ce n'était qu'un malheureux accident. On a compris ta démission.

Tous hochent la tête, y compris Williams, ce qui me sidère. Ils savaient, et pourtant ils m'ont couvert. Je ne suis pas sûr de le mériter.

— Le seul coupable, c'est Guerrero, assène le capitaine. S'il ne s'était pas enfui, vous n'auriez pas eu à tirer. Il nous nargue depuis des mois. Et maintenant, à nouveau, il vient d'assassiner l'un de nôtres.

Tous les corps se tendent vers Williams. Ce qui était une visite de sympathie à la famille se transforme en conseil de guerre. Shonda passe la tête par l'escalier, et nous dit de rester aussi longtemps que nous le souhaitons, qu'elle est à l'étage avec les petites. Elle aussi sait ce qu'il se passe dans son salon.

— Je veux que nous coffrions ce fils de pute le plus rapidement possible, dit Williams. Mort ou vif, peu importe. Je veux que ce type paie pour le crime qu'il a commis.

Le rôle de Williams serait de nous apaiser, à nous qui crions vengeance, mais il n'en fait rien et je ne peux que l'approuver. Mon sang bout dans mes veines. Je veux que Brody soit vengé. Je veux que son meurtrier paie pour ce qu'il a fait.

Sur le buffet, une photo de Brody, Shonda et les petites, tout sourire, me rappelle ce qui vient d'être brisé. Brody n'avait jamais tué personne. Il a blessé des criminels en fuite, mais n'en a jamais tué un seul, parce qu'il avait une éthique.

Une éthique qui l'a mené à la mort.

C'est bien joli de dire que tous les flics sont des ripous, des tueurs, des racistes, mais j'aimerais voir certains des journalistes qui hurlent avec la meute sur le terrain, quand le type d'en face vous tire dessus pour vous tuer. Je ne dis pas qu'il n'y a pas de brebis galeuses, même si le ménage est régulièrement fait, mais dans leur majorité, les flics font leur job du mieux qu'ils le peuvent. Ceux dans cette pièce sont un beau patchwork américain, que ce soit par l'ethnie, le sexe, ou même l'orientation sexuelle via ma modeste personne.

J'étais fier d'en faire partie.

J'ai un brusque regret.

Et si je m'étais planté en quittant mon job ? Si j'avais obéi à une culpabilité qui n'avait pas lieu d'être ?

Même Rafael m'a affirmé que c'était un accident.

— Knight, vous êtes celui qui a le plus enquêté sur Guerrero, fait Williams. Pourriez-vous nous aider avec vos connaissances ? Je parle de celles qui ne sont pas dans le dossier. Vos intuitions et vos impressions, les choses que vous n'avez peut-être pas mentionnées, mais qui nous seraient utiles?

— Bien entendu, Monsieur. Les gars, vous savez ce que représentait Brody pour moi. Si je peux vous aider, je le ferais.

— Reviens, dit simplement Sanchez. Reprends ta place.

Tous les regards se tournent vers moi.

— J'ai signé chez les cow-boys, fais-je. J'ai un

contrat. Je me dois de le respecter.

Ils comprennent, mais n'approuvent pas. Pour eux, la mort de Brody remet tout en question. Le lieutenant était aimé et respecté par toute l'unité, et sa mort est prise de façon personnelle. C'est totalement contraire au règlement, mais nous sommes des femmes et des hommes de chair et de sang, pas des robots.

— Le principal problème, c'est que Guerrero est protégé par les gangs, reprend le capitaine. Il n'est affilié à aucun d'entre eux, mais il passe pour un héros parce qu'il allume des flics. De ce fait, dès qu'un des nôtres se pointe, tout le quartier se met en alerte et il est prévenu.

— On pourrait infiltrer l'un de ces gangs, suggère Juan Padilla, un des plus jeunes membres de l'unité.

Il a fait plusieurs missions du genre. Il est de la bonne ethnie, il a grandi dans la rue, et il en possède les codes.

— J'y ai pensé, mais ce serait trop long et trop risqué, le contre le capitaine. D'après mes dernières infos, Guerrero est actuellement hébergé par les *Locos*.

Le nom me fait tilter. Rafael m'en a parlé. Il est en guerre avec eux parce que leurs territoires se jouxtent.

— Ils ne sont pas à côté des *Diego Sangre* ? demandé-je.

— C'est exact, confirme Williams. Vous avez des contacts ?

— Non, pas vraiment, réponds-je, prudent. Laissez-moi un peu de temps, quelques jours, et j'aurais peut-être des infos. Je ne promets rien, mes contacts datent un peu.

De cet été, quand Rafael et moi parlions de nos vies, sans donner trop de détails, mais qu'il me citait parfois des noms de gangs avec qui il était en bisbille.

— Tu restes ici combien de temps ? demande Sanchez.

— J'ai pris trois jours, mais je peux rester un peu plus, dis-je. C'est la morte-saison à Green Creek, tout est enneigé, et mon adjointe peut se débrouiller sans moi. Mais je ne suis pas sûr que la maire soit d'accord. Elle me paie pour que je sois à mon poste.

J'ai des congés à prendre. À vrai dire, j'aurais dû me mettre en vacances en octobre, mais j'ai préféré garder mes jours pour cet hiver, histoire de pouvoir passer un peu de temps avec Rafael. Je pourrais prendre mes jours maintenant et rester ici, à L.A., et aider mes anciens coéquipiers à coincer Guerrero.

Shonda redescend et vient s'asseoir avec nous. Nous l'avons entendu chanter une berceuse à sa plus jeune fille, et elle a les larmes aux yeux. On fait bloc autour d'elle, on l'entoure, et plusieurs parents de l'équipe se proposent pour du baby-sitting, tandis que d'autres lui proposent de venir dîner avec les filles quand elle le veut.

Le capitaine s'excuse, il doit retourner au poste. Avant de partir, il me pose une main sur l'épaule et me propose d'aller boire un verre demain soir, dans le bar où toute l'unité se réunit le vendredi soir. J'accepte d'un signe de tête. Je sais qu'on ne va pas seulement parler du bon vieux temps et de Brody.

CHAPITRE 5

Rafael

Même si je sais pertinemment qu'on ne va pas faire l'amour comme des dingues en guise de retrouvailles, parce que Drake est en deuil, j'ai quand même le cœur qui bat plus vite que la normale lorsque je me pointe à son hôtel. J'ai mis un costard et une chemise en soie noirs, histoire d'avoir l'air sexy. Je me fringue mieux depuis que je suis chef de gang et que j'ai mon propre bar. Ma *street credibility* en a pris un coup, mais j'apprécie les belles fringues et les belles godasses. Quitte à crever d'une balle en pleine rue, autant que ce soit avec classe, comme ça je ferais un beau cadavre.

Je déconne. Je n'ai pas l'intention de crever. J'ai passé l'âge où je sortais mon gun pour tout et pour rien, où je me prenais pour un caïd quand je n'étais encore qu'un petit con avec un flingue trop grand pour lui. Aujourd'hui, j'aime davantage me voir comme un businessman qui fait dans l'illégal. Évidemment Jaime se fout de ma gueule, mais quand tu rencontres d'autres chefs de gangs, parfois bien plus haut que toi dans la hiérarchie, être bien sapé impressionne davantage que si tu t'amènes en jogging et bling bling comme le premier rapper venu. Et puis j'ai envie que Drake me trouve sexy. Au cas où il oublierait que je suis un bad boy, mes tatouages sont là pour le lui rappeler.

J'ai un sac de sport en nylon qui casse un peu le personnage, mais j'ai amené de quoi remonter le moral de mon shérif. Je frappe à la porte de sa chambre après m'être annoncé par message, il m'ouvre et se tient derrière la porte. Je me glisse dans la chambre comme un voleur, et j'ai vérifié une bonne dizaine de fois durant le trajet et sur le parking que personne ne m'avait suivi, qu'il n'y avait pas de mec suspect dans le coin, ou simplement un type qui aurait pu me reconnaître et se demander ce que je foutais dans cet hôtel pour voyageurs de commerce.

Drake verrouille la porte. D'un coup d'œil, je m'assure que les rideaux sont fermés. Puis je le regarde, je le bois des yeux parce que putain, ça fait trop longtemps que je ne l'avais vu qu'en visio. Il est toujours aussi sexy, même avec son hâle qui commence à s'estomper. Il est en jean et tee-shirt du SWAT, ce qui m'a fait sursauter. Une microseconde, j'ai eu le réflexe d'attraper mon flingue. Je suis sur les nerfs, malgré ma joie de le revoir.

Drake m'ouvre les bras et l'instant d'après, nous

nous embrassons comme deux types en train de se noyer et qui cherchent un peu d'oxygène. Sa bouche est brûlante sur la mienne et sa langue me caresse comme dans mes souvenirs. Je l'enlace et je réponds avec fougue à ce baiser, lâchant mon sac. J'en profite pour lui caresser les fesses, toujours aussi fermes, remonter sur ses hanches, vérifier si son dos est toujours aussi musclé. Je finis avec une main dans ses cheveux, toujours aussi doux. Lorsqu'il rompt notre baiser, j'enfouis mon visage dans son cou pour le respirer. Son odeur fraîche m'a manqué.

Il m'a manqué. Je peux me raconter ce que je veux, Drake Knight, shérif, ex-SWAT, compte pour moi.

— Ça fait du bien de te revoir, dit-il d'une voix rauque.

— Pareil.

OK, c'est officiel, je crains. Les premiers mots que je dis à mon boyfriend, le premier, c'est « pareil ». Sérieusement ? Après tous les trucs que je me suis répétés en venant parce que je voulais les lui dire dans l'ordre ? Genre tu m'as manqué comme un dingue, je veux qu'on se revoie avant la fin décembre, et si on partait tous les deux au soleil pour quelques jours ou plus ?

Pareil.

Drake se détache de moi et me sourit. C'est son habituel sourire franc, avec ses yeux qui pétillent, mais il a des cernes et un voile de tristesse sur ses prunelles bleues.

— C'était ton pote, genre ton BFF ? fais-je, un peu maladroit.

— Mon ami, mon mentor, une sorte de grand

frère, soupire Drake.

Je prends mon sac de sport et je l'ouvre. J'en sors une bouteille de tequila et des burritos qui viennent du meilleur vendeur du monde, au coin de la rue où se trouve le salon de Rosa. Tu es prêt à y aller à genoux tellement ils sont bons. Je raconte tout ça à Drake qui sourit. J'ai même pensé aux verres et à du Sopalin histoire qu'on n'en foute pas partout. On se cale sur le lit et j'ouvre la bouteille. Nous trinquons en silence. Drake vide son verre d'un coup et tousse un peu, parce que c'est du raide.

— Elle vient direct du Mexique, dis-je en riant. C'est de la vraie de vraie.

— Ça me rappelle un truc à déboucher les canalisations, rigole-t-il en me tendant son verre.

— Tu es réchauffé ? demandé-je en le voyant tirer sur le col de son tee-shirt.

— Non. Laisse-moi encore quelques jours que tout le froid que j'avais dans les os se soit évaporé. Je ne sais pas comment des gens dotés d'un minimum de bon sens ont pu se dire à un moment que c'était une bonne idée de vivre dans un coin où il fait moins trente en hiver.

— Les mêmes que ceux qui se sont dit que c'était une bonne idée de construire une ville sur une faille sismique ? Dans un coin où il fait quarante en été ? suggéré-je.

— Je préfère crever de chaud que de froid. Au moins, quand j'ai chaud, je mets la clim et je vais prendre une douche. Là-bas, tu peux mettre le chauffage tant que tu veux, tu as toujours froid. Et il faut un vrai courage pour sortir de tes fringues et aller sous la douche, crois-moi.

— Tu sais qu'il te suffirait de revenir ici pour retrouver cette merveilleuse sensation de cuire à l'étouffée en été ? lancé-je.

Drake soupire.

— Vous voulez tous que je revienne, c'est ça ? J'ai revu mon ancienne unité chez la veuve de Brody. Ils m'ont tous dit que je devais revenir, que ce n'était qu'un malheureux accident.

— Des flics sont d'accord avec moi ? Je ne sais pas comment je dois le prendre, souris-je.

Mon cœur bat un peu plus vite. Si Drake revenait vivre ici, on pourrait se voir. Ce serait difficile, il faudrait faire gaffe, mais ça serait tout de même mieux que des branlettes en visio.

— Rafael, je ne sais pas si je vais revenir, mais je pense que je vais rester quelques jours. J'ai des jours de vacances à prendre. Je pourrais les prendre maintenant.

Je prends ma *poker face*, histoire de ne pas montrer à quel point ça me fait plaisir. Drake est sur la même longueur d'onde que moi. On se fait des vacances ensemble. On baise, on parle, on baise à nouveau.

— Je n'ai rien contre, commencé-je.

Mais Drake ne me regarde pas. Il est concentré sur ses pensées.

— Mes anciens collègues veulent retrouver Guerrero et l'arrêter, pour qu'il soit jugé pour le meurtre de Brody. C'est un meurtre de sang-froid. J'ai traqué ce fumier pendant des mois. Brody et moi en savions plus sur lui que tous les autres réunis. Brody n'étant plus là, c'est à moi de prendre le relais. Même si je ne peux pas réintégrer l'unité comme ça, je peux être leur consultant officieux. Mais j'aurais besoin d'une arme, un truc pas déclaré.

Je tombe de mon petit nuage rose et romantique pour affronter la réalité. Drake n'en a rien à faire de passer ses vacances avec moi. Tout ce qui l'intéresse est de venger son ancien lieutenant, et il a besoin de moi pour la logistique. Je fais de mon mieux pour masquer ma déception. Après tout, je peux le comprendre. Lorsque Diego a été tué, je n'avais plus que la vengeance en tête.

— Je peux te fournir un flingue, dis-je. Neuf, non déclaré.

— Merci, je savais que je pouvais compter sur toi.

— Mais tu ne vas certainement pas aller affronter Guerrero tout seul, poursuis-je. Ce type est un taré, tu me l'as dit toi-même.

— Il est protégé par tes vieux ennemis les *Locos 13*.

Les nouvelles vont vite.

— Exact.

— Tu sais tout sur eux. Donc, tu peux m'aider à retrouver ce salaud et à lui faire la peau.

— Doucement, cow-boy. On parle d'un meurtre de sang-froid, là, non ? Tu ne veux pas coincer Guerrero pour l'arrêter, ou le faire arrêter par tes potes, mais pour le buter ?

— Oui.

— OK.

Je comprends son désir. Mais je ne suis pas d'accord avec les risques qu'il va prendre.

— Et tes potes flics, ils en disent quoi ? Parce que ce serait con qu'ils t'arrêtent pour meurtre.

Les yeux de Drake se mettent à briller, bien plus

que lorsqu'il m'a accueilli.

— Ils ne m'arrêteront pas. Ils m'aideront.

Il a grillé un fusible. Je peux le lire dans ses yeux. Il a perdu pied avec la réalité et il est consumé par sa haine. Il m'a dit qu'il était allé voir la veuve de Brody dans l'après-midi et il a bien dû se faire monter la tête par ses anciens collègues. Ajouté à la culpabilité qui le ronge depuis la mort de l'adolescent, il a basculé.

— Tu ne vas pas buter Guerrero, dis-je d'un ton ferme.

Autant l'arrêter tout de suite. Je veux bien lui fournir un flingue, mais je ne serai pas complice de ce qu'il s'apprête à devenir.

— Pourquoi ? s'exclame Drake, se méprenant sur mes réticences. Tu veux qu'il reste en vie après ce qu'il a fait ?

— Je me fous de Guerrero ! C'est à toi que je pense.

— Je te l'ai dit, mes anciens collègues fermeront les yeux.

— Je me fous de ça aussi ! Je ne vais pas te laisser devenir un meurtrier.

— Je vais appliquer la justice !

— Non ! Tu vas abattre un type de sang-froid ! rectifié-je. Une ordure, je suis d'accord. Mais ce n'est pas toi !

— Qu'est-ce que tu en sais ?

Drake s'est levé et il a les poings serrés. Je me redresse à mon tour. J'ai mal pour lui.

— Parce que je te connais, Drake Knight. Tu es un type bien.

Il a un reniflement de dérision.

— Tu me connais mal. Je suis un type qui a buté

un adolescent, je te rappelle.

— Non. C'était un accident. Et assassiner Guerrero ne ramènera ni ce gamin ni Brody. Par contre, toi, ça te détruira.

— Qu'est-ce que ça peut te foutre ?

— Parce que si tu te détruis, tu me détruis aussi !

Nous nous regardons comme deux boxeurs, ou alors comme deux âmes perdues, je ne sais pas trop. Drake va craquer, je le sens. Je lui ouvre mes bras.

— Viens. Tu as le droit de chialer sur mon épaule, tu sais. Vas-y, sors-moi tout ça.

Il n'hésite pas. Il se plaque contre moi, et brusquement, de gros sanglots secs le secouent, jusqu'à ce que les larmes finissent par couler. Je lui caresse la nuque et le dos, comme je fais avec mon fils lorsqu'il explose en larmes. Drake s'accroche à moi et je le soutiens de mon mieux, en lui donnant de petits baisers dans les cheveux. On finit allongés sur le lit, lui dans mes bras, jusqu'à ce que ses larmes se tarissent et qu'il redevienne lui-même.

CHAPITRE 6

Drake

Je ne pleure pas facilement. Ce n'est pas dans mon caractère, et encore moins dans mon éducation. La seule fois où j'ai vu pleurer mon père, c'est lorsque ma grand-mère est morte. Même lorsque ma mère est partie, il est resté stoïque. Mon frère a suivi son exemple, et j'ai fait de même. Que les larmes coulent aussi spontanément sur mon visage, en plus en présence de Rafael, est le signe que je vais vraiment mal.

— Merci, dis-je simplement.

Je reste dans les bras de Rafael. J'y suis très bien. Je m'y sens en sécurité.

— Dis-moi que tu ne vas pas te lancer dans cette histoire, me presse-t-il.

Je ne sais quoi lui répondre. En sortant de ma discussion avec les gars, il me semblait évident que j'allais venger Brody en descendant ce fumier de Guerrero. J'ai aussitôt pensé à Rafael et ses connexions. Il pourrait m'aider. Mais brusquement, je réalise ce que je voulais faire.

Tuer un autre être humain de sang-froid. Être à la fois juge, jury et bourreau. Tout le contraire de mes valeurs, de ce qu'on m'a appris en tant que flic, de ce en quoi j'ai toujours cru.

— Je ne vais pas le tuer, soupiré-je.

— Tu manques de conviction. Qu'en dirait ton daron, s'il connaissait tes projets ?

J'ai un ricanement. Connaissant mon vieux, il me donnerait des conseils pour ne pas me faire prendre et me fournirait un alibi.

— Il approuverait. Il fait partie de la vieille école.

— Évite de me le présenter, je ne voudrais pas qu'il me bute sur un malentendu, réplique Rafael en riant. Bon, qu'en dirait feu ton lieutenant ?

C'est la question à mille dollars, et je connais la réponse.

— Il me botterait le cul jusqu'à ce que je ne puisse plus m'asseoir pendant huit jours, soupiré-je. Mais il est mort à cause de cette éthique. S'il avait tiré sur Guerrero, il serait encore en vie.

— Dans le feu de l'action, d'accord, reconnaît Rafael. Mais de sang-froid ? Genre tu déboules dans la planque du mec, tu vises et tu tires ?

— Ce n'est pas ce que tu as fait avec les assassins de ton frère ?

Je regrette les mots aussitôt qu'ils sont sortis de ma bouche. C'est un coup bas.

Mais Rafael ne le prend pas mal.

— Oui, c'est ce que j'ai fait. Mais il faut que je te fasse une confidence. Ça n'a rien changé. J'ai toujours ce vide dans le cœur depuis la mort de Diego, et je l'aurais toute ma vie. Tuer ces salopards a été ma façon de rendre la justice. Personne ne l'aurait fait pour moi. Personne ne serait venu les arrêter et les juger pour le meurtre de mon frère. C'était à moi de le faire. Toi, tu as tout le LAPD et le SWAT derrière toi. Si Guerrero est capturé, il ira devant la justice et il prendra perpète, si ce n'est pas la chaise électrique.

— Ils n'exécutent plus personne depuis quinze ans.

— Perpète est pire. Ta vie pour toujours entre quatre murs, avec de la nourriture de merde et aucun espoir, ce n'est pas ce que j'appelle une vie. Si j'étais condamné à perpète, je trouverais un moyen de me tuer.

Je resserre mon étreinte.

— Ne dis pas ça ! Si tu étais arrêté, je me démerderais pour te sortir de là.

Les mots ont franchi mes lèvres avant que je réalise ce que j'étais en train de dire. Mais je le pense. Si Rafael se retrouvait au poste pour tous ses trafics, et probablement des crimes dont je n'ai pas connaissance, je ferais tout pour le sortir de là. Parce que je tiens à lui et que je sais qu'il mourrait à petit feu en taule, comme tous ceux qu'on y envoie.

— C'est rassurant, sourit-il.

Il me fait face, la tête appuyée sur son coude. Il me sourit comme un imbécile.

— Alors, comme ça, le shérif est prêt à me faire

évader ? Je dois être un bien meilleur coup que je ne le pensais.

Je rigole à mon tour. Je lui caresse le visage. Il m'a manqué, ce beau salaud. Je repense brusquement à ce qu'il m'a dit avant mon coup d'éclat.

— Tu le pensais vraiment quand tu disais que ça te détruirait ?

Il esquive mon regard.

— Ouais, finit-il par admettre. Je tiens à toi, shérif.

— Pareil.

Il éclate de rire. On se regarde comme ça, parce qu'on sait qu'on est sur la même longueur d'onde.

— Promets-moi que tu ne vas pas faire de connerie, me presse-t-il. Guerrero est dangereux. Ne te lance pas tout seul là-dedans.

— Tu serais prêt à m'aider ? demandé-je, surpris.

Je pensais qu'il suivait la loi des gangs. On peut haïr un type, on ne le livre pas aux flics. On le descend soi-même, mais jamais on ne se compromet avec le véritable ennemi, la police.

— Si ça peut te permettre de rester en vie, je vais bien y être obligé, soupire-t-il. Tu ne voudrais pas laisser ça à tes collègues ? Ils doivent en vouloir, non ?

On aborde un sujet délicat. Je ne suis pas censé parler des projets de mes ex-collègues à un chef de gang.

— Ils en veulent, dis-je prudemment. Guerrero est en haut de leur liste. Mais ils n'ont pas les dossiers que j'ai sur lui, et que Brody avait aussi.

— Alors, contente-toi d'être leur consultant, me conseille Rafael. Envoie-leur ce que tu sais, guideles, aide-les, mais reste dans ton putain de bureau de shérif à te geler les noix dans le Colorado.

— Tu es si pressé que je reparte ? demandé-je.

Il me lance un regard si salace qu'il mériterait d'être menotté juste pour ça.

— Non. Je comprends que ce soir tu ne sois pas d'humeur, mais je ne te laisse pas repartir avant qu'on ait baisé, et plusieurs fois. J'ai besoin de ma dose de blond aux yeux bleus.

J'effleure ses lèvres, mais je ne suis pas d'humeur sexy. J'ai besoin de tendresse, mais je ne suis même pas sûr de pouvoir bander. Rafael le comprend sans que j'aie à le formuler.

— Je peux rester la nuit si tu veux, et on peut juste dormir, tu sais, me dit-il en me caressant les cheveux.

— Personne ne va s'inquiéter ? demandé-je.

Il éclate de rire.

— Mec, je sors sans demander la permission depuis que j'ai huit ans. Il faudra juste que je fasse attention en sortant d'ici demain matin. Je partirai avant l'aube.

— Ça me rappelle nos vacances, souris-je. Tu partais avant l'aube pour regagner ton chalet.

— Pour ne pas te compromettre, Monsieur-je-suis-dans-le-placard.

— Ici, je ne le suis pas, le taquiné-je. Ici, je suis moi-même.

Il détourne le regard. Je l'embrasse sur la joue.

— Je comprends, Rafael. Tu partiras avant l'aube, et on fera en sorte que personne ne te voie.

— Merci.

Il a l'air vraiment soulagé. Évidemment, ça m'amène une foule de questions. Si jamais je décidais de revenir à L.A., que se passerait-il pour nous deux ? Même s'il faisait son coming-out et y survivait, on ne pourrait pas être ensemble. Il représente l'ennemi naturel du LAPD, le chef de gang, le type à abattre parce qu'il a la main mise sur tout un quartier, un *barrio*, et qu'il domine le trafic de drogues et d'armes.

Je pousse un profond soupir. La vie adore me jeter des bonnes choses pour mieux me les reprendre après. Brody était une bonne chose, un pilier dans ma vie, et il n'est plus là. Rafael est une autre bonne chose, même si je ne sais pas encore à quel point, et je ne peux pas envisager l'avenir avec lui, en tout cas pas si l'un d'entre nous n'apporte pas de profonds changements à son existence. Je pourrais démissionner de mon poste de shérif, et revenir ici. Il serait toujours le chef des *Diego Sangre*, et moi ? Je pourrais me reconvertir en détective privé pour gagner ma vie, mais je resterais un flic, et je ne pourrais toujours pas vivre avec un gangster.

Ou alors il pourrait récupérer ses parts dans son gang, encore que j'ignore comment ça fonctionne réellement pour lui, et tout plaquer pour venir dans le Colorado. On lui trouverait un taf, quelque chose dans le business, et je ferais mon coming-out auprès du conseil municipal. Je pourrais même arriver à aimer la neige si Rafael était à mes côtés pour la déblayer.

CHAPITRE 7

Rafael

Naturellement, lorsque j'ouvre les yeux, ce putain de soleil est levé et j'ai mal au crâne à cause de la tequila. Je me redresse, désorienté. Drake dort encore et il a l'air si paisible que ça me fait de la peine de le réveiller, mais il a un enterrement auquel il doit assister. Quant à moi, il faut que je me barre en vitesse, parce que le taf m'attend. Je le secoue gentiment. On s'est endormis sur le lit, sans même le défaire, et on s'est vaguement enroulés dans le couvre-lit. Mes fringues sont froissées. Je les lisse du mieux que je peux. Je n'aime pas être négligé.

— C'est quelle heure ? demande Drake en bâillant.

— Neuf heures du matin. Bordel, je suis à la bourre.

— Je ne savais pas que les chefs de gang se levaient tôt. Je vous prenais plutôt pour des oiseaux de nuit.

— J'ai rendez-vous à onze heures avec l'instit de Filipito, grogné-je. Le temps que je me bouge et que je me change, je serai tout juste à l'heure.

— Ton fils a des soucis ? s'inquiète-t-il, ce qui me fait fondre.

— Non, du moins je ne crois pas. L'instit veut juste nous voir pour faire le point. À vrai dire, je ne sais pas trop pourquoi.

Filipito n'est pas un bagarreur. Il a plutôt un côté charmeur qui lui permet d'obtenir ce qu'il veut avec sa petite bouille d'ange et il le sait. Même ses petits camarades sont sous le charme. S'il pouvait continuer comme ça, ce serait parfait. Je ne veux pas que mon fils suive mes traces. Il fera des études, il ira à l'université ou bien il lancera sa start-up, je n'en sais rien, mais il ne finira pas à dealer de la came et des flingues pour payer les factures. Je me le suis juré à sa naissance. Filipito sera un type bien, qui croisera les flics sans se crisper, parce qu'il sera honnête.

— Il a des bonnes notes ? demande Drake en s'étirant.

— Il est à la maternelle ! réponds-je en riant. Il dessine et joue à la pâte à modeler. Il est bon en dessin, cela dit. Il connaît même déjà ses lettres. Il adore faire semblant de savoir lire.

Ce qui fait que je n'ai aucune idée de ce que l'instit a à nous dire. Elle nous a rassurés dans l'e-mail en nous garantissant que Filipito n'avait pas d'ennuis, mais ni sa mère ni moi ne savons à quoi nous attendre. Quant au principal intéressé, il a ouvert ses grands yeux sombres et a secoué la tête, sans avoir l'air inquiet le moins du monde.

— Je file, dis-je. Je peux te laisser virer les restes de burritos ?

— Vas-y, je vais faire le ménage, sourit Drake.

— Je ne pourrais pas venir ce soir, soupiré-je. J'ai du taf.

— Je dois prendre un verre avec Williams, de toute façon, et avec l'enterrement, je ne serai pas d'humeur à parler.

— Le capitaine Williams ? C'est lui, ton ancien chef ?

Je connais l'homme. Il a grandi dans un quartier proche du mien, mais au lieu de virer délinquant, il a viré flic. Personne n'est parfait.

— Oui. Il veut me parler.

Notre conversation de la veille me revient aussitôt à l'esprit.

— Je veux que tu me promettes de ne pas te mêler de buter Guerrero, dis-je.

— Je te le promets, répond-il aussitôt. J'ai perdu les pédales hier. Merci d'avoir été là.

Je me penche et j'effleure ses lèvres. Je l'embrasserais bien, mais on ne s'est lavé les dents ni l'un ni l'autre, ça risque de finir en grimace, vu les burritos et la tequila ingurgités la veille.

— Les boyfriends sont là pour ça, dis-je d'un ton léger.

— Je vais rester quelques jours. J'ai des congés à prendre. On va pouvoir se voir un peu avant les vacances, finalement.

Je devrais bondir de joie, mais je ne sais pas trop comment réagir. Ici, on est dans ma ville, et même si mon territoire est loin de cet hôtel, ce n'est pas le Colorado. Je suis à la merci de la moindre personne qui me verrait en compagnie de Drake, qui surprendrait un geste intime, et qui irait me balancer au plus offrant.

Drake perçoit mon hésitation.

— Tu es parano, Reyes, rigole-t-il. Sérieusement, il y a combien d'habitants dans cette ville ? Tu crois que tout le monde a les yeux fixés sur le grand Rafael Reyes pour rapporter que c'est un vilain gay ?

Je me détends un peu.

— Être parano m'a permis de rester en vie jusqu'ici, rétorqué-je néanmoins. Tu comptes rester dans cet hôtel ?

— Tu veux m'inviter chez toi ?

Je lève un doigt. Je me vois ramener un blondinet dans mon quartier, et le loger chez moi. Jaime ne mettrait pas deux minutes à découvrir que c'est un shérif, un ex-SWAT, et qu'il est gay. Je serais mort à la troisième minute d'une balle en pleine tête.

— C'est juste que si tu logeais dans un appart, ce serait plus discret, fais-je.

— Au contraire, un hôtel est parfait pour la discrétion, rétorque-t-il. Ici, ça va et ça vient, personne ne pose de questions.

Il a tort et raison. Il n'a pas idée du nombre de personnes qui bossent dans ce genre d'endroits, sont payés au lance-pierre et donc prêts à trahir père et mère pour un peu de fric en jouant les indics auprès des flics, mais le plus souvent auprès des gangs.

— Si tu le dis. On se donne rendez-vous après-demain ?

— Ça marche pour moi. Il faut que je contacte

madame la maire pour demander mes congés, mais ça devrait le faire.

— Les délinquants de Green Creek sont tous suspendus à tes congés, rigolé-je.

— Ne méprise pas mon job, tu veux ? répond-il, faussement offensé. Il y a des voleurs de voiture là-bas aussi, et même quelques dealers.

— Arrête, tu me fais rêver. Je m'implante là-bas, je prends la main sur le business et je deviens riche. Tu crois que Crystal sniffe de la coke ?

Je vois bien la gérante des Pins avec une ligne de coke devant elle. Elle se reculerait comme si on lui proposait du poison. Si Crystal a fumé un joint dans sa vie, c'est qu'elle a vécu le grand frisson. Les Crystal de ce monde ne touchent pas à la drogue. Elles participent à des campagnes de prévention et y entraînent leurs enfants, qui planquent leurs joints en vitesse dans leur chambre.

— Elle picole, répond Drake en haussant les épaules. Je l'ai arrêtée une fois au volant de son 4X4 avec l'haleine chargée. Tout le monde sait qu'elle aime bien lever le coude quand la saison touristique est finie, parce qu'elle s'emmerde avec son Hank et leur ado.

— L'inaction est la mère de tous les vices, dis-je sentencieusement. Du coup, je vais apporter de la tequila premier choix à cette chère Crystal lorsque je viendrai aux Pins pour les vacances. Au moins, elle se soûlera avec un truc de qualité.

— Ça me paraît tellement loin, soupire Drake.

— Nos prochaines vacances ?

— Non, cet été. On était bien tous les deux, tu ne trouves pas ?

— On est passés à deux doigts de se faire tuer par un psychopathe, mais à part ça, c'était chouette.

Des images me reviennent en mémoire. Mon premier coup d'œil à Drake, au bord de l'eau. Dans son bel uniforme de shérif, avec son chapeau incliné sur l'œil, il m'a fait un sacré effet. J'ai su qu'il serait mon premier mec. Je n'avais pas prévu que les sentiments s'en mêlent. Je comptais baiser avec lui, presque cliniquement, pour me prouver que je n'étais pas gay. Résultat, je sais que je le suis, et l'idée que Drake risque sa vie pour venger son lieutenant me rend littéralement malade d'inquiétude.

— J'y vais, dis-je. Ne fais pas de conneries. Va à l'enterrement, rends-lui hommage, et reviens ici.

— Et toi ? Tu vas faire quoi ce soir ? Ton taf ?

Je vais réceptionner de la came brute et l'amener dans un de mes labos. On va faire notre petite cuisine et la dispatcher à nos revendeurs. La routine, sous haute surveillance pour ne pas se faire gruger.

— Juste du commerce, mec. Comme tout bon américain qui se respecte.

Je le laisse avant qu'il ait pu me poser davantage de questions. Je fais gaffe en sortant. La femme de ménage est en train de passer l'aspirateur, et elle a des écouteurs dans les oreilles. Elle ne me prête pas attention. Par prudence, je remonte un peu le col de ma veste. J'aurais dû amener un hoodie, sauf que je n'avais pas prévu de partir aussi tard. Je me glisse dans ma voiture, garée un peu à l'écart, et je m'empresse de sortir du parking pour gagner la prochaine bretelle d'autoroute. Autant disparaître vite, rentrer chez moi, et reprendre le cours de ma vie normale.

J'ai l'impression d'être un agent double.

CHAPITRE 8

Drake

On aurait dit que Rafael s'attendait à ce que les flics et le FBI soient à la sortie de l'hôtel tellement il s'est glissé hors de la chambre avec précaution. Je le regarde partir par la fenêtre, planqué derrière le rideau. Il conduit une voiture banale, une Toyota noire qui irait mieux à un père de famille qu'à un chef de gang. J'ai toujours un peu de mal à assimiler que Rafael est, de fait, un père de famille. J'ai rencontré son fils aux Pins, et le petit bonhomme s'est planqué derrière les jambes de son père, intimidé et vaguement hostile. On leur apprend la méfiance des flics tôt, dans les quartiers comme celui où il vit.

La femme de chambre vient taper à la porte, me demandant si elle peut faire le ménage. Comme je suis encore dans mes fringues de la veille, je lui demande un moment, le temps de prendre une douche. Elle me fait son plus beau sourire, m'assure que ce n'est pas un problème, et on papote un peu, avant qu'elle ne parte vers la chambre voisine. Quand je suis douché, rasé et que j'ai passé des fringues propres, je décide que j'ai envie d'un petit déjeuner au Starbucks du coin et je sors de la chambre. La femme de ménage est au téléphone et parle avec animation, probablement avec son petit ami, à voir son sourire. Elle me fait un signe de tête quand je passe, et je sors dans l'air déjà chaud de cette belle matinée d'automne. Les gaz d'échappement embaument, il y a de la brume, de la pollution et le ciel est d'un gris plombé, mais c'est mon L.A., qui m'a beaucoup plus manqué que je ne veux bien me l'avouer.

Je retombe de mon petit nuage à l'enterrement. C'est mortellement triste. Je me tiens à l'écart. Ce sont les hommes de l'unité qui portent le cercueil de Brody, le capitaine Williams fait un discours émouvant et plusieurs membres de l'unité prennent brièvement la parole. J'ai beau être en uniforme, je ne fais plus partie de leur groupe. J'embrasse Shonda et les petites, je serre la main de Williams et je jette une poignée de terre sur le cercueil de Brody. J'ai la gorge tellement serrée que je suis incapable de parler. Je me barre dès que je le peux, me sentant à la fois très triste et solitaire. Je ne fais plus partie du SWAT.

Le soir, je suis à nouveau en civil, mais avec un jean bien repassé et une veste pour mon rendez-vous avec Williams. Il m'attend au *Yonkie's*, le bar qui est en face du QG du SWAT et qui leur sert de repaire. J'y ai passé d'innombrables soirées et pris de sacrées cuites. Mais à nouveau, j'ai l'impression d'y être un étranger. Les serveurs sont des nouveaux et ne me connaissent pas, le patron n'est pas là, et la disposition des tables a changé. Je me glisse avec peine entre les clients pour rejoindre Williams, qui s'est mis au fond du bar, à une table un peu à l'écart ; je comprends vite qu'elle est devenue son repaire et qu'elle lui est réservée. Le serveur vient prendre ma commande et m'apporte une bière. Williams est lui aussi en civil, mais il porte un costume, comme d'habitude, avec une cravate. Il boit un verre de vin blanc français. Nous parlons d'abord de l'enterrement, nous échangeons des banalités, comme pour refaire connaissance.

— Je veux que vous reveniez, lâche soudain Williams alors que j'entame ma deuxième bière.

Je m'y attendais. Je ne sais pas quoi répondre.

— J'ai signé un contrat avec la mairie de Green Creek, dis-je. Il ne prend fin que mi-décembre.

Williams évacue l'engagement d'un geste de la main.

— Cela peut s'arranger. Sans vouloir vous offenser, Knight, un shérif d'un bled perdu n'est pas difficile à remplacer. Vous avez une adjointe de qualité, Chang, si je ne me trompe pas ?

Il s'est renseigné.

— Exact.

— Alors vous pourriez revenir sans abandonner votre petite ville au crime, ironise Williams. J'ai besoin de vous ici. J'ai besoin de vous pour retrouver Guerrero et l'amener devant la justice.

— Vous voulez vraiment que votre unité l'arrête ou bien qu'il meure durant son interpellation ?

demandé-je abruptement.

Williams a un sourire matois.

— S'il devait être abattu pendant son arrestation parce qu'il menace la vie de l'un de mes hommes, je ferais tout ce qui est en mon pouvoir pour couvrir le tireur. Comprenez-moi bien, Knight. Je crois en la justice de notre pays, mais elle a ses faiblesses, et Guerrero sait les exploiter. Ce psychopathe se présente comme le défenseur des opprimés, des pauvres, des victimes des violences policières. S'il est arrêté, il a une flopée d'avocats en mal de reconnaissance médiatique qui le défendront gratuitement. Vous savez comment ça se passe. Des ténors du barreau qui font acquitter leur client pour vice de procédure ou manque de preuve, qui arrivent à retourner l'opinion des jurés et au final, le meurtrier sort libre et se pose en victime.

Je sais. J'en ai vu plus d'un. Je n'ai aucune illusion sur la justice dans ce pays, surtout dans les grandes villes. Celui qui a de l'argent, même s'il est coupable, sort libre. Celui qui est pauvre prend une peine exemplaire. Je ne peux pas dire que je sois hostile à l'idée que Guerrero soit abattu. Cela épargnera un procès à l'État, et justice sera faite. Ce type a abattu un flic de sang-froid, sous les yeux de mes anciens collègues. Ce ne sont pas des on-dit, mais des témoignages de flics assermentés.

Il est coupable, point barre.

— Qu'attendez-vous de moi, Monsieur ? demandé-je.

— Prenez les congés que Green Creek vous doit, Knight. Si j'ai bien calculé, ça vous couvre jusqu'aux fêtes de fin d'année. Revenez ici en tant que consultant jusqu'à la fin de votre contrat de shérif, puis signez à nouveau au SWAT. Je ferais en sorte que vous puissiez retrouver votre grade, votre paie et votre unité. Vous reprendrez votre vie comme avant que Guerrero la détruise.

C'est tentant, je dois l'avouer. J'aime bien Green Creek, mais professionnellement, c'est une impasse. L'histoire de l'enlèvement de Venus Marie est le genre de truc qui arrive une seule fois dans une carrière de shérif, et encore, si vous êtes chanceux. Le reste du temps, vous le passez à patrouiller inlassablement, faire des rappels à la loi, dresser des contraventions, et arrêter du menu fretin pour ivresse sur la voie publique ou vol de voiture. Ce n'est pas pour cela que j'ai signé chez les flics, au départ.

— Vous en savez plus sur Guerrero que nous tous réunis, reprend Williams. Vous nous serez d'une aide précieuse. Je vous fournirai un badge de consultant et une arme non déclarée, afin que vous puissiez vous protéger le cas échéant. Je ne veux pas vous perdre, Knight. Je veux que vous nous aidiez à coffrer Guerrero. Laissez-nous régler le souci de son arrestation. Après Noël, vous pourriez revenir définitivement à la maison. Qu'en dites-vous ?

Venger Brody, parce que c'est de cela qu'il s'agit, et retrouver l'unité que je n'aurais jamais dû quitter.

Et revenir dans la ville où vit Rafael.

— Laissez-moi quelques jours pour réfléchir, dis-je.

Williams a un petit sourire. Il m'offre une

nouvelle bière. Il sait qu'il a gagné et que je vais accepter.

Lui-même a à peine touché à son verre de vin blanc.

CHAPITRE 9

Rafael

C'est une soirée comme les autres. Je réceptionne de la came, je la goûte, j'apprécie sa qualité – c'est de la pure – et je conclus le deal. Puis je laisse mes hommes se charger de la ramener dans nos locaux pour la mettre en petits sachets d'un ou deux grammes, et une partie sera coupée pour les marchés populaires qui n'ont pas les moyens de se payer de la bonne. C'est la vie de dealer, ma bonne dame.

Un truc m'interpelle, cependant. L'attitude de Jaime. Pendant tout le deal, il est ultra nerveux, ce qui ne lui ressemble pas. Lorsqu'on repart, lui et moi, dans ma caisse, il suggère qu'on aille prendre un verre dans un bar que je connais à peine, en zone neutre (ni mon territoire ni celui d'un autre gang), histoire de discuter.

— Tu veux discuter de quoi ? demandé-je.

— Juste des affaires, mais ce sera mieux autour d'un verre, tu ne crois pas ? Allez, mec, ce n'est pas une bière qui va te retarder, quand même.

— J'ai eu une rude journée, grogné-je.

— Avec l'instit de Filipito ? Il a des problèmes ?

Je sais que son inquiétude est sincère. Il est le parrain de mon fils. Si quelque chose m'arrive, c'est lui qui sera son père. Et Rosa est sa marraine. Le pauvre gosse a intérêt à ce que je survive, parce qu'entre Rosa et Jaime, ça a toujours été chaud, et pas dans le sens sexy du terme. Ils ne peuvent pas se piffer. Leurs caractères sont trop à l'opposé. Je crois que Rosa fait un peu peur à Jaime, comme à nous tous, d'ailleurs.

— Non, ça va, il est juste un peu en avance pour son âge, réponds-je sans rentrer dans les détails. Bon, OK pour une bière, mais après je rentre, j'ai du taf.

Me relaxer un peu autour d'un verre me fera du bien. J'ai eu un sacré choc, ce matin.

J'ai fait un fils surdoué. L'instit de Filipito en avait les yeux qui lui sortaient presque des orbites. Apparemment, mon fils ne fait pas semblant de savoir lire. Il sait lire, et il lit même bien. Il dévore des bouquins pour gosses de sept ou huit ans, et il en redemande. Il sait déjà compter et maîtrise l'addition et la soustraction. Il sait des trucs que j'ignore moi-même, comme les pays dans le monde et leur capitale, parce qu'il y a une grande carte du monde dans la salle de permanence où il attend sa mère le soir. Il a tout mémorisé, ce petit prodige.

Du coup, son instit veut qu'il passe des tests. Rita et moi n'avons pas pondu un génie, mais un gosse qui apprend vite, bien plus vite que les gamins de son âge, et qui sera toujours en avance sur les gosses de son âge. Elle a parlé d'écoles spécialisées pour lui, mais mon ex et moi l'avons freiné tout de suite. On n'a pas les moyens. L'instit est redescendue sur terre le temps de nous dire qu'on pouvait demander des bourses, mais avant tout, elle veut que Filipito passe des tests pour évaluer son QI.

Je suis rentré avec Rita dans mon ex-maison, que je lui ai laissée lors de notre divorce pour que Filipito garde un cadre familier. J'ai acheté un comics pour gosse sur le chemin, et je le lui ai donné. Il s'est jeté dessus, et il a commencé à lire à voix haute. Il a buté sur certains mots, mais globalement, il sait lire, ce petit con. Il sait compter aussi. Je lui dis que j'avais donné dix dollars au marchand pour le comics, qui vaut trois dollars. Il m'a calmement répondu, et sans compter sur ses doigts, qu'il me restait sept dollars, soit de quoi lui acheter encore deux comics et des bonbons.

J'en suis resté comme deux ronds de flans. Rita a étouffé un cri.

— Tu vis avec lui, ai-je murmuré pendant que Filipito lisait le reste du comics. Tu n'as rien remarqué ?

— Non. Enfin, si, mais je pensais qu'il faisait semblant de lire les jeux sur les boîtes de céréales. Oh, mon Dieu, Rafael, qu'est-ce qu'on va faire ?

— Tout ce qu'on peut pour l'aider. Tu as entendu la maîtresse. Il faut l'encourager à lire. Tu vas aller à la librairie et voir ce qu'il y a pour les gosses. Vas-y avec lui. Laisse-le prendre deux ou trois livres qui lui plaisent.

J'ai passé la journée à faire des recherches sur les surdoués, notamment les gosses. J'ai fait un fils bien plus intelligent que Rita et moi. Conclusion, on n'est pas dans la merde, parce que notre petit filou ne va pas tarder à ne plus être à l'aise dans le système scolaire. Déjà, d'après son instit, il a le niveau d'un enfant de CP, voire de CE1.

Il va falloir lui faire passer ces tests, en les lui présentant comme un super jeu. Le fric n'est pas un souci pour ces tests, je me tape des journées de dingue justement pour pouvoir sortir la carte bleue sans souci si mon fils en a besoin. Ce qui m'inquiète, c'est que pas mal de bouquins disent que les surdoués ont du mal à s'intégrer et ne sont jamais vraiment heureux dans la vie. J'ai demandé à Rita si Filipito avait beaucoup d'amis, et elle a eu un sourire un peu contraint. Cette année, il s'est fâché avec pas mal de ses petits copains des années précédentes, parce que d'après lui, ils sont « tous bêtes ». Et du coup, il est un peu seul, même si paradoxalement, il est populaire. Les autres l'aiment bien parce qu'il sait des choses, parce qu'il les aide, mais il a beaucoup moins été invité aux anniversaires que les années précédentes.

— Et pourquoi tu ne m'en as pas parlé, bordel ? ai-je tempêté, toujours à voix basse parce que Filipito a l'oreille fine.

— Parce que ça ne date que de la rentrée, putain ! a rétorqué Rita. Je fais ce que je peux, Rafael ! Mais il a tendance à bavarder de tout et de rien sans jamais me dire qu'il a de moins en moins d'amis.

Je me suis excusé, parce que moi-même je ne m'étais aperçu de rien. Rita n'est pas en faute.J'ai cité les noms des petits copains que je connais, des fils de voisins, mais c'est avec eux que ça coince. Rafael gagne trop souvent dans les jeux, et ça ne plaît pas.

D'après les articles que j'ai lus, du moins les parties que j'ai comprises, contrairement à ce que l'on pensait jusqu'aux années 70 et 80, être surdoué est souvent héréditaire. J'en suis à me demander si Rita ne m'a pas doublé avec un autre mec, parce que je n'étais pas spécialement bon à l'école, même si j'ai eu mes SAT avec un score très honorable, et je ne crois pas que ma mère soit supérieurement intelligente. Évidemment, du côté de mon père, je n'en ai aucune idée. Diego m'a toujours paru intelligent, mais c'était mon grand frère, mon modèle, et il avait sept ans de plus que moi. Ça fausse les perceptions.

— C'est le bar dont je parlais, fait Jaime, me ramenant à la réalité. Il est sympa.

Je gare la voiture un peu à l'écart du bar, je reste un moment à observer les environs immédiats, une vieille habitude, et je repère deux ou trois voitures avec des types qui attendent. Je me tourne vers Jaime.

— OK, c'est quoi le deal ? Qui sont ces types ? Ils attendent qui ?

Mon cousin pâlit un peu et lève les mains en signe d'apaisement.

— Ne le prends pas mal, OK ? Je voulais juste accélérer un peu les choses, et je savais que tu n'irais pas si je te ne poussais pas un peu. C'est Lupita qui m'a suggéré…

Je l'attrape à la gorge. Sa meuf commence à me les briser menu, et je vais aller le lui dire personnellement. En attendant, je veux savoir dans quel traquenard Jaime m'a fourré. Il s'étrangle, cherche à me repousser, et finit par gargouiller que Guerrero est dans le bar et veut juste me parler, amicalement, sans pression.

Je manque de vraiment l'étrangler tellement je suis furieux. J'ai horreur qu'on me force la main. Puis je me dis que rencontrer le tueur de flics moi-même peut aider Drake, et je me calme.

— OK, je vais le rencontrer, dis-je. Mais toi et moi, on va avoir une longue conversation après. Et avec ta Lupita, aussi.

Je sors de la voiture sans gestes brusques, et je rentre tranquillement dans le bar, Jaime sur mes talons. Les types de Guerrero sont descendus de voiture et nous ont suivis, et ils se déploient dans la salle. Je n'aime pas ça du tout. Nous ne sommes que deux, et ce connard de Jaime n'a jamais pensé que ça pouvait être un piège. J'ai un flingue et deux lames sur moi, ce n'est pas avec ça que je vais pouvoir me sortir des ronces si ça se met à canarder.

— C'est une simple rencontre amicale, me répète Jaime.

— Il est où, ton mec ? grogné-je.

J'ai déjà repéré que deux hommes gardent une porte marquée « privé » au fond du rade, dans lequel une clientèle hétéroclite et clairsemée picole avec Shakira en fond sonore. Jaime se dirige vers eux, les mecs me regardent et me font signe. Je m'avance à mon tour. S'ils veulent me fouiller, je repars illico. Mais ils se contentent de me dire que monsieur

Guerrero m'attend et me guident dans un couloir mal éclairé et qui pue le graillon, avant d'ouvrir une nouvelle porte, donnant sur une pièce qui détonne avec le reste. Elle est propre, bien éclairée, quoique sans fenêtres, et même cosy, avec un grand canapé d'angle et une table basse. Un bureau avec un PC portable occupe un autre angle.

Un homme s'avance vers moi. Je n'ai jamais rencontré Guerrero, mais la description correspond assez bien. Il est grand, brun avec des cheveux bouclés et plus longs que ne le veut la mode pour les caïds latinos, et il porte un costume noir de prix, avec une chemise de soie ouverte au col.

Ce que les descriptions que j'ai eues ont oublié de mentionner, c'est qu'il est grave sexy. J'ai la queue qui commence à s'animer dans mon jean. Je lui enjoins de se tenir tranquille et me sens aussitôt mal à l'aise. C'est la première fois que je réagis de cette façon devant un mec complètement inconnu. Guerrero me fait un large sourire, qui dévoile des dents très blanches et me tend la main, que je serre machinalement. Sa poigne est ferme sans être brutale.

— Je suis content de te rencontrer, fait-il en espagnol.

— C'est un plaisir inattendu, rétorqué-je avec un coup d'œil à la porte qui s'est refermée au nez de Jaime.

Guerrero a un petit rire.

— J'avoue que j'ai un peu forcé la main de ton cousin, mais je pense que ce que j'ai à te proposer t'amènera à ne pas le cogner trop fort. Un verre ? Whisky ? Tequila ?

Je prends un shot de tequila, comme mon hôte, et nous trinquons comme deux hommes civilisés. Il y a autre chose qui me contrarie. Guerrero est vraiment bien sapé, tandis que je suis en jean et en hoodie, comme chaque fois que je vais à une livraison de came en personne. Je préfère passer inaperçu, un latino parmi d'autres, la capuche rabattue sur la tête, le visage dans l'ombre. Mais lorsque j'ai des rendez-vous d'affaires, je soigne ma mise. Là, je me retrouve fringué comme un type de la rue face à un mec en costard de qualité. Il a l'avantage, et ça me déplaît.

— Je t'écoute, dis-je en me mettant à l'aise.

Le canapé est en cuir noir. Je rive mes yeux sur ceux de Guerrero. Il a les yeux sombres, presque noirs, et sa peau est plus foncée que la mienne. Il est sacrément séduisant, en tout cas.

— Je suis en train de développer un réseau de gangs, commence-t-il. J'amène de l'argent, des contacts, et la volonté de former un super gang qui pourrait tenir tête non seulement aux grands clans qui dominent le coin, mais aussi aux flics. Je sélectionne soigneusement les chefs de gangs avec qui je m'associe, et tu fais partie de ceux-là.

— Je suis flatté, fais-je ironiquement.

Qu'est-ce qu'il croit ? Qu'il va m'enrôler juste en me passant la brosse à reluire ?

— J'énonce une simple vérité, Rafael. Ton gang marche bien, et vous savez vous faire discret. Aucun d'entre vous n'est en taule. Tu es un businessman, pourrait-on dire.

— Exact. Et ne le prends pas personnellement, mais si j'ai peu d'ennuis avec les flics, c'est parce que je ne tire pas sur eux lorsqu'ils nous pourchassent. Je me carapate, je me planque, mais les psychos qui sortent leur *gun* comme ils sortent leur queue n'ont pas leur place chez moi.

À nouveau, Guerrero se met à rire. Il a un rire agréable.

— Tu fais allusion à ma confrontation avec ce lieutenant du SWAT ?

— Brody. Tu l'as buté de sang-froid. Tu peux être sûr qu'à l'heure où on parle, ses copains sont en train de faire des cartons sur des cibles avec ta tête dessus. Tu n'en sortiras pas vivant. Ils ne vont pas t'arrêter, ils vont te tuer. Alors, m'associer avec un mort en sursis ne me parle pas tellement.

Le sourire de Guerrero s'est figé.

— Qu'est-ce que tu veux dire par « buté de sang-froid » ? J'ai tiré en légitime défense.

OK, il veut me pipoter. Mettons les choses au point tout de suite.

— J'ai mes sources, dis-je. Je sais que Brody te poursuivait, que tu as sauté d'un toit et qu'il t'a suivi, mais lui s'est niqué la jambe. Il était au sol et sans défense. Tu es revenu sur tes pas, et tu l'as buté de sang-froid d'une balle dans la tête.

Le visage de Guerrero se crispe.

— C'est ce que les flics racontent ? C'est ce que ces salopards disent ? C'est faux !

CHAPITRE 10

Drake

Je rentre à mon hôtel, la tête pleine de questions. Je me change, je passe une tenue plus décontractée, et je décide que j'ai besoin de contact humain. Je prends ma voiture de location pour aller jusque dans mon ancien quartier. Scott, mon ex, habite toujours là, autant que je sache. Il y a toujours les rideaux que nous avons choisis ensemble aux fenêtres. Tout est éteint, il ne doit pas encore être rentré du travail. J'ai une brusque envie de m'arrêter pour l'attendre et aller lui parler. Le pauvre n'a pas eu droit à toutes les réponses qu'il méritait. Je l'ai plaqué sans vraiment lui donner de raisons, à part que j'allais mal, que j'avais accidentellement tué un gosse en poursuivant Guerrero et que je culpabilisais à mort. Notre couple est en partie en live à cause de cela et la rupture était inévitable.

Je me demande brusquement ce qui se serait passé si j'avais été en couple avec Rafael. Il m'aurait dit, comme il l'a fait cet été quand je lui ai tout raconté, que c'était un malheureux accident et que je devais apprendre à vivre avec. Scott n'était pas préparé à ce genre de drame. Il n'était déjà pas à l'aise avec mon arme de service, et je lui racontais peu de choses sur mon quotidien, à part les conneries des uns et des autres, les trucs marrants, les petits potins.

Je me gare devant mon ancien bar de prédilection, en dehors du *Yonkie's*. J'entre et c'est une bouffée du passé qui me vient en pleine figure. Rien n'a changé. Les tables sont à la même place et le patron me reconnaît du premier coup. Il me fait un large sourire, vient me serrer la main et me demande quel bon vent m'amène. Je lui parle de Brody, il me présente ses condoléances et m'offre une bière. On parle quelques minutes. J'ai l'impression de me retrouver avant tout ce bordel, quand j'étais un détective du SWAT bien dans sa peau, qui avait des collègues, un compagnon, une vie stable et une carrière toute tracée.

Aujourd'hui, je ne sais plus où j'en suis. Fuir à Green Creek la queue entre les jambes m'a permis de panser mes plaies à vif. J'arrive à nouveau à me regarder dans une glace en pensant à ce pauvre gamin. Oui, c'était un accident. J'ai tiré deux fois en pensant pouvoir stopper Guerrero, la troisième fois, c'était par pure frustration parce que ce salopard était trop loin pour être touché. Et ma balle a ricoché, une chance sur des milliers, pour terminer dans la tête d'un gamin qui sortait d'un immeuble.

C'était un accident. C'est arrivé et aller me perdre

dans le Colorado pour le restant de mes jours ne ramènera pas ce gosse. Le mieux que je puisse faire pour lui, c'est faire en sorte que jamais Guerrero ne s'enfuie à nouveau et qu'un flic tire de rage et de frustration et prenne une autre vie innocente, ou que Guerrero lui-même ne tue de sang-froid un autre flic, faisant une veuve et deux orphelines.

Je ne vais pas finir à Green Creek. Je m'y suis emmerdé grave, quand même, surtout depuis la rentrée. Avec l'enlèvement de Venus Marie, j'ai goûté à l'action telle que j'en avais l'habitude, et depuis, je suis en manque. J'aime l'adrénaline. J'aime qu'il y ait de l'action dans ma vie.

Je vais appeler madame la maire et prendre mes congés. Je vais revenir comme consultant dans mon ancienne unité, ça me fera un bon retour en douceur auprès de mes collègues. Ensuite, je signe à nouveau et je retrouve ma vie. Je pourrai aussi avoir une vie privée sans me cacher, ce qui sera un plus appréciable. Évidemment, ma liaison avec Rafael va poser un sérieux problème. À Green Creek, nous étions hors du temps. J'étais le shérif d'un bled paumé, et lui un angelinos en vacances, avec un background de bad boy, sans plus.

Ici, on risque de se retrouver face à face sur le terrain, flingue en main, et mon devoir sera de l'arrêter. Je sors mon portable et j'ouvre Google Maps. Les *Diego Sangre* ont un territoire un peu en dehors de ma juridiction, mais il y a des fois où on est appelés en renfort par d'autres unités, et des moments où je suppose que Rafael sort de sa zone pour aller dans une autre. Il n'a pas de mandat d'arrêt lancé contre lui, il a fait de la taule, mais s'est débrouillé pour rester sous le radar depuis. On sait qu'il est chef de gang, qu'il deale de la came et des flingues, mais ce sont juste des rumeurs, aucune preuve n'est là pour étayer cette thèse et offrir une base à une enquête et un mandat. C'est déjà ça, mais c'est ténu. La moindre peccadille peut le mettre sous le feu des radars et le désigner comme cible à arrêter.

Je serais incapable de lui passer les menottes, sachant ce que ça signifie. S'il repart à San Quentin, il risque d'y passer le reste de sa vie. Son gamin grandira sans père. Oui, mais Rafael est un trafiquant. Il vend de la drogue, une saloperie qui tue des gens, qui les précipite dans la misère de la dépendance, dans la violence. Il vend aussi des armes, histoire que cette violence s'exprime par la poudre.

— Drake ?

Je lève les yeux, complètement pris par surprise. Scott est devant moi, un léger sourire aux lèvres. Il a encore sa mallette d'architecte à la main et son costume cravate gris sombre qu'il met pour le travail.

— Salut, dis-je gauchement en me levant.

On se regarde, un peu gêné, puis Scott se penche et effleure ma joue.

— Je ne savais pas que tu étais en ville.

— Je suis de passage, dis-je. Assieds-toi. Enfin, si tu veux.

Scott me sourit franchement et accepte mon offre. Il commande une bière bio, comme d'habitude. Il pose sa mallette à côté de sa chaise, vire sa veste et défait sa cravate. En un an, remarqué-je, il a un peu vieilli. Il a plus de rides autour de ses yeux noisette et ses cheveux châtains ont quelques fils blancs.

Pourtant, nous avons le même âge. Est-ce à moi qu'il doit ces signes ? Je ne me suis jamais demandé l'impact que notre séparation avait eu sur lui, trop occupé à m'apitoyer sur mon sort. Je voudrais m'excuser, mais je ne sais comment le formuler.

— Tu as des ennuis ? s'inquiète Scott.

C'est tellement lui, de se faire du souci pour moi, toujours.

— Mon ancien lieutenant, Brody, est mort, dis-je. Je suis venu pour l'enterrement.

— Je suis vraiment désolé, murmure-t-il. Je sais combien vous étiez proches.

Il hésite, puis pose brièvement sa main sur la mienne. Ce simple contact ramène des souvenirs à la pelle. Scott a toujours été là pour moi. Il m'a toujours soutenu.

Et moi, je l'ai laissé tomber.

— Je vais rester quelques jours, jusqu'en décembre, dis-je. Williams m'a proposé d'être consultant sur l'enquête.

Je lui raconte l'histoire de Guerrero, et Scott pâlit. Je sais à quoi il pense. Si j'étais resté, cela aurait pu être moi.

— Tu vas aller sur le terrain ? demande-t-il.

— Non, mens-je. Je serai simplement consultant.

Inutile de l'inquiéter pour rien.

— Tu vas prendre un appartement ? demande-t-il.

À vrai dire, je n'y ai pas encore pensé. Je ne peux pas rester à l'hôtel, ce ne serait pas pratique et trop cher.

— Je vais chercher quelque chose, dis-je, un peu perdu.

Je considère tellement Los Angeles comme ma

ville que je ne me suis pas posé la question. Je pense à mon ancien appartement, pris après ma rupture avec Scott, mais il doit être loué depuis longtemps.

— Si tu veux, tu peux venir chez nous, propose brusquement Scott.

Chez nous ?

— Tu vis avec quelqu'un ? demandé-je d'un ton que j'espère neutre.

Je ne vais pas lui faire une crise de jalousie s'il a retrouvé quelqu'un. Il mérite d'être heureux.

Scott a l'air confus, puis se met à rire.

— Non, je voulais dire notre ancien appartement. Je vis seul, et l'ancienne chambre d'amis est toujours libre, tu sais. Ça t'éviterait de louer un truc et de t'embêter avec la paperasse.

Je suis très tenté. Retrouver mon ancien chez-moi, retrouver Scott, me faire dorloter par mon ex, mais la silhouette de Rafael vient se glisser entre mon beau rêve et moi.

— Je ne crois pas que ce soit une bonne idée, soupiré-je.

— Au contraire, dit doucement Scott. Nous avons à parler, Drake. Je n'ai toujours pas compris pourquoi tu m'as quitté. Je pense que nous pourrions tous les deux bénéficier de faire la paix entre adultes, pendant que tu règles cette affaire avec ce tueur, pour mieux repartir sur de bonnes bases.

Repartir vers quoi ? suis-je tenté de demander.

— Tu as quelqu'un ? demandé-je.

— Non. Je ne dis pas que j'ai vécu comme un moine, mais rien de sérieux. Et toi ? Il y a de beaux mecs dans le Colorado ?

J'ai un petit rire, destiné à masquer ma gêne. Je ne

peux pas raconter mon histoire avec Rafael à Scott, il ne comprendrait pas comment je peux sortir avec un chef de gang.

— Il y a eu une histoire. Je ne sais pas trop où ça en est, à vrai dire.

Mais le sourire de Scott ne vacille pas.

— Mon offre est sincère, Drake. Soyons clairs, je ne veux pas qu'on se remette ensemble. Prends la chambre, mène ton enquête, et lorsque tout cela sera fini, nous nous sentirons mieux tous les deux, tu ne crois pas ?

Il a raison. Je l'ai lâché comme un malpropre et il a le droit à une vraie rupture, entre adultes, sans se crier dessus, sans scènes, juste des discussions pour clore une relation que je pensais être pour la vie.

— D'accord. Mais je veux payer ma part.

— Naturellement, sourit-il. Je te ferais une note de frais. Tu peux venir dès demain, si tu veux.

C'est rapide. Je pense à Rafael et notre rendez-vous informel pour demain soir. Il ne va pas du tout aimer que j'emménage, même provisoirement, chez mon ex. Et je ne me vois pas ramener quelqu'un chez Scott, en mode YOLO, et pourquoi pas, proposer une partie à trois ? Je n'aurais pas dû accepter.

Je vais devoir mentir à tout le monde et j'ai horreur de ça.

CHAPITRE 11

Rafael

— Qu'est-ce que tu veux dire par là ? fais-je, étonné. Tu as buté Brody, oui ou non ?

— Je l'ai tué en légitime défense, répète Guerrero. Il me poursuivait avec deux de ses hommes. J'ai sauté du toit, Brody a sauté à son tour et il s'est mal reçu. Il a voulu se relever, et il s'est cassé la gueule. Sa cheville avait dû morfler. Vu qu'il était HS, j'ai voulu me barrer en vitesse, avant que ses petits copains n'arrivent. Il m'a tiré dessus. À deux centimètres près, il me pulvérisait la rotule. Je me suis retrouvé à terre. Il a tiré à nouveau, mais m'a manqué. Alors que voulais-tu que je fasse ? J'ai sorti mon flingue et j'ai tiré à mon tour. Sauf que j'avais mal, que j'avais la trouille que ce soit la fin de la course pour moi, vu que je ne savais pas si j'arriverais à me relever, alors j'ai manqué la première fois. La deuxième, je sais que je l'ai touché. Je n'ai pas visé. Je me suis relevé comme j'ai pu, et j'ai compris qu'il était mort. Je me suis barré. L'un de ses hommes m'a poursuivi, et il a fallu que je pique une caisse garée sur le boulevard.

— Tu lui as logé une balle dans la tête, dis-je pensivement.

C'est complètement différent de la version fournie par Drake. Entre buter un type, qu'il soit flic ou non, de sang-froid, alors qu'il ne vous menace plus, et tirer pour sauver sa peau, il y a, du moins dans mon éthique, une nette différence.

— Je n'ai pas visé. Je ne voulais même pas le tuer. Je voulais le stopper. Regarde !

Il se penche, soulève la jambe de son pantalon de costume, dévoilant un mollet musclé. Juste en dessous du genou, un épais bandage enserre sa jambe.

— J'ai dû me faire recoudre, fait-il en laissant retomber le tissu.

OK, il ne ment pas.

— Il paraît qu'en taule, ils t'ont diagnostiqué psychopathe, fais-je prudemment, avec un sourire qui indique le peu de valeur que j'accorde à ce genre de chose.

Guerrero a un petit rire amer.

— En taule, si tu n'es pas blanc, tu es vite catalogué psychopathe, tueur ou taré. Les blouses blanches te posent des questions, mais n'écoutent pas tes réponses. Ils ont déjà les leurs.

Je ne peux pas lui donner tort. En prison, j'ai eu droit à des séances d'évaluation avec un psy. Le mec ne m'écoutait pas. Il se contentait de cocher des cases ou de prendre des notes illisibles, et je sais qu'il m'a catalogué comme délinquant sans grand espoir de réinsertion dans la société, ce qui a fait sauter certaines remises de peine auxquelles j'avais droit vu mon bon comportement. D'un autre côté, il n'avait pas tort, je suis toujours un délinquant.

— Et le type du SWAT que tu as torturé et tué ? fais-je brusquement, me rappelant les confidences de Drake.

C'est là que c'est devenu personnel entre eux.

Guerrero se laisse aller contre le dossier du canapé, un sourire amusé aux lèvres.

— Tu es bien renseigné, on dirait. Tu as des flics dans tes contacts ?

— Non. Mais j'ai des informateurs qui ont des informateurs.

Techniquement, Drake n'est plus flic, il a démissionné. Il est shérif d'un bled paumé. Et il est hors de question que je livre mes petits secrets à Guerrero. Ce type est tellement flou que je ne sais pas sur quel pied danser avec lui.

— J'avais un compte à régler avec lui.

Il a dit cela avec le plus grand calme. Je suis assez doué pour deviner si quelqu'un me ment, mais je ne lis que la sincérité sur son visage.

— Quel genre de compte ?

Je sais que ma question peut l'énerver. Mais il se contente de secouer la tête.

— Affaire personnelle.

Je n'insiste pas.

— En attendant, même si tu n'as pas effectivement buté ce lieutenant de sang-froid, toute son unité du SWAT veut ta peau.

— Ils voulaient déjà ma peau. Avant même la mort de leur équipier.

— Pourquoi ?

— Je sais des trucs sur eux. Et tu peux être sûr qu'ils me veulent mort, et pas en prison, histoire que je ne puisse rien dire.

Là, il m'intéresse. Parce que si ça date d'avant le départ de Drake, cela le concerne aussi.

— Et ces trucs sont graves ?

Guerrero me fait un sourire absolument charmeur. Je comprends pourquoi il arrive à embobiner tout le monde. C'est un séducteur né. Et je dois faire attention à ne pas laisser son charme agir sur moi. Vite fait, je pense à Drake en uniforme de shérif, son petit cul moulé par son pantalon, ou mieux, Drake à poil et en action.

— Tu me permettras de rester discret, c'est ma police d'assurance, répond Guerrero. Maintenant que tu en sais davantage sur moi, si nous passions aux affaires ?

Son histoire d'alliance de gangs m'intrigue. C'est vrai que je suis souvent limité dans mes actions parce que j'ai vite fait de me retrouver en territoire ennemi, comme chez les *Locos*, ou de manquer d'hommes pour faire le taf et veiller à ce que les autres gangs ne nous tombent pas dessus.

— Tu proposes une grande alliance des gangs si j'ai bien compris ? Et toi, ton rôle ? Et ton pourcentage ?

Guerrero émet à nouveau son petit rire sexy. Bordel, il faut que je sorte d'ici sans avoir la trique, et ce n'est pas gagné. Demain soir, j'espère que

Drake sera d'humeur, parce qu'il faut que je baise.

— Mon pourcentage sera modeste. Mon rôle sera celui de conseiller. J'amène certaines affaires, sans interférer dans les tiennes. Pour les coups que j'amènerai, je prends quarante pour cent. Vous serez plusieurs gangs sur le coup et vous vous partagerez les soixante pour cent. Mais ce seront soixante gros pour cent. Pas de la petite monnaie. Je parle de millions de dollars.

J'ai beau être aguerri, quand il sort le mot million, je sens mes yeux qui s'allument. C'est le genre de sommes qui fait rêver un type dans mon genre.

— Il faut faire quoi pour ce prix ? Et avec qui tu veux que je m'allie ? Parce que les *Locos*, ça me tente moyen.

— Je n'ai jamais parlé des *Locos*. Ils m'hébergent pour l'instant, en échange de quelques tuyaux, c'est tout.

Le bar où nous nous trouvons n'est pas dans leur zone, c'est vrai. Il se situe dans une rue où aucun gang n'a la prééminence, une sorte de zone neutre où on circule sans flinguer la concurrence. Par contre, tu tournes le coin de l'avenue, et tu arrives sur mon territoire, et là, tu as intérêt à montrer patte blanche si tu ne veux pas te faire virer.

Guerrero me parle chiffres, et je redeviens pleinement attentif, même si parfois, je remarque de nouveaux détails chez lui. La façon dont ses cils, longs et soyeux, frangent son regard sombre. Ses mains soignées. Encore ses yeux, que je pense un instant être souligné par un trait de crayon noir, mais ce n'est pas le cas. Cela aurait été étonnant. À la faveur d'un mouvement plus ample, je capte une bouffée de son after-shave, épicé. Bordel, Reyes, concentre-toi sur le business, merde ! Ce type est en train de te proposer une alliance qui peut être extrêmement intéressante, surtout si Filipito doit aller dans une école spécialisée pour les surdoués, et toi, tu remarques qu'il a de longs cils. Et pense à Drake, qui doit t'attendre bien sagement à l'hôtel après l'enterrement. Il doit avoir le moral à zéro, et demain soir, tu vas te charger de le lui remonter, avec le reste, d'ailleurs.

Je me concentre, je réclame certaines précisions, je parle chiffres, sans trop en dévoiler, mais en montrant que je sais de quoi je cause. On échange nos numéros de portable, du moins le numéro public que je dévoile à mes contacts commerciaux, un portable prépayé que je change régulièrement.

— Je te laisse réfléchir, fait Guerrero en s'étirant, ce qui fait saillir ses biceps sous sa veste de costume.

On se lève tous les deux, et il me tend la main, que je saisis. Il la serre avec fermeté, mais s'approche brusquement.

— Ne cogne pas ton cousin Jaime trop fort, murmure-t-il.

Son souffle caresse mon oreille.

— Il faut qu'il apprenne à garder sa place, dis-je. Mais je lui laisserai garder ses dents, pour cette fois. C'est toi qui as envoyé Lupita ?

— C'est moi, reconnaît Guerrero. Elle est une cousine des *Locos*.

— La prochaine fois, adresse-toi à moi directement, fais-je.

— Je n'y manquerai pas. Je sens que toi et moi avons beaucoup en commun.

Je rêve ou bien son regard est devenu, l'espace d'une seconde, aguicheur ? Non, j'ai dû rêver. Il n'a aucune façon de savoir que je le suis, du moins un peu, et il ne prendrait pas le risque d'avoir un comportement ambigu avec moi. Il faut que j'arrête de prendre mon brusque fantasme pour une réalité et que je me calme tout court.

N'empêche que ce serait fun si Guerrero était gay.

CHAPITRE 12

Drake

Je suis à la fois impatient de revoir Rafael, parce que soyons honnêtes, j'ai envie de baiser, et stressé aussi, parce que je vais lui mentir. J'ai rendu la chambre, je la quitte demain matin. Je vais revenir à la maison, chez Scott, même si je vais dormir dans la chambre d'amis. Je n'ai pas envie de coucher avec lui. Mais je doute que Rafael voie les choses de la même façon. Je vais donc devoir jouer avec la vérité, la contourner, et j'ai horreur de cela. En attendant, je suis allé au poste, j'ai récupéré un badge de consultant, qui me permet d'accéder aux locaux et à l'informatique, et Williams m'a filé un flingue non déclaré, que j'ai soigneusement nettoyé, chargé et planqué. Je me sens plus en sécurité avec cette arme à portée de main. Demain, juste après avoir déposé mes affaires chez Scott, je compte me rendre sur le terrain. Aller en pleine zone de gangs les mains dans les poches n'est pas recommandé, surtout qu'on peut me reconnaître comme ancien du SWAT. J'ai eu de la chance que le gamin que j'ai accidentellement tué ne fasse partie d'aucun clan, sinon je serais déjà mort. Ses amis l'auraient vengé avec mon sang. Mais le gosse était un simple lycéen, un gamin qui allait devenir un bon citoyen, avec un taf et une famille.

Je repousse toutes ces pensées. Je prends une douche. Les draps ont été changés le matin même, ils sentent la lessive et j'ai baissé les lumières pour que la chambre ait l'air un peu impersonnelle. Rafael arrive vers onze heures du soir, et je fonds littéralement en le voyant. Il a mis un jean, une chemise de soie noire et a passé une parka légère dont il a rabattu la capuche, histoire de ne pas être reconnu sur les vidéos de surveillance. Il ferme la porte, me sourit et vire son vêtement trop chaud pour la saison.

— Tu es vraiment parano, dis-je en riant.

— Je suis prudent. C'est ce qui me tient en vie, shérif.

J'adore quand il me donne mon titre. Dans sa bouche, ça sonne affreusement sexy. Je noue mes bras autour de son cou et je l'embrasse, envahissant sa bouche avec ma langue, et lui montrant combien il m'a manqué. Il me répond avec la même fougue. Son corps se fait pressant contre le mien.

Je tombe à genoux et je défais son pantalon. Je descends son boxer et je libère sa queue déjà dressée. J'adore le sucer, et ça m'a manqué de ne pas jouer avec ce somptueux organe qui répond si bien à mon toucher. Je le lèche, de la racine au gland, je taquine sa petite fente avant de le prendre entièrement dans ma bouche. Rafael gémit longuement et s'agrippe à mes cheveux. Je caresse ses fesses et je libère ma bouche juste le temps de lui demander du lubrifiant.

— Je vais te préparer, fais-je.

Il me tend le tube sans un mot, la respiration rapide.

— Vire ta chemise, ordonné-je.

— Arrête de parler et suce-moi, gronde-t-il.

Il obéit néanmoins, et j'ouvre le tube pour verser du lubrifiant sur mes doigts. Je glisse une main derrière la cuisse de Rafael et je trouve son ouverture, qui accueille mes doigts sans se crisper. Il commence à onduler des hanches et je sens qu'il ne va pas tenir bien longtemps si je continue à l'exciter comme ça.

— Sur le lit, dis-je en laissant échapper sa queue dure et luisante d'entre mes lèvres.

Il ne se fait pas prier et vire le reste de ses fringues à toute vitesse. Je fais de même, et comme je me sens un peu tout nu, je mets une capote, avant de m'enfouir en Rafael, qui a obligeamment pris une position à quatre pattes, envoyant sa dignité aux orties. Il pousse un long gémissement. Ce qu'il m'avait manqué ! Je retrouve sa chaleur, son rythme, ses petits gémissements de plaisir, sa respiration hachée, et je me dis que je ne veux plus jamais en être séparé. Je rythme mes va-et-vient avec du *dirty talk*, parce que je sais que ça l'émoustille, et il me répond avec des jurons. J'accélère la cadence, parce que mes bourses sont pleines et prêtes à exploser. Le plaisir jaillit comme une éruption volcanique hawaïenne et j'y vais de mon cri sauvage, avant de me vider dans un état d'apesanteur totale, mon corps si léger que je pourrais m'envoler. Rafael s'est caressé avec frénésie et il jouit en même temps que moi avec un chapelet de jurons en espagnol, invoquant des saints dont je ne suis pas sûr qu'ils aient une existence officielle. Lorsque je me retire, je n'ai plus de force et je m'écroule littéralement sur le lit aux draps propres sentant bon la lessive. À présent, ils sentent un peu la sueur fraîche et le sexe, d'ailleurs.

— Putain, tu m'avais manqué, souffle Rafael.

— Moi ou ma queue ?

— Les deux.

Au moins, c'est franc.

— Tu m'avais manqué aussi. Ton petit cul et ta grande bouche de latino. Tu jures tellement vite qu'un traducteur ne pourrait pas suivre.

— J'aime jouir en espagnol dans le texte.

Je me débarrasse de la capote, la noue et fais un panier vers la corbeille près du lit. Rafael va à la salle de bain mouiller une serviette et nous nettoie un peu. L'amour est bien fait quand il est un peu crade, là on a dû battre des records.

— Tu m'as tué, dit-il en se laissant tomber sur le lit.

Il bascule sur le dos, fouille dans la poche de sa parka et en sort un joint, qu'il allume. Il en tire une bouffée avant de me le donner. Je me sens coupable de faire cela. Nous ne sommes plus en vacances dans le Colorado, pour nous permettre de fumer de la beuh en toute tranquillité. Williams exige de ses hommes qu'ils soient sobres en toute circonstance, et la drogue est strictement interdite. On se fait régulièrement dépister. Je vais y échapper en tant que consultant, mais dès que j'aurais signé, ce sera fini pour moi.

— Tu fumes souvent ? demandé-je.

— Parfois. Je ne suis pas accro, si c'est ta question. J'ai déjà arrêté pendant de longues périodes sans souci. Mais mes crises d'angoisse ont repris.

— Je suis désolé de l'apprendre. Tu as parlé à ta psy ?

— J'y suis retourné. Elle me dit que c'est parce que je suis dans le placard.

— Et ? l'encouragé-je.

— Et j'aimerais bien la voir à ma place, soupire Rafael. Je ne peux pas faire de coming-out. C'est impossible.

— Les flics seraient-ils plus tolérants que les gangsters ?

— Vous avez une image de marque à retaper, en étant parfaitement politiquement correct. Pas de racisme, pas de sexisme, pas d'homophobie. Dans mon monde, c'est tout le contraire.

— Je sais que tu n'es aucun des trois.

Je l'ai suffisamment côtoyé dans le Colorado pour le savoir.

— J'ai déjà du mal à obtenir de mes gars qu'ils n'appellent pas les Noirs par des noms désobligeants. Je me fais traiter de faible par certains concurrents à cause de cela. Avec mon gang, je suis bien obligé de parler des femmes comme d'une marchandise, sauf évidemment celles de ma famille, sinon je passe pour...

— Pour ce que tu es, à savoir un gay, mon chéri, rigolé-je. Ne t'inquiète pas, on a la même version chez les Blancs. Pourquoi est-ce que tu crois que je n'ai pas fait mon coming-out à Green Creek ? Ils ont déjà une adjointe non-blanche, pour eux c'est la révolution en marche. Alors un shérif gay, ils ne sont pas prêts.

— Donc, tu vas vivre toute ta vie en te cachant ? demande Rafael.

Je me crispe. Voilà le moment que je redoutais.

— À vrai dire, pas toute ma vie, réponds-je. Williams m'a proposé d'être consultant sur l'affaire Guerrero, et j'ai accepté. Et je pense que je vais revenir au SWAT une fois que cette histoire sera réglée.

Rafael ne saute pas de joie, mais ne fait pas la gueule non plus. Il reste parfaitement neutre, et je déteste ça.

— Ta décision ou leur pression sur toi ? demande-t-il.

— Ma décision. Personne n'a fait pression sur moi, fais-je d'un ton sec.

— L'autre soir, tu voulais partir à la poursuite de Guerrero et le buter tout seul comme un grand, alors que je sais que ce n'est pas toi.

— L'autre soir, j'avais trop bu et j'ai grillé un fusible. J'étais sous le choc, figure-toi.

Je suis énervé par ses sous-entendus. Il me connaît parce qu'on a passé deux mois ensemble aux Pins, c'est vrai, mais ce n'est qu'une version de moi, un côté rabougri et comme anesthésié de ma véritable personnalité. Personne ne me dit ce que j'ai à faire, je prends mes propres décisions. Je pense à ce que Williams m'a dit et je suis d'accord avec lui. Buter Guerrero ne sera que justice. Il a assassiné non pas un, mais deux hommes de mon unité, merde ! Et il court toujours.

— Je comprends, m'assure Rafael. Sois prudent, mec, sérieusement. Guerrero est dangereux.

Mon côté flic dresse aussitôt l'oreille.

— Tu as des infos sur lui ?

— Non, pas encore. Mais j'ai entendu des rumeurs. Tu es sûr que ton lieutenant s'est bien fait buter de sang-froid ? Guerrero n'était pas blessé ?

— Non. J'ai lu le rapport rédigé par mes ex-équipiers. Ils ont vu la scène de loin, n'ont pas pu intervenir à temps, mais leur témoignage est formel. Guerrero se barrait, il est revenu sur ses pas et il a tiré sur Brody qui était à terre.

— Il avait sorti son arme ? Brody ?

— Non, il n'a pas eu le temps. Pourquoi me demandes-tu cela ?

Il prend une profonde bouffée du joint et me le tend.

— Il y a une autre version qui circule dans les quartiers, dit-il. Ton Brody aurait eu le temps de tirer sur Guerrero après s'être blessé, il l'aurait touché, et Guerrero aurait tiré en retour.

Alors, celle-là, c'est la meilleure ! Maintenant, les gangs ont leur propre version de la fusillade à laquelle aucun d'entre eux n'a assisté. Et Rafael y accorde suffisamment de crédit pour me la sortir comme ça, tranquillement. Je me redresse brusquement.

— Tu mets en doute la parole d'officiers assermentés ? demandé-je d'un ton rogue.

L'humeur érotique entre nous est brisée, et Rafael s'en rend compte. Je suis furieux qu'il insinue que Brody soit mort dans un banal échange de coups de feu.

— Je te dis simplement ce qui se raconte, répond-il. Je pensais que tu apprécierais d'avoir toutes les versions.

Mon agacement monte d'un cran.

— Je crois que tu n'as pas très bien compris ce que c'est d'être flic. Mes hommes n'auraient jamais menti. S'ils ont vu Guerrero tirer sur un homme à terre de sang-froid, c'est que c'est ce qui s'est passé !

Rafael lève les mains en signe d'apaisement.

— Calme-toi, mec. OK, les rumeurs sont fausses, je ne conteste pas.

— Encore heureux !

— Je suis de ton côté, Drake.

Je me calme d'un coup. Je me suis énervé alors que dans son esprit, Rafael voulait juste m'aider.

— OK, dis-je. Je comprends. Mais ne me sors pas que Guerrero s'est simplement défendu. De toute façon, il n'avait qu'une chose à faire, jeter son arme et se rendre !

— Ça arrive souvent ? demande Rafael sans pouvoir masquer l'ironie de sa voix. Que des types se rendent juste parce qu'un flic le leur demande ?

— Non, reconnais-je.

C'est même plutôt le contraire. Même les petits délinquants se barrent plutôt que d'être arrêtés, évidemment. C'est l'éternel jeu du gendarme et du voleur.

Rafael m'enlace tendrement et m'embrasse dans le cou.

— Je ne voulais pas t'offenser. Je voulais t'aider.

— Si tu veux m'aider, essaie d'apprendre où Guerrero se planque, fais-je.

Il soupire.

— À moins qu'il ne vienne demander asile chez nous, ce qui m'étonnerait vu qu'on ne se connaît pas, je doute d'avoir cette info. Mais je vais garder les yeux ouverts.

Évidemment. Rafael est chef de gang, mais il n'est qu'un parmi des dizaines d'autres. Certains gangs n'ont que trois ou quatre membres. Beaucoup sont insignifiants. Celui de Rafael est d'importance moyenne, mais se tient à l'écart des flics. J'ai profité de mon retour dans les bureaux de mon unité pour consulter ce qu'on a sur les *Diego Sangre*. Quelques informations, comme le nom des principaux membres, et beaucoup de spéculations sur leurs activités.

— Tu restes toute la nuit ? demandé-je, pressé de revenir à une atmosphère plus intime.

— Si tu veux.

Rafael a ce sourire nonchalant qui m'a fait craquer aux Pins. Il caresse mon torse.

— Il va falloir qu'on se trouve un petit nid d'amour, dit-il.

Aïe. J'espérais éviter cette conversation jusqu'à son départ au petit matin.

— Pourquoi, les hôtels ne sont pas assez chics pour toi ?

— Je sais. C'est moins risqué qu'un appart, fait-il. Mais je pensais à toi. Si tu veux revenir au SWAT, il va falloir que tu cherches un appart dès maintenant.

C'est vrai. Je ne vais pas loger chez Scott, dans notre ancien chez nous, pour le reste de ma vie. Je décide d'y aller à pas prudents.

— Pour l'instant, je vais loger chez un ami, dis-je.

Il me l'a proposé aujourd'hui et j'ai accepté.

Il ne tique pas.

— OK, et je suppose que tu ne pourras pas me recevoir chez lui ?

— Non. Il sait que je suis gay, mais…

Je n'achève pas ma phrase. Mais c'est mon ex, et ça ferait désordre. Rafael tombe dans le piège et j'en suis à la fois content et un peu amer.

— J'imagine qu'un de tes ex-équipiers ne va pas comprendre si tu amènes un chef de gang chez lui, sourit-il.

Il a naturellement déduit que je logeais chez un de mes ex-collègues.

— Il y a des chances. On pourra changer d'hôtel chaque fois si ça te semblera plus rassurant.

Je me sens vraiment sale de mentir comme ça. En plus, aller à l'hôtel a un côté bourgeois adultérin qui me semble plus comique qu'érotique.

— On pourra. Plus loin ce sera de mon quartier, mieux ce sera, grommelle-t-il.

— Je ferais tout pour préserver ta réputation d'hétérosexuel pur et dur, promets-je, pince-sans-rire.

— Et je ferais tout pour t'empêcher de jouer aux cow-boys, rétorque-t-il. Laisse tes petits camarades s'en charger.

— Tu sais que je vais revenir sur le terrain, quand tout sera terminé ?

Il soupire.

— Je t'aimais bien, en shérif de Green Creek. Et l'uniforme t'allait d'enfer.

— Mon uniforme du SWAT est encore plus sexy, dis-je. Arrête de t'inquiéter, Rafael. J'ai survécu avant de te connaître, je survivrai encore. Du moins quand Guerrero sera hors d'état de nuire.

— Si tu le dis. Mais je suppose qu'on ne vous donne pas des armures et des casques juste pour faire joli.

— Qu'est-ce que je devrais dire, toi qui sors sous les balles avec juste une veste de costard ?

Rafael renifle et hausse les épaules, qu'il a musclées. Je les caresse pour mieux les apprécier.

— J'ai un pare-balles dans ma voiture, lâche-t-il. Je ne suis pas complètement inconscient.

— Le souci avec vous, les gangsters, c'est que vous êtes parfois mieux équipés que nous.

— Je tiens à ma peau, mec. Et si je ne doute pas de ta probité, j'ai parfois des réserves sur celle de certains de tes collègues.

Je vais pour m'indigner, mais je la ferme parce que je sais qu'il a raison. Pour peu que vous soyez Noir ou Latino, vos chances de survie ne sont pas les mêmes face aux flics que si vous êtes bien blanc. Les événements des dernières années l'ont montré et les choses ont peu changé depuis, malgré toutes les manifestations et les déclarations de bonnes intentions.

J'attire Rafael contre moi. Je ne veux pas penser à tout cela. Je ne veux pas penser que lorsque je vais revenir au SWAT, notre relation va vraiment devenir problématique. Je veux lui faire l'amour et profiter de ces moments volés à nos vies respectives.

CHAPITRE 13

Rafael

Cette fois, je pars avant l'aube, la capuche rabattue sur la tête, prêt à me barrer en courant si j'aperçois quelqu'un que je connais. Mais mis à part la femme de ménage, les couloirs sont déserts. Je rentre chez moi comme un voleur, je me change et je file au bar. J'ai du taf par-dessus la tête, mais en plus, je veux en savoir plus sur Guerrero. Je ne peux pas nier que son offre m'intéresse. Je sens que je suis un peu à une croisée des chemins. J'ai créé et développé mon business, ça tourne bien, mais j'ai atteint une limite. Je ne pourrai pas faire plus grand avec mes ressources actuelles. Je manque d'un petit plus pour pouvoir investir dans de plus grandes entreprises, et cela, Guerrero peut éventuellement me l'apporter. S'il survit à la chasse à l'homme qui est sur le point de lui tomber dessus.

Je dois aussi reconnaître que l'homme m'intrigue. J'en ai entendu parler pour la première fois il y a deux ou trois ans, comme d'un type qui avait buté un flic du SWAT. Ensuite, son nom a été mentionné ici et là, pour de gros deals de came. C'est sa spécialité. Et maintenant, cette histoire avec Brody vient semer le trouble. Il a buté deux flics de la même unité, et il prétend que si le premier était une histoire personnelle, le deuxième était de la légitime défense. Il peut faire semblant avec sa blessure, mais je n'en vois pas l'intérêt. Il a paru sincèrement surpris lorsque je lui ai rapporté la version des flics.

— Jesus ! appelé-je dès que j'entre dans mon bar, fermé pour la clientèle à cette heure matinale, mais ouvert pour le business.

Ce n'est pas le fils de Dieu que j'interpelle, même le mécréant que je suis n'oserait pas être aussi familier, mais mon second lieutenant qui sort de l'arrière-boutique quelques secondes plus tard. Il porte bien son prénom, avec ses cheveux bruns bouclés et son air d'enfant de Marie à la peau sombre et aux grands yeux innocents. Jesus DeLéon est mon émissaire chez les vieilles dames qui bossent pour moi et le prêtre de la paroisse que couvre mon territoire. Il sait parler aux gens, il a du vocabulaire et de bonnes manières.

— Je suis là, boss.

— Je veux que tu me trouves tous les renseignements que tu peux sur Guerrero. Je veux savoir où il est né, où il est allé à l'école, s'il était gentil avec sa maîtresse, avec qui il a perdu son pucelage et surtout, qu'est-ce qu'il foutait avant d'apparaître dans le coin.

— J'ai déjà commencé à poser des questions, répond DeLéon. J'ai pensé que tu me demanderais des infos.

Autant ce genre d'initiative m'énerve chez Jaime, autant je l'apprécie chez DeLéon, parce que je sais qu'il le fait après avoir réfléchi.

— Premiers résultats ?

— C'est bien là le problème, répond DeLéon. Je n'obtiens rien. On ne sait pas d'où il sort. Évidemment, je n'ai pas eu le temps de creuser, mais je sens que trouver des infos fiables ne va pas être facile.

— Creuse. Trouve sa meuf. Elle aura peut-être des trucs à dire.

— J'ai essayé. Il n'a pas de copine connue. On dirait qu'il est comme toi.

Je sursaute. Il ne peut pas être comme moi.

— Qu'est-ce que tu veux dire ? lancé-je.

— Qu'il doit baiser ici et là sans avoir de régulière, répond DeLéon d'un air innocent. Déjà, on ne sait même pas s'il est américain ou mexicain.

— Il m'a parlé en espagnol, fais-je, pensif. Il a un accent mexicain, je dirais.

— Sauf que toi et moi sommes capables de parler comme des Mexicains alors qu'on est nés de l'autre côté de la frontière.

Il a raison. Je peux même prendre l'accent et les idiomes de plusieurs régions du Mexique. Ça aide durant certains voyages d'affaires pour passer inaperçu.

— Je vais essayer de le faire parler en anglais la prochaine fois que je le vois, dis-je. S'il est mexicain, il aura forcément un petit accent.

— Je me mets au taf de suite, fait DeLéon, alors que Jaime arrive dans le bar avec le reste de mes hommes.

— Je compte sur toi. Jaime, mon cousin, je t'attendais.

On ne s'est pas vus depuis la rencontre avec Guerrero. Jaime s'est débrouillé pour avoir du business à faire loin de moi. Il espère que ma colère sera retombée. Il n'a pas de chance, ce n'est pas le cas. Mon coup de sang est passé, mais il ne faudrait pas que Jaime s'imagine qu'il va s'en tirer comme ça, ou que les autres pensent que je suis devenu faible.

— J'ai conclu un deal qui nous rapporte un bon paquet, commence Jaime, nerveux.

Mon poing part sans prévenir. Je le cueille au creux de l'estomac, je lui coupe le souffle et je le plie en deux. Je double d'un taquet au foie, histoire que la leçon porte.

Jaime tombe au sol et vomit. Je fais un pas en arrière pour éviter que mes chaussures ne soient éclaboussées.

— Si jamais tu prends encore ce genre d'initiative sans m'en parler avant, je te loge une balle dans la tête, cousin ou pas, assené-je. Est-ce que c'est compris, Jaime ?

Il est trop occupé à vomir et à retrouver son souffle pour me répondre.

— Est-ce que c'est compris, Jaime ? insisté-je.

Il agite la main. Personne n'ose l'aider à se relever. Je regarde chacun de mes hommes droit dans les yeux.

— Jaime est mon putain de cousin, alors j'ai été gentil avec lui, dis-je d'un ton dur. Vous autres, je m'en fous. Si vous jouez au con, ce sera le cimetière direct.

— Oui, boss, répondent-ils d'une même voix.

— Lopez, ramasse-le et emmène-le se nettoyer. Et envoie la femme de ménage nettoyer ce bordel. Ça pue.

Je vais m'enfermer dans mon bureau pour réfléchir. J'essaie de faire la part des choses. Imaginons que Guerrero s'en sorte, que les flics ne le butent pas et ne l'arrêtent pas. L'alliance qu'il me propose est avantageuse. Le souci, c'est que je fais partie des premiers qu'il a contactés et que je vais essuyer les plâtres. Autrement dit, si Guerrero se plante, je vais couler avec lui.

Et il y a le problème des flics. J'ai survécu jusqu'ici en ne faisant pas de vagues. M'allier avec Guerrero, c'est me mettre en première ligne. Surtout que maintenant que mes hommes sont au courant, à cause de ce connard de Jaime, je ne peux pas simplement balayer l'affaire. Je prends les décisions, mais je les justifie un minimum, surtout quand il s'agit de gagner beaucoup plus de pognon. Je ressors les chiffres qu'il m'a donnés. Si ça marchait, je pourrais payer une école spécialisée à Filipito. Et même s'il n'a pas besoin d'une école particulière, je pourrais déjà le mettre dans un meilleur établissement, un endroit où on le préparera bien au lycée. Je le laisserai libre, bien entendu, mais j'aimerais que mon fils fasse des études supérieures, dans le commerce ou la finance, un domaine où il y a de la thune à se faire pour quelqu'un d'intelligent.

Je ne sais pas si Filipito est surdoué, mais en tout cas, s'il tient de moi, il sera malin. Et Rita n'est pas une idiote non plus. Notre fils n'aura pas notre vie de merde. Il aura un job, avec des cartes de visite, et il pourra s'acheter une belle maison. Il se mariera et aura des gosses qui iront dans de bonnes écoles. Je ne sais pas s'il restera en Californie. Je pense à toutes ces histoires sur le réchauffement climatique que j'entends. Au début, je n'y croyais pas. Il a toujours fait chaud à L.A.. Mais lorsque j'ai vu les sécheresses et les incendies se succéder chaque année, j'ai commencé à me renseigner. C'était l'année de la naissance de mon fils. Tout à coup, le monde et son avenir m'ont intéressé, parce que mon fils allait y vivre quand je serai parti depuis longtemps rejoindre mes ancêtres.

J'ai vraiment flippé en lisant des articles et en regardant des vidéos sur le sujet. On va tous crever de chaud et de soif. Du moins, les pauvres vont crever, les riches, eux, auront leurs maisons climatisées et leur eau potable et même de la flotte dans leur piscine. Je veux que Filipito fasse partie des survivants, qu'il mène une vie facile et agréable, et ne pourrisse pas dans un *barrio* en dealant de la came pour se payer de l'eau.

J'ai besoin d'un avis extérieur. J'appellerais bien Rosa, mais dès qu'il s'agit de son neveu, elle peut être très partisane. Je cherche le numéro de Venus Marie dans mon téléphone.

CHAPITRE 14

Drake

Revenir au QG de mon unité, c'est un peu comme rentrer à la maison. Les gars m'ont libéré mon ancien bureau, le type qui me remplace s'est mis à une autre place, et avec le sourire encore. Je suis accueilli à bras ouverts. J'ai appelé madame la maire, lui ai fait part de mon désir de prendre mes congés maintenant, et elle a accepté en me disant que le « charmant capitaine du SWAT » l'avait prévenue. Bref, tout va pour le mieux dans le meilleur des mondes à ce niveau-là.

Je reprends les dossiers sur lesquels j'avais travaillé à l'époque de la mort de Hernandez, la première victime de Guerrero, et je les complète du mieux que je le peux. L'après-midi, Williams m'invite à faire un exposé de ce que j'ai ajouté, me pose des questions qui m'aident à me rappeler de détails qui peuvent avoir leur importance.

— Ah, dernière chose, dis-je. Il y a une autre version de la mort de Brody qui circule dans les quartiers. Ces salopards disent que c'est Brody qui a ouvert le feu en premier après sa chute et que Guerrero n'aurait fait que se défendre.

Il y a un instant de silence avant qu'une colère légitime éclate. Williams ramène le silence sans même hausser le ton.

— Nous connaissons tous le climat ambiant. Maintenant, et parce que certains de nos collègues ont eu des comportements indignes de leur badge, toute rencontre avec un vrai criminel donnera lieu à des versions contradictoires.

Tout le monde approuve.

— On y était, Drake, fait Padilla. On a vu ce qui s'est passé. Brody n'a pas eu le temps de sortir son flingue.

— Je ne mets pas en doute ta version, dis-je, sincère. Je dis simplement que les quartiers ont la leur, et que ça ne va pas nous aider pour retrouver Guerrero. Ils vont le protéger.

La réunion se termine avec des tâches assignées à chacun. À nouveau, Williams me prend à part.

— Je vous remercie pour l'aide que vous nous apportez, fait-il. Surtout sur votre temps de vacances.

— C'est normal, Monsieur.

— J'aimerais savoir quel est votre contact dans les quartiers. Il serait intéressant que nous puissions lui parler.

Je me crispe aussitôt. Normalement, chaque flic a

ses indics, éventuellement de quoi les rémunérer, mais ça reste discret et les noms ne sont pas dévoilés. Sinon, il y a longtemps qu'on n'aurait plus personne pour nous parler. Évidemment, dans ce cas précis, je peux difficilement dire que c'est mon nouveau mec.

— Ce n'est pas une personne en particulier, Monsieur, plutôt la rumeur. Vous savez, vous entrez dans un magasin, vous discutez avec le vendeur et les clients.

Je deviens champion du mensonge en tous genres. Williams doit me croire parce qu'il n'insiste pas.

— Votre rôle sera aussi de lancer les contre-rumeurs et de rétablir la vérité, ordonne-t-il. Je ne veux pas d'émeutes parce que Guerrero a raconté n'importe quoi.

— Oui, Monsieur.

Il est rare que Williams se soucie de ce genre de choses. Il est plutôt du genre à dire que les actions parlent pour nous. La mort de Brody a vraiment secoué toute l'unité.

— Vous avez l'arme ? demande-t-il brusquement.

Vu que je suis en bras de chemise, il est évident que la réponse est non.

— Elle est dans ma voiture, monsieur. Je ne voulais pas la prendre au poste.

— Bien. Mais je veux que vous l'ayez sur vous dès que vous quittez le poste, Knight. C'est un ordre.

— Bien, Monsieur.

Encore une nouveauté. Williams n'est pas un dingue des armes. Il n'encourage pas ses hommes à être chargés en permanence.

— Guerrero peut-il savoir que je suis revenu ? demandé-je.

Williams hausse les épaules.

— Je suis sûr que ce charognard a des yeux et des oreilles partout. Soyez prudent, Knight. J'ai perdu deux hommes, je ne veux pas en perdre un troisième.

Décidément, ma petite santé est au cœur des préoccupations. Je n'ose pas répondre à Williams ce que j'ai dit à Rafael, à savoir que je suis un grand garçon capable de prendre soin de lui tout seul depuis déjà quelques années. Je termine ma journée en lisant soigneusement les rapports de Padilla et Sanchez, qui ont été les deux témoins de la mort de Brody. Leur version concorde parfaitement. Brody qui se reçoit mal, Guerrero qui revient sur ses pas et le tue de sang-froid. Naturellement, il n'y avait aucune caméra dans le secteur, ce qui aurait fait fermer leur gueule à tous ceux qui lancent des rumeurs. Ma rage contre Guerrero s'accroît d'heure en heure. Il n'est même pas foutu d'assumer un meurtre. Il se prend pour un grand caïd, mais il n'a pas de couilles, voilà tout. J'ai promis à Rafael de ne pas jouer les cowboys, mais si je tombe sur Guerrero, les sommations seront vite expédiées. Je le plombe et j'appelle les renforts, qui me couvriront.

Je pense aux filles de Brody. Elles grandiront sans leur père, avec une mère infirmière qui ne gagne pas des fortunes et sa pension de veuve de flic. Ce n'est pas avec cela qu'elles pourront faire des études. Shannon va probablement devoir vendre leur maison, qu'ils venaient tout juste de finir de payer, d'après ce que j'ai entendu à l'enterrement. Les filles vont devoir déménager ailleurs, dans une banlieue moins agréable, avec de moins bonnes écoles. Je serre les poings. En assassinant Brody, Guerrero a impacté non pas une vie, mais quatre, dont celles de deux gosses.

Je me demande combien Brody gagnait, et s'il a pu souscrire une assurance vie ou mettre un peu d'argent de côté en cas de coup dur. Je sais qu'il touchait des primes pour toutes ses heures supplémentaires, et sa maison témoigne d'un train de vie plus élevé que le mien, c'est certain. Je n'aurais jamais eu les moyens de me payer une maison comme la sienne sur mon salaire du SWAT. Avec Scott, on avait calculé que même en combinant nos deux salaires et en ne voyageant que peu, on mettrait des années avant de pouvoir verser l'apport initial pour une belle maison comme ça. À moins que Shannon gagne bien sa vie, mais cela m'étonnerait.

Je vais boire un verre avec l'équipe, et tout de suite, je me sens à nouveau des leurs. Je ne connais pas les affaires en cours, mais ils en parlent librement devant moi, comme s'il était déjà entendu que j'allais revenir. C'est ce que je compte faire. Je vais poser ma démission à Green Creek, chaleureusement recommander Chang pour me succéder, et je vais revenir ici, à ma place. Quant à Rafael, c'est un problème qu'il va falloir résoudre. Je ne peux pas sortir avec un chef de gang. Non seulement ça me vaudrait une mise à pied, mais moralement, je ne peux pas coucher avec l'ennemi, aussi sexy soit-il.

Je vais sortir Rafael de là. Je vais en faire un type honnête avec qui je pourrais vivre au grand jour.

Lorsque j'arrive chez Scott, dans notre ancien appartement, je suis euphorique, et l'alcool n'a rien à voir là-dedans. Il est en train de finir de préparer le dîner.

— J'ai fait des lasagnes, m'annonce-t-il.

C'est l'un de mes plats préférés et il le sait. J'ai acheté du vin en revenant, et je le débouche pendant qu'il sort le plat du four. On retrouve d'instinct nos places au comptoir qui sépare la cuisine du salon.

— Alors, ta journée ? demande Scott en nous servant le vin.

Je soupire. Il me posait cette question tous les soirs et j'éludais toujours ma réponse. Mais nous ne sommes plus ensemble.

— On cherche toujours l'assassin de Brody, dis-je. Et tu sais le pire ? Les gangs font circuler une autre version. Ces fils de putes prétendent que Brody a tiré le premier, alors qu'il ne s'est pas servi de son arme.

Je lui sors toute l'histoire, sans mentionner Rafael, évidemment, en lui ressortant l'histoire du commerçant et des clients. Scott écoute comme il sait le faire, la tête un peu penchée de côté.

— Tu as un enregistrement vidéo ? demande-t-il.

— Bien sûr que non. Il y a encore des zones qui échappent aux caméras dans cette ville.

Cela a toujours été un point de friction entre nous. Les caméras me semblent indispensables pour assurer la sécurité des citoyens, mais Scott y voit une atteinte à ses libertés.

— Pour une fois que cela aurait pu servir, sourit-il. Bon, si tu veux faire cesser ces rumeurs, le mieux est de fournir des preuves, tu ne crois pas ? Genre un rapport de balistique qui atteste que l'arme de ton lieutenant n'a pas servi. Vous ne devez pas tirer tous les jours, non ?

— Non, on n'est pas au Far West, réponds-je, soudain distrait.

J'ai consulté tout le dossier sur la mort de Brody, et nulle part je n'ai vu un tel rapport. Or, il aurait dû se trouver aux côtés des résultats de l'autopsie. Il va falloir que j'en parle à Williams. C'est le genre de détail qui peut faire capoter une instruction si jamais Guerrero passe en justice.

Raison de plus pour qu'il n'arrive pas jusque-là. Il est capable de s'en sortir avec un non-lieu sur un détail de ce genre, parce que les flics ont mauvaise presse et que leur témoignage peut être remis en cause par un avocat zélé, qui montera en épingle le fait qu'il n'y a pas de rapport de balistique de l'arme de Brody dans le dossier.

— Détends-toi, me conseille Scott qui voit que mes épaules se sont crispées. La journée est finie, et tu finiras bien par mettre la main sur ce type.

— J'espère, soupiré-je. Et il va aussi falloir que je cherche un appart. Je vais reprendre du service au SWAT.

Scott ne paraît pas enchanté par cette nouvelle.

— Tu es sûr que c'est ce que tu veux ? Tu vas rejoindre ton ancienne unité ?

Et voilà, il prépare le terreau pour notre dispute habituelle. Scott n'a jamais aimé mon unité. Il dit qu'il n'a rien contre les flics, sinon il ne serait pas tombé amoureux de l'eux d'eux, qu'il admire beaucoup le SWAT, mais il ne s'est jamais mêlé aux épouses ou compagnons de l'unité 66, alors qu'il a été accueilli à bras ouverts. Il a toujours gardé ses distances.

— Tu n'as jamais aimé Brody ni Williams, fais-je avec rancœur. Pourtant, ces types sont des héros.

Scott joue avec le pied de son verre.

— Je n'ai pas dit le contraire. Ce que je n'aime pas, c'est l'influence qu'ils ont sur toi. Quand je t'ai connu, dans ton ancienne unité, tu étais différent.

— J'étais plus jeune et j'avais vu moins de choses, rétorqué-je.

— Je ne vais pas dire du mal d'un mort, mais Brody exacerbait en toi ton côté cow-boy.

Je pousse un grand soupir. Scott n'a aucune idée du monde dans lequel je travaille. Son cabinet d'architecte le conduit uniquement dans les beaux quartiers, paisibles, où les flics sont bien accueillis par la population qui n'a généralement rien à se reprocher, à part des crimes en col blanc. Je vis dans la réalité de quartiers chauds où les armes sont omniprésentes et la plupart des types que je coffre sont des criminels endurcis.

Comme Rafael ?

— Viens sur le terrain avec moi et tu verras qu'avec tes idées de Bisounours, tu ne survivras pas deux minutes, fais-je d'un ton rogue.

Scott me sourit et me prend la main.

— Ne recommençons pas notre éternelle querelle, tu veux bien ? Je t'ai invité à venir pour faire la paix.

J'enlace mes doigts aux siens. Je ne suis plus amoureux de lui, je ne le désire plus, mais sa présence me fait du bien.

— Je suis désolé. Tu m'invites et je me comporte comme un rustre.

— Mais tu es un rustre, mon chéri, et une année dans le Colorado n'a rien amélioré, rigole Scott.

Je ris avec lui. Il m'a toujours aidé à me détendre et à faire la part des choses après le boulot. Il est à l'opposé de Rafael sur l'échelle sociale, et pourtant mon bad boy a le même effet sur moi. Il me fait relativiser. Et brusquement, je prends sur moi et je dis la vérité.

— Scott, il faut que tu saches pour la mort du gosse. Si je m'en suis tant voulu et que j'ai grillé un fusible, c'est parce que j'ai tiré par frustration.

Je lui avoue ma faute. Scott m'écoute en silence, puis resserre son étreinte sur ma main.

— C'était un accident, Drake. Tu n'as pas commis cette faute volontairement, en tirant alors que tu savais qu'il y avait des civils dans ta ligne de mire. Tu sais le nombre de fois où le citoyen lambda a un geste de colère qui pourrait conduire à une tragédie ? Comme rouler trop vite, donner un coup de volant pour doubler alors qu'on n'a pas de visibilité ou ce genre de chose ?

— Le problème, c'est que j'avais une arme.

— Oui, tout comme une voiture peut se transformer en arme. Si demain, la situation se représentait, est-ce que tu tirerais ?

— Non, bien sûr ! J'ai appris à me modérer.

— Si tu avais à nouveau Guerrero en ligne de mire ?

Je ne réponds pas tout de suite. Scott retire sa main.

— Je ne comprends pas qu'ils ne confient pas l'enquête à quelqu'un d'autre. C'est trop personnel pour toi, et même pour ton unité.

— On manque d'effectifs. Et je suis celui qui en sait le plus sur cette ordure.

— Je me doute. J'espère que tu ne vas pas finir en morceaux comme la dernière fois. Je te connais, Drake, et je sais quand tu as des soucis. C'est pour cela que je m'inquiète à l'idée que tu reviennes dans ton unité. Est-ce que tu ne pourrais pas changer ?

— Non ! protesté-je. J'aime bosser avec ces gars. Ils sont ma famille.

Il ne peut pas comprendre. Il a des collègues qu'il déteste, d'autres qu'il trouve sympas et avec qui il va prendre un verre le vendredi soir, mais il ne sait rien des liens qui unissent les unités de police. Quand je vais sur le terrain, je confie ma vie à mon coéquipier, et il fait de même. Quand un de nous a des emmerdes, c'est toute l'unité qui va se mobiliser pour l'aider. Nos compagnes et compagnons font partie de cette grande famille. On est souvent parrain des gosses des autres. C'est cela que Scott n'a jamais accepté. Il n'est jamais entré dans le jeu.

— Si tu le dis. Bon, je dois bosser tôt demain matin. On fait la vaisselle ?

Je me lève pour l'aider. Le dîner a été agréable, mais dès que nous nous sommes mis à discuter, ça a tourné au vinaigre. Les derniers temps, avant même la mort du gamin, c'était souvent comme ça. Je suis soulagé de lui avoir dit la vérité à ce sujet, mais je réalise brusquement que notre couple était voué à l'échec. Et je sais une chose. Scott n'était pas très apprécié par mon unité. Les rares fois où il a bien voulu venir à des barbecues autour de la piscine de Williams, il a toujours été un peu à l'écart, parce que sa vision du monde était trop différente de la nôtre. Ironiquement, Rafael serait comme un poisson dans l'eau avec mon unité. Il parle le même langage.

CHAPITRE 15

Rafael

Venus Marie, alias Virginia Morrison, habite avec sa meuf dans une banlieue cossue de L.A., sans que ce soit Bel Air ou Beverly Hills non plus. Venus m'a donné rendez-vous dans un salon de thé proche de chez elle, où elle aime venir écrire l'après-midi. Lorsque j'y entre, je me sens comme un éléphant dans un magasin de porcelaine. Pour une fois, ce n'est pas ma tenue ou mon ethnie qui jurent avec les lieux, vu que j'ai mis mon costard et que je sais me tenir en société, mais simplement le fait que je sois un mec. Il n'y a que des meufs, de tous âges, même si ça tourne plutôt autour de la trentaine pour les plus jeunes. Tout ce petit monde parle à voix basse, j'ai l'impression d'être face à une assemblée féminine tout droit venue des Pins. Venus est assise à une table au fond, près d'une fenêtre, et elle a son ordinateur ouvert devant elle. Elle a retrouvé sa couleur naturelle, à savoir un châtain brun qui lui va bien. Je sais que pour ses apparitions sur les réseaux sociaux ou en public, elle porte désormais une perruque blond platine. Avec les lunettes qu'elle met pour travailler et sa tenue banale de *soccer mom*, elle se fond dans le décor. Son aventure de l'été dernier lui a montré qu'elle avait des fans dans tout le pays, qui adorait traquer ses mouvements et la prendre en photo, même si cela lui a sauvé la vie lorsqu'elle s'est fait enlever. Venus tient à son anonymat dans sa vie quotidienne. Après un premier mariage calamiteux, où elle a été victime de violences conjugales, elle a retrouvé l'amour avec son agente, Naomi. Mais elle est au fond du placard, comme moi, parce qu'elle pense que ses lectrices n'achèteraient plus ses livres avec autant d'enthousiasme si elles savaient qu'ils sont écrits par une lesbienne. Je ne peux pas lui donner tort. Rosa, ma petite sœur, est une fan qui a lu tous ses romans, et je pense qu'elle s'en ficherait que Venus préfère les meufs, mais les fans que j'ai rencontrées dans le Colorado pourraient pincer leurs lèvres parfaitement maquillées et se tourner vers d'autres autrices.

Venus se lève et me fait la bise, puis me conseille de commander du thé aux épices, ce que je fais. Je n'avais jamais bu de thé avant de la rencontrer. Je carbure à l'eau, au café et à la bière, avec une tequila de temps à autre, dans cet ordre. J'ai quasiment abandonné les sodas à la naissance de Filipito, quand je me suis rendu compte de la quantité de sucre qu'il y avait dedans. Mon fils n'a pas le droit d'en boire.

On le biberonne aux jus de fruits, sa mère et moi.

— Tu avances bien ? demandé-je en désignant l'ordinateur.

— J'ai presque terminé, sourit-elle. Mon héros est un latino chef de gang à New York et il est tombé amoureux d'une héritière qui est en danger de mort.

— Oh, pitié, ne me dis pas que tu l'as appelé Rafael, rigolé-je.

Ces derniers temps, Venus m'a bombardé de questions sur le trafic de drogue, les armes, les gangs, et les latinos. J'ai répondu aussi honnêtement et complètement que je le pouvais, mais je suis curieux de savoir comment elle a intégré les détails peu glamour dans sa romance. À vrai dire, je pense que je lirai son roman. En cachette, sur mon téléphone, et j'effacerai le bouquin quand j'aurai fini, mais je suis curieux.

— Je l'ai appelé Jaime, rétorque-t-elle.

J'éclate de rire. Je sens que je vais encore plus rigoler si j'imagine mon cousin en héros romantique.

— Rosa va être morte de rire. Limite, ça va lui casser le personnage. Elle n'est pas fan de notre cousin, expliqué-je.

— Elle aimera mon Jaime, assure Venus. Ou pas, parce que physiquement, il te ressemble beaucoup.

— Ne lui dis surtout pas.

Venus boit une gorgée de son thé tout en me scrutant derrière ses lunettes.

— Tu voulais me parler ? m'invite-t-elle. Je ne suis pas forcément douée pour conseiller les autres, mais je peux t'écouter.

C'est déjà beaucoup. À part ma psy, je n'ai personne à qui parler de Drake. Je lui raconte l'arrivée de mon shérif du Colorado et notre intention de nous voir sans me faire pincer par mon gang.

— Tu n'as pas l'air très heureux de le revoir, finalement, remarque Venus.

— Bien sûr que si, protesté-je. Quand il m'a dit qu'il venait, j'avais l'impression d'être un gosse le matin de Noël. Mais dès qu'on s'est retrouvés, les détails pratiques ont commencé à pointer leur nez. Ce n'est pas évident de se planquer, et je deviens parano. Limite, je suis content de le voir, mais j'aurais préféré qu'il reste dans son bled et que je vienne le rejoindre. Au moins là-bas, on est tranquilles.

— En somme, Drake est ton mec du Colorado et tu aimerais qu'il le reste. Comment envisages-tu votre avenir ? Tu vas déménager là-bas ?

— Non, et de toute façon Drake va revenir vivre ici, expliqué-je. Il a l'intention de resigner au SWAT.

Venus se met à rire.

— Cache ta joie ! s'exclame-t-elle. Sérieusement, tu as l'air d'avoir été condamné à perpète.

— Ce n'est pas cela. Je ne sais pas quoi faire, avoué-je. Je tiens à lui. Mais je ne peux pas faire mon coming-out à mes gars, je me ferais tuer.

Venus cale son menton sur ses mains jointes, comme si elle allait prier ou s'adresser à la nation à propos de nouvelles graves.

— Tu ne pourras pas tout avoir, Rafael. Tu pourras pas rester chef de gang, être gay et être en couple avec un flic. À toi de choisir ce à quoi tu tiens le plus.

— Mon fils, réponds-je sans hésiter. Le souci, c'est que même si je me dégage du gang, que je me retrouve sans revenus et que je sors du placard, Rita va foncer chez le premier juge venu pour revoir les conditions de garde et m'empêcher de voir mon fils.

— Le juge ne l'accordera pas au simple motif que tu es gay.

— Un juge conservateur, si. Beaucoup de juges latinos le sont.

— Et tu es sûr que Rita serait aussi intolérante ?

Je pince les lèvres. À vrai dire, je n'en sais trop rien. On n'a jamais trop parlé de ça avec mon ex. Je ne l'ai jamais surprise tenant des propos homophobes. Dans notre communauté, les gays qui le revendiquent sont très rares.

— Je peux tâter le terrain, fais-je. Mais je refuse de risquer de perdre mon fils.

— Tu sais, j'ai un avocat qui est féroce, sourit-elle. Je pourrais te le prêter si tu devais aller en justice.

— C'est gentil, mais je n'ai pas les moyens.

— Je paierai les honoraires. Je te dois bien ça, Rafael. Sans toi, je serais prisonnière ou morte.

— Sans moi et Drake, corrigé-je.

— Et Drake, sourit-elle. Alors, enlève ton fils de l'équation. Quoi qu'il arrive, tu restes son père. Qu'est-ce qu'il reste ?

— Drake ne peut pas sortir avec un chef de gang.

— Tu viens de dire que tu peux lâcher ton petit clan de dealers.

— Hé, on n'est plus un petit clan de dealers, protesté-je. J'ai même reçu des propositions qui…

Je m'arrête. Je ne vais pas parler business avec Venus, quand même.

— OK, ton gros gang de dealers, concède-t-elle.

— Si je les lâche, je vais devoir partir loin de mon

barrio, loin des barrios en général. Et je vais me retrouver sans une thune. Ça rentre et ça sort, tu sais.

Venus éclate de rire et je réalise l'ambiguïté de ma phrase.

— Je ne doute pas que Drake t'ait montré le plaisir de la chose, pouffe-t-elle.

— Je lui ai aussi montré que j'étais un élève doué, riposté-je. Sérieusement, qu'est-ce que tu veux que je fasse de ma vie ?

— Je me rappelle que durant le voyage de retour, tu as dit que si tu pouvais tout recommencer, tu deviendrais travailleur social.

— Non, j'ai dit que dans mes rêves, ça me plairait, corrigé-je. Ça ne gagne rien, et j'ai un fils à élever. Et je refuse de vivre dans la pauvreté. J'ai donné, merci bien. Le monde appartient aux riches, ce n'est pas à toi que je vais l'apprendre.

Venus Marie gagne des fortunes avec ses bouquins. Elle pourrait avoir une maison bien plus belle et plus grande, dans un quartier plus huppé, mais elle m'a demandé, lorsque je lui ai posé la question, ce qu'elle en ferait. Elle est bien dans sa maison avec sa compagne et son quartier lui convient. Son fric, elle l'investit ailleurs que dans l'épate.

— Tu n'as vraiment rien mis de côté ? demande-t-elle, surprise.

— Bien sûr que si, je ne suis pas complètement con. J'ai ouvert des comptes d'épargne, il y en a un pour Filipito, pour ses études, et d'autres pour la famille, mais ils sont là en cas de coup dur, pas parce que j'aurais décidé de devenir honnête.

— Tu devrais réfléchir à un métier honnête,

Rafael, me conseille-t-elle. Pour l'écriture de mon roman, j'ai lu pas mal d'articles et d'études sur les chefs de gangs. Ils ne font en général pas de vieux os.

Elle a raison et elle le sait. Rares sont les caïds qui atteignent l'âge de la retraite. Le taux de remplacement est devenu effrayant. Avant, tu avais dix ou vingt ans devant toi, si tu ne te faisais pas coincer par les flics. Maintenant, dépasser les cinq ans est déjà un petit exploit. Je sais que les Locos veulent me faire la peau pour prendre mon territoire, je sais que d'autres sont prêts à tout pour me voler mon business. Et même dans le gang, il y a quelques gars à qui je ne tourne jamais le dos.

Pas étonnant que je sois stressé, finalement. Je ne me couche jamais sans avoir vérifié que tout était fermé, les alarmes activées, et j'ai toujours un flingue et un fusil à canon scié à portée de main. À la maison, j'ai une véritable armurerie sous clé, et je ne sors jamais sans avoir de quoi me défendre. Je suis en hyper vigilance dans la rue, tout le temps. Je scrute mon environnement comme un prédateur, mais aussi comme une proie potentielle.

Aux Pins, j'ai apprécié de pouvoir marcher dans les allées sans faire attention, de pouvoir aller à Green Creek et faire les magasins en étant détendu. Au début, ça m'a fait bizarre de ne pas être armé, mais c'est une habitude que je pourrais vite prendre dans le bon environnement.

— Tu es intelligent et tu as de bonnes idées, me dit Venus, me sortant de ma rêverie. Pense à ta reconversion. Tu pourrais créer ta propre entreprise, être ton boss, et te faire de la thune sans craindre de te faire arrêter.

— Je n'ai que le diplôme de fin d'études du lycée, protesté-je. Je sais faire pousser de la bonne beuh, et j'ai eu quelques idées pour la vendre aux quatre coins du pays.

Ça, c'est ce dont je suis le plus fier. Au plus fort de la pandémie, nos ventes se sont effondrées parce que les gens avaient peur de sortir et de risquer d'attraper ce fichu virus. Du coup, j'ai innové. Puisque le consommateur ne venait plus à nous, nous allions venir à lui. J'ai lancé un site web, en apparence banal, qui vend des produits de soin pour hommes et femmes. J'ai racheté pour une bouchée de pain une conserverie qui périclitait. Ma beuh est mise en conserve, littéralement, dans de petites boîtes métalliques censées contenir une crème de jour ou un baume quelconque, avec étiquettes et tout. Il y a du tout prêt, en doses standards, et du sur mesure. On peut choisir la qualité, le parfum, la quantité et on paie via un site offshore. À l'usine, les mecs préparent la commande et la mettent sous enveloppes matelassées, avant de la confier à une grande compagnie de transport privée, qui livre dans tout le pays en quelques heures ou une journée selon la distance. Le mec reçoit son paquet, ouvre sa boîte de conserve et profite tranquillement de sa commande. Les chiens renifleurs ne sentent rien, vu que le métal stoppe les odeurs. Bien sûr, des flics ont essayé de commander chez nous. Notre site n'est pas exactement répertorié dans un moteur de recherche, l'adresse se passe entre connaisseurs, mais il n'est pas non plus ultra secret. Les flics l'ont trouvé, bien sûr. Ils ont tenté de remonter jusqu'à nous. Mais l'adresse de retour est bidon, et pour le paiement, j'ai fait appel à des spécialistes qui vendent des solutions clés en main. L'argent transite par des banques offshores avant d'arriver sur des comptes où le fisc ne met pas son nez, puisqu'il ne sait pas qu'ils existent.

Le plus risqué, c'est de transporter la came jusqu'à notre usine. Depuis la fin de la pandémie, on a repris nos livraisons en personne, mais ce n'est désormais qu'un petit pourcentage de notre business.

Malheureusement, ce genre de plan ne marche pas pour les flingues. Il faut encore être sur place et livrer la marchandise en main propre. Inutile de dire que les acheteurs ne sont pas des consommateurs lambda qui aiment fumer un joint, mais de vrais méchants qui me foutent parfois les jetons tellement ils ont l'air instables.

Venus est d'ailleurs une acheteuse occasionnelle de ma production de beuh, et elle m'a aussi acheté deux flingues. Depuis qu'elle a failli y rester, elle a décidé de s'armer. Je ne pense pas que ce soit une bonne idée pour une gentille fille comme elle (avant de me taxer de misogynie, je dirais la même chose si c'était un mec), mais je la comprends. Elle a eu très, très peur, et c'est un miracle qu'elle n'ait pas replongé après son enlèvement. Elle est bipolaire, ça n'aide pas à affronter les ex-maris psychopathes.

— Tu as pris des cours de tir ? demandé-je.

— Oui, et Naomi aussi. L'apocalypse zombie peut arriver, nous sommes prêtes.

Elle lève sa tasse de thé comme un toast.

— En cas de zombies, apprends plutôt à te servir d'un katana, dis-je.

— Mmmh, Naomi en Michonne, ça peut être

sexy, sourit rêveusement Venus. Et puis, si ça part vraiment en vrille, tu t'amènes avec Drake, ton petit et Rosa, et on forme un clan de survivants.

Elle me ferait presque rêver. J'imagine la fin du monde, la fin de l'argent, et le retour à une vie presque sauvage, avec recherche de nourriture, installation dans un petit périmètre barricadé, où on recommencerait une vie loin des gangs, de Jaime, des barrios, juste avec les gens que j'aime. Rita pourrait venir avec nous si elle accepte ma vie avec Drake. Filipito adorerait ça. On se défoulerait en dézinguant des zombies. Cela dit, pour ça, mieux vaudrait quitter la Californie et ses terres desséchées pour aller dans le Colorado verdoyant.

— Tu es parti loin, on dirait.

La voix de Venus me fait sursauter.

— Je me disais que la fin du monde ne serait peut-être pas une mauvaise chose.

— Je n'aurais plus de lectrices, soupire-t-elle. J'aime écrire et j'aime être lue. Je ne le fais pas pour le fric.

— Je ferais pousser de la beuh de compétition pour te remonter le moral.

— Ah non, dans un monde nouveau, plus de drogue. On serait heureux, on en aurait plus besoin, proteste-t-elle.

Elle a raison. Lorsque j'ai mis mon système de livraison à domicile en place, les ventes ont explosé. Les gens vont mal et se réfugient dans les paradis artificiels. Je fume plus qu'avant, moi aussi. Je bois plus également. Et je prends ces foutus médicaments. Je suis sur la mauvaise pente.

— Tu aimes Drake ? me demande Venus tout à

trac.

— Oui.

Je n'ai même pas réfléchi. Oui, j'aime ce connard de shérif qui veut aller buter Guerrero tout seul, je l'aime suffisamment pour envisager de tout lâcher et de recommencer une nouvelle vie, honnête, histoire de ne pas être un boulet pour lui et sa carrière.

— Alors tu vas devoir te bouger les fesses, Rafael Reyes. Tu vas devoir affronter tes peurs. Faire ton coming-out auprès de ta famille, et trouver une occupation respectable. Pour Drake et pour ton fils. Qu'il grandisse en voyant son père travailler honnêtement.

Je déteste quand elle a raison. Venus n'a pas le triomphe modeste. Elle sait qu'elle a raison, et elle hoche la tête avec un grand sourire.

— Je ne suis pas prêt, marmonné-je.

— Bordel, Rafael, tu fais des trucs qui feraient hésiter la plupart des gens, genre te balader en plein barrio la nuit, et tu as peur de dire à ta famille que tu bandes pour un mec ? fait-elle à voix basse. Drake aurait-il mis tes couilles dans son chapeau de shérif ?

Si j'étais hétéro, l'entendre parler comme ça me flanquerait la trique. Mais là, c'est juste galvanisant. Elle a raison. Je dois régler la situation et le faire avant que tout n'échappe à mon contrôle.

CHAPITRE 16

Drake

J'ai préféré ne pas retrouver Rafael ce soir, vu que c'est ma première nuit dans mon ancien appartement. C'est un peu étrange de dormir dans la chambre d'amis, mais je n'ai aucune envie de me retrouver dans le lit de Scott. Notre histoire est derrière nous. Ce soir, j'ai enfin pu lui donner la raison de notre rupture, mais notre couple n'était de toute façon pas viable. Nous nous disputions quand même souvent, à propos de mon taf ou de mon équipe. Pourtant, tout le monde a été accueillant avec lui lors des barbecues qui réunissent flics et conjoints.

J'imagine Rafael invité chez le capitaine, avec ses tatouages sur les bras qui ne laissent aucun doute sur ses activités dans un gang, papotant avec mes collègues des difficultés de vendre de la beuh de nos jours, avec les flics constamment sur leur dos. Ou alors parlant de gangs comme de vieilles connaissances.

Je dois sortir Rafael de là. Je peux me dire ce que je veux, je l'aime, et je veux le sortir de son existence dangereuse de hors-la-loi. Son espérance de vie est limitée. Il ne peut pas l'ignorer. Il peut se faire descendre par la concurrence ou se faire arrêter par mon ancienne unité. Rafael est quelqu'un de bien, au fond de lui, je le sais. Il a les mêmes valeurs que moi. Simplement, il a eu la malchance de grandir dans un barrio violent, de voir son frère se faire descendre devant ses yeux et d'avoir peu de perspectives honnêtes pour son avenir. Je pourrais écrire toute une thèse sur l'influence du milieu socioculturel sur la destinée d'un individu. Il faudrait en parler à Venus Marie, elle saurait l'écrire.

Je me tourne et me retourne dans ce lit que je ne connais pas. J'y ai dormi une fois ou deux, après une dispute, mais c'était plutôt Scott qui s'y réfugiait après un gros clash. Je finis par m'endormir, mais je fais des rêves étranges. Je suis sur la scène du crime, je vois le corps de Brody, et Guerrero qui s'enfuit. Je veux le courser, mais mes jambes refusent de fonctionner. À l'aube, je me réveille en sueur. Sans réveiller Scott, je prends une douche et je me fais un café. Normalement, je devrais aller au QG du SWAT, mais mon cauchemar tourne encore dans ma tête. Je ne suis pas allé voir la scène de crime. Même si les collègues l'ont passé au peigne fin, même si Padilla et Sanchez leur ont indiqué les zones où l'action s'est déroulée, vu qu'ils ont tout vu. Je me décide d'un coup. Je prends la voiture et je roule jusque dans le barrio, avant de m'orienter grâce au GPS. J'ai pris mon arme, car je suis en zone hostile. West Adams est l'un des quartiers les plus violents de la ville. C'est une zone qui se partage entre petites maisons et commerces. Les rues auraient besoin d'être regoudronnées d'urgence, le revêtement est craquelé de partout. Les bâtiments sont peints de couleurs vives, bleu, vert ou rose, mais cette couche de glaçage sucré ne parvient pas à faire oublier que presque toutes les fenêtres sont équipées de barreaux, parfois renforcées par du grillage. Les magasins encore fermés sont tous protégés par des rideaux de fer et des caméras, dont beaucoup sont cassées. Une atmosphère de pauvreté vous prend à la gorge dès que vous vous engagez dans les petites rues qui donnent sur le grand boulevard. Je m'arrête sur le parking d'un marché alimentaire déjà ouvert. Les voitures autour de moi sont toutes des breaks dont certains ont été neufs au siècle dernier. La population est entièrement latino, et ça parle espagnol dans tous les coins. J'attire quelques regards, dont certains sont hostiles, et j'entends des gens se demander si je suis flic. Je dois avoir la gueule de l'emploi.

Je passe derrière le marché alimentaire, qui est hébergé par un bâtiment en brique, peint en ocre et jaune, et entouré de grilles et de plots empêchant de se garer, mais surtout à des voitures bélier de défoncer les portes. La petite rue est déserte, sauf pour une camionnette blanche. Sur la droite, un mur tagué protège une maison peinte en bleu turquoise passé, avec des fenêtres à barreaux et des stores encore baissés. Des bacs à fleurs essaient de donner un air pimpant à l'ensemble, mais l'entassement de barrières de protection et de bazar divers casse l'illusion. À l'arrière de la maison, juste en face du marché, un garage a été ajouté. Une échelle est appuyée contre l'un des murs. C'est par là que Guerrero est monté sur le toit du garage, espérant probablement sauter sur le toit de la maison et, de là, directement dans le jardin qui donne sur le boulevard. Il n'a pas eu le temps. Brody a grimpé de l'autre côté, via la maison, et Guerrero a sauté du toit dans la ruelle où je me tiens. Si la rubalise a été enlevée, je vois encore les marques à la craie sur le sol autour d'une flaque de sang. Une croix pour indiquer l'endroit où Guerrero a atterri, et la trace du corps de Brody, à quelques mètres. Je m'agenouille pour toucher la marque. J'imagine mon lieutenant atterrir, se bousiller la cheville, avoir mal, et probablement jurer comme un charretier en se disant que Guerrero allait encore lui échapper. C'était juste avant de comprendre que sa vie allait finir là, dans cette ruelle minable. Guerrero a tiré et s'est barré vers le boulevard Hauser, à quelques mètres, où il a volé une voiture avant de s'enfuir sur les chapeaux de roues.

À l'endroit où Brody est mort, il y a encore une large tache de sang. On voit que quelqu'un, peut-être un habitant de la maison, a jeté un saut d'eau et de désinfectant et a balayé. D'après le rapport, personne n'était présent lorsque le drame a eu lieu, et les clients du marché alimentaire n'ont rien vu, vu que l'entrée est de l'autre côté.

J'examine soigneusement la scène. Le mur porte des traces de choc fraîches, qui peuvent avoir été causées par l'équipe technique. Je vais jusqu'au boulevard, les yeux rivés au sol, mais il n'y a rien, évidemment. Selon le rapport, la voiture que Guerrero a volée était de l'autre côté de la chaussée. Il a donné un coup de coude dans la vitre conducteur, a ouvert et a fait démarrer la vieille Ford en nouant les fils électriques sous le volant, la base que tout voleur de caisses connaît. Même moi, je sais le faire. C'est plus difficile avec les voitures modernes, mais les vieux modèles peuvent être volés en moins d'une minute, trente secondes si le type est bon.

Je traverse. Il y a des traces de sang au sol. Guerrero se serait blessé en brisant la vitre. La quantité me paraît importante. Il a dû se faire sacrément mal pour saigner comme ça. On voit clairement une trace de chaussures.

Je reviens vers la maison et je sonne. C'est une femme à l'air fatigué qui vient me répondre. Je lui présente mon badge de consultant, et je lui explique que je veux juste lui poser quelques questions sur la mort du policier dans la ruelle. Elle se ferme immédiatement et me dit que personne n'était là, que personne n'a rien vu ni entendu, et que je n'ai qu'à aller voir le marché alimentaire.

Je sors un billet de cent dollars de ma poche. C'est une somme pour elle, ça l'est aussi pour moi, mais quand je vois ses yeux briller, je sens que je peux en tirer quelque chose.

— Vous avez dû parler avec vos voisins de tout cela, non ? Je veux juste savoir la vérité, madame. Quelqu'un a entendu le coup de feu ? demandé-je dans mon meilleur espagnol.

Son regard las fait des allers-retours entre mon visage et le billet. Elle soupire et parle ensuite à toute vitesse.

— Des voisins ont entendu les coups de feu.

— Les ? Il y en a eu plusieurs ?

Selon le rapport, seul Guerrero a tiré. Padilla et Sanchez étaient trop loin et n'ont pas voulu tirer par peur de blesser un civil.

La femme hausse les épaules.

— Le flic qui est mort, il a tiré avant de mourir, fait-elle comme si c'était une évidence. Les flics ont enlevé les balles.

— Vous pouvez me montrer ?

— Non. Je ne veux pas qu'on dise que je parle aux flics.

Elle tend la main. Je retiens le billet encore une poignée de secondes.

— Est-ce que vos voisins ont vu comment le type a tiré sur le flic ? demandé-je.

Elle secoue la tête, elle ne sait pas. Elle est de plus en plus nerveuse.

— Je vais aller sonner un peu partout, dis-je en lui donnant le billet. Il y a cent dollars de plus si vous me dites qui a vu le type tirer sur le flic.

— Morales.

Je lui donne un deuxième billet, elle me l'arrache presque et me claque la porte au nez. Je pars sans me retourner. Je sais qu'elle m'observe derrière ses rideaux. Fidèle à ce que j'ai dit, je vais sonner à côté, sans réponse, puis je tombe sur une porte marquée Morales. C'est un ado qui m'ouvre. Il veut refermer tout de suite, mais je glisse mon pied dans la porte en présentant mon badge.

— Je sais que tu as vu le flic se faire tirer dessus, dis-je. J'ai un billet pour toi si tu me racontes la scène.

Le gamin, qui doit avoir seize ans tout au plus, a ce regard dur des gosses qui grandissent dans la rue. Ses bras sont déjà tatoués. Je repère des dessins familiers, avec des 13, des S pour les Surenos, et mon regard accroche soudain un tatouage que je n'ai vu que sur une seule personne. Une tête de mort et des ailes. Ça tient sur tout son biceps droit.

— Tu fais partie des *Diego Sangre* ?

— Peut-être, rétorque-t-il d'un ton belliqueux.

— Tu es loin de ton barrio.

— On a déménagé.

Voilà qui explique tout. Je décide de prendre un risque.

— Je connais ton boss, Reyes.

— Vous êtes flic, non ?

Je hausse les épaules.

— Je suis consultant. Je veux juste savoir la vérité sur la mort du flic. C'est tout. Ne m'oblige pas à appeler ton boss pour qu'il t'ordonne de me parler.

Je sors mon téléphone. Le gamin pince les lèvres.

— C'est bon, pas la peine de le déranger. De toute façon, ça ne regarde pas les *Diego Sangre*, cette histoire.

— Raconte ce que tu as vu.

— Je n'ai pas vu les tirs. Je les ai entendus. Trois ou quatre. Et puis j'ai vu Guerrero qui arrivait sur le boulevard. Il pissait le sang.

Je garde un visage impassible.

— Raconte. Où était-il blessé ?

— Sa jambe. Il avait un jean délavé, et toute la jambe droite depuis le genou était pleine de sang. Il boitait. Il a pété la vitre d'une caisse, s'est mis au volant et il l'a démarrée. Puis il s'est barré.

— Tu as dit tout cela aux autres flics ? Ceux qui arrivaient derrière celui qui est mort ?

— Non. Je ne cause pas aux flics. De toute façon, ils l'ont vu mieux que moi. Ils venaient du marché.

Je lui file un billet et je me barre, pensif. Je vais sonner à d'autres portes, mais personne ne répond. Le mot a dû passer d'une maison à l'autre qu'un flic était dans le coin, ou même pire, un type qui avait un badge de flic, mais n'en était pas un.

Je retourne sur la scène du crime. J'examine chaque marque fraîche sur le mur. Deux d'entre elles peuvent correspondre à des traces de balles qu'on aurait enlevées d'une façon si grossière que la trace est impossible à définir précisément. Pour la balistique, tu repasseras. C'est juste impossible que la scientifique ait agi ainsi. Je me mets sur le tracé à la craie du corps de Brody, en évitant la trace de sang. Les deux balles lui étaient destinées. Guerrero a donc tiré au moins trois fois, ce qui met à mal l'idée qu'il se soit tenu debout alors que Brody était au sol et l'ait abattu froidement. Si Brody était dos au mur et qu'il a tiré, sa ou ses balles se sont perdues juste en face, dans le mur à l'arrière du bar-restaurant, encore fermé à cette heure-ci. Ou alors sur la bande de goudron qui y mène, et qui est si craquelée et défoncée que ce n'est pas la peine de chercher un impact quelconque. Je retourne sur le X de Guerrero et je décris des cercles autour. Si Brody a réussi à le toucher à la jambe, il doit y avoir des traces de sang. Et j'en trouve.

Elles sont infimes, parce que la majorité du sang

a été absorbée par le jean de Guerrero, mais elles sont bien là. Je reviens à ma voiture prendre un kit de prélèvement, puis je fais des photos. Je sens des yeux qui m'observent derrière les rideaux ou via les fentes des persiennes souvent cassées. Il y a sans doute eu des témoins qui ont tout vu, mais ils ont préféré ne pas s'en mêler. Je peux le comprendre. Parler aux flics est très mal vu dans ce quartier et de toute façon, pourquoi aideraient-ils des types qui ne les protègent pas contre des gangsters qui font souvent partie de leurs familles ?

Mais le gamin a raison. Padilla et Sanchez ont forcément vu ce qui s'était passé. Ils arrivaient par le parking du marché alimentaire, à pied, parce que leur véhicule d'intervention était garé plus loin. C'est en ligne droite. Ils ont dit avoir vu le tir de Guerrero, de loin, mais ils n'ont pas pu manquer le tir de Brody. Ça a dû se jouer en quelques secondes. Et ils n'ont pas pu ne pas remarquer que Guerrero était blessé, boitait et pissait le sang. Pourtant, rien dans le rapport ne le mentionne. Ils ne m'en ont pas parlé. Et il manque le rapport de balistique de Brody certifiant que son flingue était encore chargé et n'avait pas tiré.

Cela ne change rien au fait que Guerrero a tué Brody. Mais les circonstances changent. On passe d'un meurtre de sang-froid à un échange de tirs qui a occasionné la mort de Brody.

Pourquoi est-ce que Padilla et Sanchez auraient menti ? Surtout que le capitaine lui-même est arrivé quelques minutes plus tard. Il suivait l'affaire par radio, dans une voiture banalisée.

Il faut que je reparte du début. Comment est-ce que Brody s'est retrouvé à poursuivre Guerrero dans ce quartier, qui est loin de notre zone d'intervention habituelle ?

CHAPITRE 17

Rafael

Je suis en pleine visite de mes petites mamies lorsque mon portable vibre. C'est un des gamins du gang qui a déménagé il y a quelques mois, Morales.

— *Hola, pendejo*, dis-je en guise de bonjour.

— *Jefe*, il y a un type qui est venu m'interroger sur la mort du flic dans mon quartier.

Je suis immédiatement en alerte.

— Je t'écoute.

— Un type a sonné à toutes les portes tout à l'heure, et il a posé des questions sur Guerrero et la mort du flic. Il a dit qu'il te connaissait.

Un type. Je l'imagine assez bien blond aux yeux bleus. J'espère.

— Il était comment ?

— Un *gringo*. Blond. Grand. Il a dit qu'il était consultant pour les flics, mais il avait l'air d'un flic.

— OK, je vois qui c'est. Dis-moi ce que tu lui as raconté.

Morales me fait un topo. Ce qu'il dit confirme ce que Guerrero lui-même m'a raconté. Je dois dire que jusqu'à maintenant, je me foutais un peu de la façon dont ce lieutenant du SWAT était réellement mort. Mais voir que Drake va sur le terrain pour poser des questions m'interpelle. Je croyais qu'il était censé rester dans un bureau.

— J'ai fait une connerie, *jefe*? s'inquiète Morales. J'ai entendu les infos à la télé, ils disent que Guerrero a buté le flic de sang-froid. Ce n'est pas comme ça que ça s'est passé. J'ai voulu le dire au flic.

— Tu as bien fait. Il y en a marre que les flics nous prennent tous pour des tarés qui butent du flic juste comme ça. Le jour de la fusillade, les flics sont venus t'interroger ?

— Non. De toute façon, je n'aurais pas répondu. Dès que j'ai vu que ça canardait, j'ai tout bouclé et j'ai fait le mort. Je ne cause pas aux flics.

— Ils ont interrogé tes voisins ? demandé-je.

— Je ne crois pas. Il faudrait demander, mais je crois qu'ils ont juste sonné dans la maison où ça a tiré. Et il n'y avait personne.

Je ne suis pas au fait des procédures policières, mais cela me semble étrange. J'ai toujours vu les flics faire le tour du voisinage, surtout après la mort de l'un des leurs. Je dis à Morales de me tenir au courant s'il voit d'autres flics tourner autour du quartier, puis j'appelle Drake.

— Tu interroges mes hommes, maintenant ? demandé-je d'un ton amusé.

— Morales t'a appelé ? Je suis tombé sur lui par hasard, j'ai reconnu le tatouage. C'est lui qui t'a dit que Brody avait tiré aussi ?

— Non. J'ai une autre source, fais-je. J'ignorais même que Morales avait assisté à la scène. Mais reconnais que ça confirme ce que je t'ai dit.

— Je ne sais plus quoi penser, soupire-t-il. Je connais les deux officiers qui étaient sur place avec Brody, leur version est complètement différente. À aucun moment ils ne disent que Guerrero était blessé.

— Demande-toi pourquoi ils mentent, fais-je, soudain inquiet. Mais sois discret. Je trouve que ça pue grave, cette histoire. Tu connais ces types depuis longtemps ?

— Six ou sept ans pour certains. J'ai bossé avec eux, Rafael. Je leur ai confié ma vie et ils m'ont confié la leur.

J'entends un certain désespoir dans sa voix. Je ne sais pas si c'est le moment de lui dire que j'ai des flics que j'achète tous les mois avec une enveloppe. Drake est trop pur pour ce monde, voilà le souci. Il s'imagine que tous les flics sont comme lui, droits dans leurs bottes et incorruptibles. Pourtant, lui aussi a menti sur la mort de ce gosse tué par ricochet.

— Pourquoi étaient-ils après Guerrero, au fait ? demandé-je.

— Je ne sais pas exactement. Je me suis rendu compte aujourd'hui que c'était finalement assez flou. Ils le poursuivaient parce qu'il a été signalé dans le coin suite à un appel anonyme.

— Pratique.

— Pourquoi mentir ? Pourquoi dire que Guerrero a tué Brody de sang-froid ?

— Pour attirer la sympathie du public ? Un flic qui meurt dans un échange de tirs avec un criminel, c'est banal. Un flic du SWAT, blessé, au sol, qui se fait exécuter par Guerrero, froidement, ça interpelle davantage. Regarde la façon dont tu as réagi.

Il y a un silence sur la ligne.

— Je veux en avoir le cœur net, dit-il. Je vais faire la lumière sur cette histoire.

— Sois prudent, recommandé-je. Ne fais confiance à personne, OK ?

— Ne t'inquiète pas. À ce soir ?

— J'y compte bien. Mes couilles sont pleines.

— Les miennes aussi.

Je rigole en raccrochant. C'est mon mec.

Je tourne dans une petite rue de mon barrio, dans la zone la plus tranquille. Je me gare à distance d'une maison coquette et très simple, mais bien entretenue. Je vais sonner chez l'habitante. C'est une petite grand-mère qui vient m'ouvrir. Mamie Juanita me fait un grand sourire et on se fait la bise. Elle m'invite à rentrer et à prendre un café, ce que j'accepte. Pendant qu'elle le prépare, je vais dans son jardin, à l'arrière de la maison.

Abrité par une haie bien taillée, il y a un petit carré de weed qui pousse tranquillement, à deux pas d'un grand massif de fleurs et d'un carré de plantes aromatiques. Je me glisse dans le carré, j'inspecte les plantes, je vérifie l'hygrométrie, je renifle les fleurs, et je note que tout va bien. Je retourne dans la maison.

— J'ai fini les space cakes, m'annonce la petite

mamie alors qu'une odeur délicieuse s'élève de son comptoir de cuisine.

Je dois dire que je meurs d'envie d'en manger un. Toutes mes mamies ne font pas des cakes à la weed, on n'a pas assez de demandes pour ça. C'est une nouvelle branche de mon petit business que je développe peu à peu. Le space cake est plutôt destiné à une clientèle aisée, inutile de dire que ce n'est pas dans le barrio que je le vends. J'ai des contacts dans des quartiers résidentiels où mes hommes vont les livrer après une commande sur le site web. Mine de rien, ça commence à me rapporter un joli paquet de thunes. La classe moyenne s'emmerde, fume parfois des joints, mais trouve super fun de manger des space cakes comme dans les sixties. Évidemment, je n'ai pas l'approbation de la FDA pour mes pâtisseries fourrage spécial, mais on n'a pas eu d'empoisonnement. J'ai bien sélectionné mes mamies cuisinières, en allant chez elles plusieurs fois, en faisant analyser leurs premiers essais pour voir si elles employaient des produits frais et cuisinaient dans des environnements propres. Mamie Juanita en fait partie. Sa maison est impeccable et elle nettoie sa cuisine comme une pro. Sans compter que ses pâtisseries sont délicieuses. Mamie Juanita me sert un café bien serré et me présente un plateau où des muffins sont en train de refroidir.

— Prends-en un, tu en meurs d'envie, m'offre-t-elle.

Je cède à la gourmandise plus qu'à la perspective de planer un peu. Je prends une première bouchée et je retiens un petit soupir de plaisir. Bon sang, je mangerais bien ça au petit déjeuner tous les matins.

— C'est délicieux, *abuelita*.

— Ton jardinier est venu hier, il a dit que ça poussait bien, et qu'il pourrait récolter dans deux semaines.

— C'est mon estimation également, apprécié-je.

J'ai débuté comme tout le monde, en achetant de la beuh à de gros fournisseurs, souvent des plantes importées, ce qui ne m'accordait qu'un petit bénéfice. On peut difficilement acheter des parcelles de terrain pour y faire pousser de l'herbe comme on le ferait avec des tomates, parce que le premier flic qui passe dans le coin comprendrait que ce ne sont pas des herbes aromatiques. La weed nécessite des conditions de pousse particulières pour être bonne, avec le bon arrosage et le bon ensoleillement. J'aurais pu louer une maison et faire pousser tout cela hors sol, mais il y a le risque de se faire pincer par des drones thermiques qui recherchent justement ce type de bâtiments. C'est d'autant plus bête qu'on a le climat idéal dans le coin, contrairement aux grandes villes du nord.

C'est une discussion avec ma propre grand-mère, la mère de ma mère, décédée aujourd'hui, qui m'a donné l'idée. *Abuela* Maria a travaillé toute sa vie dans une conserverie. Elle a complété avec des heures de ménage chez des riches. Ma mère a commencé comme ça dans la vie. Et pourtant, *abuela* Maria peinait gravement à joindre les deux bouts à un âge où elle aurait dû avoir droit à une vie faite de repos, d'après-midi télévision ou bridge, entourée par sa famille. Elle avait une petite maison avec un petit jardin où elle faisait pousser ses propres légumes, histoire d'économiser sur la nourriture.

— Si ça continue, m'a-t-elle dit en riant, je vais planter de la weed. Tu la vendras et je prendrais ma part de bénéfices !

La phrase a tourné dans ma tête. Ce n'était pas con du tout. J'ai commencé par lui louer un petit carré, j'ai acheté des semences et j'ai commencé comme ça. On a planqué le carré avec une haie. La première récolte a été au-delà de mes espérances. Et le retour sur investissement a été très, très intéressant. *Abuela* Maria m'a présenté à ses amies du même âge, toutes des veuves en difficulté financière. Je ne leur ai pas caché les risques si jamais les flics tombaient sur les plants. La plupart ont haussé les épaules.

— Eh bien, qu'ils me mettent en prison, s'est écrié *abuela* Maria. Au moins, je serais nourrie trois fois par jour et j'aurais un toit qui ne fuit pas !

J'ai fait planter des haies autour des plantations, et j'ai formé des jardiniers parmi mes hommes pour semer, faire pousser et récolter. Ils viennent toutes les semaines et en profitent pour entretenir le reste du jardin des vieilles dames. Ils leur font aussi un peu la causette. Elles sont bien payées, en liquide, net d'impôts, et elles savent se taire quand elles le veulent. Elles forment un petit cercle et recrutent elles-mêmes de nouvelles participantes. Je leur fais confiance à ce niveau. Elles se connaissent bien entre elles, savent qui est fiable et qui ne l'est pas, ou qui a un grand jardin. Je viens contrôler régulièrement, histoire de m'assurer que tout va bien, que tout pousse bien, et que les jardiniers ne gardent pas une partie de la récolte pour eux. Il faut toujours superviser ses affaires de près.

Je savoure mon space cake et, sur une impulsion,

je prends un petit panier. Les mamies pâtissières préparent elles-mêmes les paquets pour leurs cakes, selon la demande. Elles emballent dans des boîtes décorées, mettent le tout dans des petits ou grands paniers, eux-mêmes enveloppés de cellophane, avec de jolies étiquettes et des rubans. Mamie Juanita signe les siens d'une étiquette *Mamie Juana*, en français dans le texte, histoire de faire un petit jeu de mots. Je partagerai ces friandises avec Drake ce soir, il a l'air d'avoir besoin qu'on lui remonte le moral.

CHAPITRE 18

Drake

Je relis le rapport de la mort de Brody une nouvelle fois et je commence à avoir la migraine. Pourquoi est-ce que Padilla et Sanchez auraient menti ? Qu'est-ce que ça leur apporte, à part augmenter la colère des autres par rapport à Guerrero ? De toute façon, ce type est dans notre collimateur depuis deux ans. Un jour ou l'autre, on va le coincer et l'envoyer derrière les barreaux. Ou bien il va se faire descendre lors de son arrestation, solution que le capitaine Williams ne rejette pas.

C'est bien cela qui me tracasse. Sur le coup, j'étais tellement dans l'idée de descendre Guerrero moi-même que je n'ai pas plus tiqué que cela. Mais Williams nous encourageant à buter Guerrero au lieu de l'arrêter ne correspond pas à l'homme sous les ordres duquel j'ai bossé pendant tant d'années.

Je rejoins le QG. Il me faut des réponses ! Je ne peux pas avancer dans mon enquête si je ne sais pas ce que je cherche. Williams est seul dans son bureau, entouré d'écrans, et j'en profite.

— Ah, Knight, je me demandais où vous étiez passé, me lance-t-il sur un ton de reproche.

— J'étais sur les lieux de la mort de Brody, Monsieur.

Il fronce les sourcils.

— Pourquoi ? Le rapport est très complet, que vouliez-vous voir de plus ?

Je suis surpris par cette soudaine agressivité. En temps normal, il est le premier à nous encourager à aller sur les scènes de crime, à les examiner par nous-mêmes, histoire de nous imprégner de l'ambiance et peut-être même de relever des détails qui auraient pu échapper à la scientifique.

— Je voulais voir où Brody était mort, Monsieur.

— Je comprends. Bon, maintenant que vous êtes là, j'aimerais…

— Monsieur, j'ai des questions à propos de ce qui s'est passé ce jour-là, l'interrompé-je avec une audace que je ne me serais pas permise lorsque j'étais directement sous ses ordres.

— Vous n'avez pas lu le rapport ? Et discuté avec Padilla et Sanchez ? Et avec moi ?

— J'ai interrogé quelques témoins, dis-je. Et leur version est différente du rapport.

Williams lève les yeux d'un air interrogateur. Il me fait signe de m'asseoir.

— Je vous écoute.

— Ils disent qu'il y a eu plusieurs coups de feu. Que Brody a eu le temps de tirer et de blesser Guerrero avant d'être lui-même tué.

— Est-ce que vos témoins ont un nom ?

— Ils n'ont accepté de témoigner que sous l'anonymat, Monsieur.

— Comme c'est pratique. J'étais sur place quelques instants après la mort de Brody. Padilla et Sanchez ont été témoins de son meurtre. Vous mettez en doute la parole d'officiers assermentés ? De vos amis ? Tout ça parce qu'un gamin du barrio vous sort une version différente ?

— Non, Monsieur, je me pose simplement des questions.

Williams se renfonce dans son fauteuil. Il me fixe un long moment.

— Guerrero a assassiné Brody. C'est la seule vérité qui compte.

— Mais si c'était lors d'un échange de tirs… commencé-je.

— Brody était à terre. Il était blessé. Il n'avait aucun moyen de se relever et de poursuivre Guerrero.

Au ton de sa voix, je comprends que je suis mal barré.

— Oui, Monsieur.

— C'est ce qui est important. Brody a été exécuté comme un chien par Guerrero. Quant au témoignage que vous avez recueilli, tant qu'il ne sera pas consigné dans un rapport en bonne et due forme, je n'y accorderai pas le moindre crédit. Tous ces types du barrio protègent Guerrero. C'est leur héros. Ils sont prêts à raconter n'importe quoi pour semer le doute et empocher un billet. Car je suis sûr que vous avez dû payer pour ce témoignage ?

— Oui, Monsieur.

— Ne cherchez pas plus loin. Vous vous êtes fait avoir.

— Je m'en rends compte, Monsieur, soupiré-je.

Pourtant, le témoignage de Morales concorde avec ce que m'a raconté Rafael, qui m'a dit avoir les infos par un autre témoignage.

— Vous avez raison, Monsieur, fais-je. Il y a cependant une chose que j'aimerais porter à votre attention. Il manque le rapport de balistique de l'arme de service de Brody. Au procès, s'il y en a un, l'avocat de Guerrero risque de s'en servir et de clamer le vice de procédure.

— Nous n'avons pas retrouvé l'arme de Brody, admet soudain Williams. Guerrero l'a probablement volée. Il y aura un rapport à ce sujet, ne vous inquiétez pas. Et puis si Guerrero s'en sert pour tuer d'autres personnes, nous aurons des éléments supplémentaires contre lui.

— Je comprends, Monsieur.

— C'est pour cela que je veux que vous soyez armé dès que vous mettez le nez dehors, Knight. Ce type est un vrai cinglé qui prend son pied à buter du flic. Ne soyez pas sa prochaine victime.

Sur ces mots, Williams me congédie en se levant. Il me recommande de ne plus me montrer sur les lieux du crime, parce que je pourrais devenir une cible, et de me contenter de faire mon job de consultant.

— Attendez d'avoir retrouvé votre badge pour jouer les héros, Knight, me conseille-t-il.

Je vais me rasseoir à mon ancien bureau. Je croise

le regard de Sanchez, qui me lance un sourire interrogateur avant de venir se percher sur le coin de ma table.

— Qu'est-ce que tu lui as dit pour qu'il ait l'air en pétard ? demande-t-elle à voix basse.

On a souvent eu des discussions de ce genre, elle et moi, en tant que partenaires.

— Je suis allé sur les lieux où Brody a été tué, dis-je en la scrutant.

Son expression change.

— Tu n'aurais pas dû. Ça va te hanter.

— Je voulais voir. Un peu comme tu vas poser un bouquet de fleurs là où quelqu'un est mort. Sauf que je n'avais pas de fleurs.

— Tu n'aurais pas eu le temps de les poser qu'elles auraient disparu, de toute façon. Ces gens-là ne respectent rien.

— Est-ce que tu pourrais me raconter, avec tes mots, pas ceux du rapport, ce qu'il s'est passé ?

Elle soupire.

— Drake, tu devrais arrêter de faire une fixette là-dessus. On sait tous ce qu'il s'est passé. Brody est mort, et rien ne le ramènera. Tout ce que nous pouvons faire pour lui maintenant, c'est faire en sorte que son meurtrier ne puisse plus jamais priver deux petites filles de leur père.

— Si c'est toi qui le coinces, tu vas l'arrêter ou le descendre ?

Elle baisse les yeux.

— J'espère que ce salaud essaiera de s'enfuir et que j'aurais un prétexte pour lui tirer dessus. Et crois-moi, je ne le louperai pas. Brody était autant mon mentor que le tien.

— Et si les choses s'étaient passées différemment ? Si Brody et Guerrero avaient échangé des tirs ?

Sanchez hausse les épaules.

— Ça ne changerait rien, Drake. Il était à terre. Guerrero pouvait se barrer en courant.

— Et si Brody avait blessé Guerrero ?

— Il ne l'a pas fait.

— Imagine.

— OK, ça ne change rien non plus. Il a tué un flic. Il a tué notre lieutenant. Écoute, Drake, je ne sais pas ce qui t'arrive, mais tu devrais te rappeler à quel camp tu appartiens. La meilleure résolution de cette affaire, c'est Guerrero six pieds sous terre. Ça enverra aussi un message à ses petits copains qui se croient tout permis. Bute un flic, et tu y passes aussi.

La voix de Sanchez est devenue coupante comme l'acier. Je comprends qu'elle ait été affectée, tout comme moi, mais j'ai le sentiment qu'elle a oublié notre mission première, qui est d'intervenir quand la police est débordée, pas d'être des juges et des bourreaux.

— Je dois aller voir le capitaine, dit-elle brusquement. Si tu veux vraiment aider, liste tous les endroits où on pourrait trouver Guerrero. On va traquer ce fils de pute et le faire sortir de sa tanière.

Je la regarde entrer dans le bureau après avoir frappé, puis commencer à parler. Le capitaine me regarde, avant de se fixer à nouveau sur Sanchez. Mais ce bref instant a suffi. Ils parlent de moi.

CHAPITRE 19

Rafael

Je termine la journée par un tour au salon de Rosa. J'ai besoin de me faire couper les cheveux. J'aime bien être net, avoir une coupe soignée et je garde mes cheveux propres. J'ai horreur des gens négligés, surtout les mecs qui pensent qu'être crade les rend plus virils. Ils puent, voilà tout. Si j'étais une femme, j'aurais horreur que mon mec sente mauvais. J'aime bien Drake pour cela, il est toujours lavé de frais, et ses cheveux sentent bon le shampoing. Rien que de penser à son odeur me fait durcir. Je me calme, je prends le temps de consulter mon téléphone avant d'aller frapper à l'arrière du salon, histoire de ne pas me présenter devant ma sœur avec des signes extérieurs de richesse. La connaissant, elle rigolerait, mais bon, ce serait gênant quand même. Elle me brancherait sur Venus Marie. Elle est persuadée qu'on vit une histoire d'amour passionnée, tous les deux.

Rosa est en train de faire les comptes, un œil sur la caisse et un autre sur son ordinateur. Elle a une calculatrice à grosses touches près d'elle et ses doigts volettent.

— Tu as cinq minutes pour rafraîchir ma coupe ? demandé-je.

— C'est bien parce que c'est toi, soupire-t-elle. J'ai eu une journée exténuante.

— Comme toutes tes journées. Tu bosses trop, Rosita.

— Il faut bien faire rentrer la thune. Mets-toi dans ce fauteuil et passe une blouse.

Je prends les blouses roses avec le nom de Rosa brodé dessus et ma sœur s'active avec ses ciseaux.

— Tu as visité les mamies ? demande-t-elle.

— Comment peux-tu le savoir ?

— Tes cheveux sentent la weed et les gâteaux. Tu m'as ramené un panier ?

— Non. Je refuse que ma petite sœur se drogue.

— Tu parles ! Ce n'est pas avec ça que je vais planer. Ça marche bien ?

— Ça rapporte, mais ça reste artisanal, soupiré-je.

— C'est le problème avec ton business. Tu as besoin de voir plus grand.

— Je manque de thunes pour voir plus grand. Encore que j'aie une offre.

— Raconte.

J'aime bien tester mes idées sur Rosa. Elle est dotée d'un solide bon sens.

— Un type est venu me proposer de m'amener de

gros coups, qu'on ferait à plusieurs gangs. Il parle de millions.

Le ciseau de Rosa marque une pause. Voilà un langage qu'elle comprend.

— Des millions ? Et pourquoi il ne fait pas ça tout seul ?

— Il a besoin de main-d'œuvre. On va devoir s'y mettre à plusieurs gangs.

— Tant que ce ne sont pas les *Locos*. Ils ne se sont pas gourés le jour où ils ont choisi leur nom, ceux-là.

— Je me réserve le droit de choisir mes partenaires. Mais qui dit gros bénéfices, dit gros risques.

— Logique. J'ai toujours admiré ta prudence, mais elle te bloque, maintenant.

— Tu parles de bosser avec l'El ?

— Entre autres.

L'El est la mafia mexicaine. Une fois qu'on a mis les pieds dedans, il n'est plus question d'en sortir. Quand on signe avec eux, c'est comme lorsqu'on signe avec un gang. C'est pour la vie. C'est pour ça que j'ai toujours refusé les offres qu'on m'a faites dans ce sens. J'aime mon indépendance.

— À vrai dire, je pensais faire deux ou trois gros coups et me retirer des affaires, dis-je. Si je peux mettre la main sur plusieurs millions de dollars, j'ai de quoi voir venir pendant un moment, pour toute la famille.

— Et tu feras quoi, une fois à la retraite ? Tu t'emmerderas ? Tu pourrais me donner un million de dollars que je n'abandonnerais pas mon salon. J'aime me lever le matin en ayant un but. Mais je prends quand même le million.

On rigole. Nous sommes d'affreux matérialistes, ma frangine et moi, mais nous avons grandi dans la pauvreté. Généralement, ceux qui méprisent l'argent sont ceux qui en ont.

— J'ai entendu dire que tu avais rencontré Guerrero. C'est lui qui te promet des millions ?

Je ne suis même pas surpris. Rosa sait tout. Les femmes savent tout avant tout le monde.

— C'est Lupita qui t'en a parlé ?

— Oui. C'est une connasse, mais elle a des relations intéressantes. Mais ça reste une pétasse qu'il va falloir éloigner de Jaime avant qu'elle se croie la reine du barrio.

Tout le monde sait que la reine du barrio est Rosa elle-même. Même Rita, du temps où on était mariés, n'a jamais eu l'audace de lui piquer sa place.

— Je ne suis pas sûr que m'associer avec Guerrero en ce moment soit une bonne idée. Les flics sont sur ses traces. Il a buté l'un des leurs.

— Un lieutenant du SWAT, d'après ce que j'ai entendu. Ça va grouiller de types en armure et c'est mauvais pour les affaires. Et Guerrero se planque chez les *Locos*, pas chez nous.

— Tu penses que je devrais donner suite à sa proposition ?

— Je pense que tu devrais attendre que l'affaire du type du SWAT soit retombée et examiner ce qu'il te propose. Après tout, on ne le connaît pas plus que ça.

— Il a une réputation de psycho.

— Tu l'as rencontré ? Tu as pensé quoi de lui ?

— C'est un type qui sait parler, dis-je sans ajouter que c'est un charmeur qui m'a fait un certain effet. Il sait t'embobiner. Je n'ai pas senti de folie chez lui, et tu sais que j'ai le nez pour ça.

— Ton nez est suffisamment long pour ça.

Je touche mon appendice nasal, un peu grand pour mon visage, mais qui lui donne du caractère.

— Tu sais ce qu'on dit des types qui ont un grand nez, fais-je, vantard.

— Ce sont les pouces, *hermano*, ou les pieds, mais pas le nez.

Je ne lève pas mes pouces, mais mon majeur, et Rosa rigole. Elle adore me taquiner.

— Tu n'as même pas de cheveux blancs, remarque-t-elle. C'est injuste. Je m'en arrache au moins un par semaine.

— Pauvre cheveu blanc, laisse-le vivre.

— Très drôle. Si je me faisais moins de souci, je n'en serais pas là.

Nos regards se rencontrent dans le miroir. Rosa se fait du souci pour son avenir, pour notre mère, qui commence à ne plus être aussi en forme qu'avant, pour mon fils, mais aussi pour elle et ses mômes. Je sais qu'elle aimerait se trouver un nouveau mec, un type qui ne serait pas là que pour le sexe.

— Tu trouveras quelqu'un de bien, Rosita, l'assuré-je.

Si elle arrive à dompter son caractère de lionne le temps de mettre le grappin sur un type en mesure de lui tenir tête quand elle part en live.

— Tu peux parler, toi, c'est bon, tu es casé, lance-t-elle en passant la tondeuse sur ma nuque.

Je sursaute.

— Comment ça, casé ? Tu as pris ça où ?

— Ben, toi et Venus, bien sûr. Vous êtes toujours

ensemble, non ?

Et merde. J'ai cru qu'elle me parlait de Drake, et même là, ce n'est pas gagné. On ne peut pas dire que je sois « casé » avec lui.

— Rosita, soupiré-je. Arrête de te faire des films.

— Écoute, *hermano*, je te connais. Le plus longtemps que tu sois resté avec une fille, c'est Rita. Avant elle, ça durait un mois ou deux et puis tu plaquais la meuf et tu allais voir ailleurs. Là, ça fait combien ? Quatre mois ? C'est du sérieux.

Elle m'enlève la blouse et me fait admirer son travail. Rosa est une bonne coiffeuse, elle gère bien son salon, et elle est une sœur de confiance. C'est la seule que j'ai, mais je me sens proche d'elle. Ça me tue de lui mentir. Surtout qu'elle adore Venus. Et elle m'adore, moi.

— Je ne sors pas avec Venus, dis-je doucement. Je ne suis jamais sorti avec elle.

Rosa s'arrête net, la blouse encore entre les mains.

 Quoi ? Mais pourquoi ? Elle ne veut pas de toi ?

— Non, ça n'a rien à voir. On est amis, c'est tout.

Je me lève, parce qu'être assis me fait me sentir en position d'infériorité. J'ai le cœur qui bat fort dans ma poitrine. Les secrets m'étouffent, mais celui de ma vie privée plus que les autres.

— Mais enfin, Rafael, je sais ce que j'ai vu. Tu es parti la sauver quand son taré d'ex l'avait enlevée ! Tu n'aurais pas fait ça pour une simple amie !

— Je l'aime bien, je ne dis pas le contraire. Mais je ne ressens rien pour elle.

— OK, tu n'es pas amoureux d'elle. Mais tu as quand même bien baisé avec elle, non ?

— Non.

Rosa me dévisage. J'avale ma salive. J'ai la gorge aussi sèche que si je n'avais pas bu depuis des jours.

— Les relous des Pins la draguaient, et l'idée nous est venue de jouer au couple pour qu'ils lui fichent la paix, avoué-je.

— OK. Pour les relous, je comprends. Mais pourquoi tu m'as menti, à moi, ta sœur ?

Rosa est blessée.

— Pour mieux cacher la vérité, lâché-je.

Elle secoue la tête.

— Je ne comprends pas. Quelle vérité ?

— Je suis gay, Rosa.

Elle lâche la blouse rose qui tombe en voletant sur le sol. Elle me regarde, bouche bée.

— Mais Rita… Et Filipito ? C'est bien ton fils, n'est-ce pas ?

— Oui. Rita ne sait rien.

— Tu veux dire que pendant toutes ces années, tu es sorti avec des mecs ?

— Non. J'ai eu ma première expérience cet été. J'ai enfin admis que j'étais gay. Avant, je refusais de le voir.

Les yeux de Rosa s'ouvrent tout grand.

— Le shérif ? devine-t-elle.

— Oui.

Ma voix n'est qu'un murmure. Voilà, j'ai tout sorti. Je peux perdre ma sœur en une seconde. Je suis quasiment sûr qu'elle ne dira rien, mais elle peut exiger que je me tienne loin d'elle.

— Oh, le con ! Espèce de con ! s'exclame-t-elle.

Puis elle me prend dans ses bras.

— Rosa…

— Tu aurais pu me le dire ! Mais quel con !

Je ne sais pas lequel de nous deux pleure, mais on renifle et on se donne des tapes dans le dos, et on se dit d'arrêter de pleurer. Finalement, Rosa attrape la boîte de Kleenex et se mouche avec un bruit de trompette, les yeux encore humides. Son regard est grave.

— Tu ne dois jamais en parler, *hermano*. Jamais ! Si la famille l'apprenait, si ton gang l'apprenait, ils te tueraient !

— Je sais. C'est pour ça que je te l'ai dit à toi. Parce que ça me pèse.

Elle me serre à nouveau contre elle.

— Je t'aime, *pendejo de hermano*. Tu peux bien aimer qui tu veux, je t'aimerai toujours.

Je la serre très fort contre moi et je l'embrasse dans les cheveux. Rosa et moi, contre le reste du monde, c'est notre histoire depuis la mort de Diego. Lui avoir parlé me soulage d'un poids immense. C'est comme si soudain je respirais mieux.

CHAPITRE 20

Drake

Je ne sais plus quoi penser. J'ai toujours travaillé dans la transparence. Je suis toujours rentré chez moi en ayant le sentiment d'avoir bien fait mon job, jusqu'à ce jour où j'ai tiré une fois de trop. Ce qui se passe maintenant au sein de mon ancienne unité me met profondément mal à l'aise. J'ai l'impression d'être face à des étrangers, et non pas des collègues que je connais depuis des années. Il y a cette histoire d'arme qui a disparu, et pourtant ce n'est pas dans le dossier de la mort de Brody. Et j'ai des doutes de plus en plus sérieux sur la version de sa mort. Pourtant, ça ne change rien, finalement. Que Brody soit mort durant un échange de tirs après avoir blessé Guerrero, ou qu'il ait été abattu, ça finit toujours par son décès.

Ça ne change rien, et ça change tout. Si un membre de l'unité ou moi-même, comme on m'y encourage, descend Guerrero, la version du meurtre de Brody compte. Les flics ont mauvaise presse, et pas à tort. Le nombre de citoyens américains noirs et latinos qui se font tuer par des flics prompts à appuyer sur la gâchette est effrayant. Les blancs aussi peuvent être victimes, mais c'est plus rare. Si demain l'un d'entre nous ouvre le feu sur Guerrero et le descend, les médias vont nous tomber dessus. Mais ils vont rappeler que Guerrero a tué de sang-froid et, cela sera souligné, l'un des membres de notre unité. Cela impactera l'opinion. Si Guerrero se fait descendre durant son interpellation, alors qu'il a « simplement » tué un flic lors d'un échange de tirs, c'est déjà plus emmerdant pour nous.

J'ai remarqué qu'aucun média local n'a mis en avant le fait que Guerrero a déjà tué un membre de notre unité. Personne n'en a parlé, comme si on voulait occulter cette mort. C'est encore quelque chose que je ne comprends pas. Guerrero est un assassin, il aime tuer, il l'a montré en assassinant Hernandez après l'avoir torturé. J'ai vu le dossier, j'ai lu le rapport du légiste. Guerrero l'a tabassé, l'a mutilé alors qu'il était encore vivant et l'a laissé mort dans une mise en scène macabre pour que nous le trouvions.

C'est Hernandez qui a arrêté Guerrero la toute première fois où il est passé entre nos mains, il y a quelques années. Guerrero a fait une crise de manque à la fin de sa nuit de détention et l'officier en charge l'a fait hospitaliser. C'est là qu'il s'est évadé et a disparu dans la nature. Plusieurs semaines plus tard,

Guerrero a attiré Hernandez dans un piège et l'a tué. Avant cela, Guerrero avait déjà fait de la prison pour trafic de drogue, vol de voiture, violence sur personnes, mais rien de plus qu'un membre de gang basique.

Ça pue. Je ne sais pas comment l'exprimer autrement. Je repense aux rumeurs dont Rafael m'a parlé. Je les ai prises pour des mensonges purs et simples, mais maintenant que j'ai parlé à ce gamin, Morales, j'ai des doutes à mon tour.

Il faut que je reprenne ce dossier depuis le début.

Je vais demander à l'archiviste de me ressortir le dossier de l'arrestation de Guerrero, ce qu'il fait sans sourciller. Pourtant, dès que je reviens à ma table, je trouve le capitaine qui m'attend.

— Où en êtes-vous ?

Avant, je lui aurais dit la vérité. Mais pour la première fois, je mens à mon capitaine sur une affaire.

— J'ai décidé de reprendre le dossier de Guerrero depuis le début, et de traquer tout ce qu'il a pu dire ou faire. Il y a forcément des détails qui nous ont échappé et qui vont nous permettre de le retrouver.

Le capitaine me cloue avec son regard d'acier, comme s'il essayait de lire la vérité dans mon cerveau, mais je reste imperturbable. Il finit par hocher la tête et retourne dans son bureau. Deux secondes plus tard, c'est Sanchez qui vient me rejoindre.

— Tu as besoin d'aide ? me demande-t-elle.

— Pas pour l'instant, mais je retiens ton offre, souris-je. Je vais trouver où se cache ce fils de pute, fais-moi confiance.

Elle me tape sur l'épaule.

— Bien, j'aime cet état d'esprit. Je commençais à croire que le Colorado t'avait ramolli.

— Tu sais qu'en ce moment il fait genre moins vingt ou moins trente là-bas ? lancé-je. Il n'y a que les meilleurs qui survivent.

Elle me fait la grâce de sourire à ma blague pourrie, et elle retourne à son propre travail. J'ouvre le dossier de Guerrero et me plonge dedans. Les premiers éléments me sont familiers, c'est son casier et son passé. On n'est même pas sûr que Guerrero soit son vrai nom, qu'il ne soit pas un immigré clandestin avec de faux papiers. Il y a bien un certificat de naissance au nom d'Ernesto Guerrero, mais on n'a jamais retrouvé sa famille, qui semble s'être perdue dans la ville.

Bon, passons.

Ses premiers faits d'armes datent d'il y a sept ans. Il s'est fait prendre et il a fait de la taule. Aussitôt libéré, il a recommencé, et c'est Hernandez qui l'a arrêté suite à une opération dans un bar, le soir d'Halloween. On a coffré les gros poissons, et on est resté avec Guerrero, qui avait de la came sur lui, beuh et coke, pas en grande quantité, mais suffisamment pour l'envoyer à nouveau derrière les barreaux. Le fait qu'il n'ait pas résisté durant son arrestation et n'ait pas été armé aurait pu jouer en sa faveur, cela dit. Guerrero s'est retrouvé dans notre cellule, mais on a voulu le séparer de ses petits camarades et il a fini la nuit dans la cellule près des pièces à conviction, plus vraiment aux normes, mais qui sert d'appoint en cas d'affluence. Normalement, on n'a pas de gardés à vue comme le LAPD, mais il arrive qu'on doive garder certains types arrêtés pendant une intervention, le temps que les collègues s'amènent et les prennent en charge. Vu que c'était Halloween, tout le monde était débordé, et le poste le plus proche nous a dit de le garder pour la nuit. Au petit matin, lorsque l'officier Palaniuk a pris la relève de Hernandez, il n'a pas tardé à constater que Guerrero n'allait pas bien. Il a pensé à une crise de manque, vu que le gars tremblait et suait, et avait l'air sur le point de faire une crise de manque. Il a appelé une ambulance, Guerrero s'est retrouvé à l'hôpital, menotté à son lit, mais il a réussi à ouvrir les bracelets et à s'enfuir.

Je n'ai pas besoin de consulter mon propre planning de cette époque pour savoir que je n'étais pas de garde ce soir-là. Le capitaine était là, Brody et Sanchez aussi, et bien sûr Hernandez. Le soir d'Halloween, tout le monde bosse, sauf le type qui a une cheville foulée après une bête chute dans les escaliers de son immeuble, à savoir moi.

Je ne suis pas revenu bosser avant une semaine, le temps que je puisse marcher avec des béquilles et faire au moins un peu de travail administratif pour ne pas perdre ma paie.

Palaniuk, depuis, a été muté dans une autre unité. Son rapport est sans équivoque, et le médecin des urgences de l'hôpital qui a vu Guerrero ce matin-là, au terme d'une nuit éprouvante pour elle, a signalé dans le rapport que Guerrero a refusé de se laisser examiner.

L'hôpital est à deux pas. Il y a des chances pour que le médecin y bosse toujours. Guerrero a pu lui dire des trucs, lui confier le nom d'un ami à appeler, le numéro de son avocat, n'importe quoi qui pourrait m'aider à le localiser. Ce qui est étrange, c'est que Guerrero n'a pas été signalé, durant son séjour en prison, comme étant un camé.

Je prends la voiture, parce que c'est L.A. et que juste à côté veut dire quelques kilomètres plus loin, alors que dans le Colorado, ça veut dire le bâtiment d'à côté. Je dois user de mon charme, de mon badge de consultant, et brandir l'histoire de Brody pour que le garde-chiourme de l'accueil consente à appeler la toubib qui s'était occupée de Guerrero. Le docteur Tanya Liney est une belle femme qui doit approcher de la quarantaine, avec des cheveux châtains sévèrement tirés en arrière, une blouse froissée et le stéthoscope autour du cou.

— Je finis mon service dans dix minutes, me prévient-elle. Vous avez donc dix minutes.

Je ne perds pas de temps en vaines paroles. Je lui parle de l'assassinat de Brody, dont elle a vu les news sur l'un des écrans branchés sur CNN dans la salle de garde, et je lui dis que c'est un ancien patient à elle qui l'a tué. Je lui fourre le rapport de l'hôpital sous le nez.

— C'est vous qui avez signé ça ? Est-ce que vous vous rappelez ce qu'il s'est passé ce matin-là, à l'aube ?

Le docteur Liney me regarde avec une sorte de pitié dans ses yeux bleus.

— Bien entendu, je m'en souviens comme si c'était hier, ironise-t-elle. Ça ressemble à ma signature, en tout cas. Vous savez combien de patients je vois chaque nuit ? Chaque mois ? Chaque année ?

— Je sais que je vous demande beaucoup, mais je cherche à comprendre ce qu'il s'est passé dans cet hôpital, dis-je. Guerrero était-il vraiment en manque ? Vous a-t-il dit quelque chose, un nom, un lieu, même quelque chose d'insignifiant qui pourrait m'aider à le retrouver ?

Le docteur Liney soupire. Elle lit le rapport avec plus d'attention.

— Lui, je me rappelle. Ce n'est pas non plus tous les jours qu'on a des évasions. Le flic qui était dans le couloir était en train de draguer une infirmière au lieu de surveiller la porte.

Ça, ce n'est évidemment pas dans le rapport.

— Est-ce que Guerrero vous a parlé ? Il était en crise de manque ? Vous lui avez donné de la méthadone ?

Elle soupire.

— Vous me demandez de violer le secret médical.

— Je vous demande de m'aider à retrouver le meurtrier d'un lieutenant du SWAT assassiné de sang-froid. Guerrero l'a délibérément tué alors qu'il aurait pu s'enfuir en le laissant en vie.

Liney réfléchit.

— Je ne dis pas que mes souvenirs sont extrêmement précis, mais voilà ce dont je me souviens. Guerrero ne m'a fait pas l'impression d'être en manque, mais d'être en état de choc. Il tremblait, mais il ne transpirait pas. Lorsque l'ambulance l'a amené, il était menotté au brancard, puis votre collègue l'a menotté à son lit des urgences. Guerrero avait l'air de quelqu'un qui sort d'un tremblement de terre ou d'un gros accident. Il a refusé que je l'examine. Il n'a pas dit grand-chose, parce qu'il n'arrivait pas à parler. Il bégayait. J'ai prié votre collègue de s'éloigner, et j'ai demandé à Guerrero s'il avait pris de la drogue, et en quelle quantité. Je lui ai dit que je pouvais le soulager. Il m'a dit qu'il n'avait pris aucune drogue, à part un joint l'après-midi précédent. J'ai mis du temps à le convaincre de me laisser l'ausculter a minima. Il se débattait dans ses menottes dès que je posais la main sur lui. Il n'était pas question, dans son état, de lui demander de mettre une blouse d'hôpital. Son cœur battait à un rythme élevé. Il m'a dit qu'il n'avait aucun antécédent médical. Je lui ai proposé de lui injecter un calmant, juste pour qu'il se détende un peu. Il s'est crispé et m'a dit qu'il ne voulait pas dormir, qu'il devait rester réveillé. C'est là que j'ai pensé à une crise d'angoisse. J'ai fini par le convaincre pour le calmant. En relevant sa manche, j'ai vu de grosses ecchymoses sur ses poignets, ce que j'ai signalé dans mon rapport. Je lui ai fait une injection, et je lui ai dit que je reviendrais dans un quart d'heure voir s'il allait mieux. J'ai quitté son box, et j'ai dit à votre collègue que je revenais, mais que lui ne devait pas rester dans le passage. Lorsque je suis revenue, à peu près vingt minutes plus tard, il était en train de draguer une infirmière, et le box de Guerrero était vide.

Ça ne correspond pas au rapport de Palaniuk. En tant que flic, j'ai vu pas mal de types en crise de manque. Ils tremblent, ils transpirent abondamment et leurs pupilles sont dilatées.

— Vous rejetez l'idée qu'il ait été en manque ?

— Sur le moment, ce n'est pas l'impression qu'il

m'a donnée. En outre, ses bras ne portaient aucune trace de piqûre, et son nez n'avait pas cet aspect spécifique des sniffeurs de coke. Après, il pouvait se camer avec des cachets. Mais Guerrero avait plutôt les symptômes de quelqu'un qui vient de vivre quelque chose de traumatisant. Je ne veux pas porter d'accusations, et je vous dis cela en off. Je pense que Guerrero a été malmené par vos collègues. Outre les ecchymoses sur ses bras, il essayait de replier ses jambes, comme pour protéger son ventre. Je n'ai pas pu examiner son abdomen, cela dit.

— Mon unité n'a pas pour habitude de frapper les gardés à vue, dis-je.

Mais mon ton est beaucoup moins ferme qu'il ne l'aurait été la veille. Est-ce que Hernandez s'est laissé aller à cogner Guerrero ? Cela me semble peu probable, sachant que le capitaine lui-même était à quelques pièces de là.

— Je vous dis ce que j'ai observé, me rétorque le docteur Liney.

— Pardonnez-moi, fais-je. Est-ce que ces coups auraient pu dater de la soirée précédente ?

— Je ne sais pas. Les marques sur ses poignets étaient récentes, en tout cas. Quelques heures tout au plus.

Ce sont probablement les gars qui ont dû le maîtriser, et Palaniuk quand il l'a fourré dans l'ambulance. Pourtant, ça ne colle pas. Guerrero n'a pas résisté à son arrestation, et nulle part le rapport ne mentionne que sa nuit de garde à vue ait été émaillée d'un quelconque incident.

Je remercie la toubib, lui donne ma carte de visite personnelle, et je retourne sur le parking, mais je ne retourne pas au poste. Je me mets dans la peau de Guerrero. Il arrive à ouvrir les menottes grâce à un trombone volé. On l'a retrouvé sur les draps à côté des menottes ouvertes. Il se sert de son box d'angle pour passer dans le couloir et à partir de là, sort par l'une des fenêtres pour atterrir ici, sur ce même parking. C'est du moins ce qu'on a supposé, parce que naturellement, on n'a pas vraiment retrouvé de traces. À partir de là, qu'est-ce qu'il a fait ? Il n'avait pas son portable lorsqu'il a été arrêté, et on a supposé qu'il s'en était débarrassé avant que Hernandez le coffre. Les cabines téléphoniques se font rares dans le coin. Il y en a dans le hall de l'hôpital, mais c'est trop risqué, Guerrero aurait pu être vu. De plus, il n'avait pas de monnaie sur lui. Il a dû se barrer à pied, en plein milieu de la matinée, en étant vaguement sous l'influence du calmant injecté, et se fondre dans la foule. Il a pu monter dans un bus en fraudant, mais je sais que l'enquête de l'époque n'a rien donné à ce niveau. Hernandez a visionné les caméras de surveillance des rues et des bus et n'a rien trouvé de probant.

Pourquoi avait-il l'air sous le choc de quelque chose ? Il est possible que Palaniuk, un bleu à l'époque, ait confondu ça avec une crise de manque. Mais la toubib avait l'air de savoir ce qu'elle racontait. Est-ce que Guerrero était vraiment en état de choc ou bien a-t-il joué la comédie au point de tromper une urgentiste ?

Et ce foutu trombone, où l'a-t-il pris ? Un seul de ses poignets était menotté, mais le garde affirme avoir vérifié les bracelets avant de sortir du box. Guerrero savait qu'il était à deux pas, de l'autre côté de la cloison. Et pourtant, il a réussi à foutre le camp.

Je reviens au QG avec encore plus de questions que lorsque j'en suis parti. Je réussis à joindre Palaniuk, qui se rappelle à peine de l'évènement, et me confirme qu'il a trouvé Guerrero dans sa cellule dans un drôle d'état et a préféré le faire hospitaliser, plutôt que le voir lui claquer entre les mains. Le flic chargé de surveiller Guerrero a pris un blâme et s'est retrouvé à la circulation. Je n'arrive pas à le joindre. Je relis sa déposition. Selon lui, le docteur Liney lui a ordonné de ne pas rester dans le passage afin de ne pas gêner, et il a dû s'éloigner, ce qui explique selon lui que Guerrero ait pu s'échapper aussi facilement.

— Tu avances ? me demande Sanchez en venant se percher sur mon bureau, comme au bon vieux temps.

— Rien. Nada, soupiré-je. J'ai parlé à la toubib qui a pris Guerrero en charge juste avant son évasion. Elle ne se souvient de rien d'extraordinaire.

Je lui tais les impressions du docteur Liney. Avant, je lui aurais tout raconté, j'en aurais parlé avec elle, mais j'ai un drôle de sentiment qui me fait garder le silence.

— Je crois qu'il faut aller voir du côté des gangs, fait-elle. Il se cache chez l'un d'eux.

— Tu sais combien de gangs il y a dans cette ville ? soupiré-je.

— Je sais.

— Carmen, tu étais là lorsque Guerrero a été amené en cellule. Est-ce qu'il avait l'air d'être malade ? demandé-je tout à trac.

Elle a un petit sursaut, avant de se reprendre et de hausser les épaules.

— Non, il avait l'air d'un dealer qui vient de se faire arrêter. Si Palaniuk n'avait pas été aussi inexpérimenté, il aurait compris que Guerrero jouait la comédie et ne l'aurait pas emmené aux urgences.

— D'après la toubib, il y avait quand même quelque chose, non ? dis-je en reprenant le rapport de l'époque. Elle lui a injecté un calmant.

— Il lui a probablement joué la comédie à elle aussi, déclare Sanchez. Tu sais, moi aussi je peux faire augmenter mon rythme cardiaque en respirant vite pour simuler une crise.

Elle fait une grimace en rejetant la tête en arrière. Je ris pour la façade.

— Bon, fausse piste pour l'hôpital. Je vais retourner sur le terrain, voir si j'arrive à rencontrer d'anciens contacts, annoncé-je.

Je repars pour les barrios, du moins ceux qui sont dans la zone d'intervention de mon unité. Je vais traîner dans les rues, dans les commerces, dans les bars. Je retrouve d'anciens contacts, je bavarde un peu avec eux. On me parle beaucoup de Brody et là encore, j'ai la version que m'a sortie Rafael et que Morales a confirmée. Il y a eu un échange de coups de feu avant la mort de mon ancien lieutenant. Et puis l'un de mes contacts, surnommé Skeeter, un des rares Blancs du quartier, me fait signe de le suivre dans une ruelle derrière le bar. Il renifle, et il est clairement en manque de sa dose. Avant de partir, j'ai tapé dans la caisse noire de l'unité, destinée à payer les indics, avec l'accord du capitaine. Officiellement, cette caisse n'existe pas. Elle regroupe aussi bien de l'argent que de petites doses de drogue. Je sors un gramme de coke de ma poche de veste. Les yeux de Skeeter se mettent à briller.

— Dis-moi tout ce que tu sais, mec, et elle est à toi.

Le mec renifle encore, regarde autour de lui pour s'assurer qu'on est bien seuls et se lance.

— J'ai des infos, mais pas sur la mort de ton lieutenant, mec. À propos du SWAT à qui Guerrero a coupé les couilles.

Hernandez.

— Je t'écoute.

— Il paraît que c'était personnel. Que Guerrero en avait gros sur la patate contre le type, et qu'il l'a fait payer. Je ne sais pas pourquoi.

Hernandez qui a arrêté Guerrero en tout premier lieu, qui l'a amené au QG, et qui était là durant le début de sa nuit de garde à vue. Toute l'équipe est partie vers minuit et le lendemain matin, Guerrero était diagnostiqué en état de choc par le docteur Liney.

— Quel truc personnel ? demandé-je.

— Je ne sais pas. Et si tu cherches Guerrero, tu devrais aller chez les *Locos*, et même chez les *Diego Sangre*.

Je réussis à ne pas sursauter.

— Il se cache chez les *Sangre* ?

— Il a rencontré leur chef. C'est la rumeur qui court.

Je tends sa dose à Skeeter et je lui recommande de garder ses oreilles ouvertes.

CHAPITRE 21

Rafael

Je me sens infiniment soulagé d'avoir fait mon coming-out à Rosa. Et j'ai envie de lui acheter des fleurs, des romans de Venus Marie, même si elle les a tous, et des chocolats, juste parce que c'est une petite sœur formidable qui m'aime pour ce que je suis, gay ou pas.

Mon euphorie dure exactement sept minutes. Je suis à peine dans ma voiture que Drake m'appelle.

— Tu as rencontré Guerrero ? rugit-il.

J'éloigne le téléphone de mon oreille.

— Oui.

— Et tu comptais m'en parler ?

Non, pas tout de suite.

— Je t'en ai parlé, mec. Je t'ai dit qu'une version différente de la mort de ton lieutenant courait dans les barrios. Tu te rappelles comment tu as réagi ?

Cela le calme un peu.

— Comment tu as su que je l'avais vu ? demandé-je.

— J'ai mes sources. Tu sais où il est ?

— Non. Je l'ai rencontré en terrain neutre.

— Tu peux le contacter ? me demande-t-il.

— Je peux. Mais seulement si j'ai ta parole de ne pas le buter ou de lui tendre un piège.

— Tu es de son côté, c'est ça ? soupire-t-il.

— Disons que l'avoir rencontré me fait douter de la version que tu m'as sortie, rétorqué-je. Il n'a l'air ni d'un psychopathe ni d'un flingueur. Il m'a montré sa blessure, Drake. Ton lieutenant lui a tiré dans la jambe.

— Il t'a parlé d'Hernandez ? Il t'a dit pourquoi il l'avait torturé et tué ? lance-t-il.

Mais son ton n'est pas rogue ou ironique. Il pose une vraie question.

— Il m'a dit que c'était une histoire personnelle.

Il y a un silence, puis Drake se lance.

— Dis-lui que je veux le rencontrer. Dis-lui que je cherche seulement la vérité. Tu pourras assister à la rencontre, et je propose qu'on soit sans armes. Je viendrais seul. Tu as ma parole, Rafael.

Je le crois. Drake est un type droit.

— OK, je vais arranger ça. Quand ?

— Le plus tôt possible.

Je soupire.

— J'espérais qu'on se voit ce soir. J'ai des trucs à te dire, fais-je.

À nouveau, il y a un silence.

— J'ai la tête à l'envers, avoue Drake. Je crois que

nous voir me fera du bien. Qu'est-ce que tu as à me dire ?

— J'ai dit à ma sœur que je suis gay.

Il y a un silence.

— Et comment l'a-t-elle pris ?

— Elle m'a serré dans ses bras. Rosa est la meilleure frangine. Mais elle m'a dit de n'en parler en personne.

— Je suppose qu'elle a raison. Eh, ça se fête, un coming-out ! Si on allait en boîte ?

— En boîte ? Tu veux dire une boîte gay ?

— Oui. Une boîte remplie de mecs qui aiment les mecs. Tu passeras totalement inaperçu, rigole-t-il.

Je suis encore sur la vague d'euphorie qui a suivi ma discussion avec Rosa. Je me sens hardi.

— Pourquoi pas ?

— OK, alors fais péter une tenue sexy, et je passe te prendre.

— Non, je passe te prendre.

Il me file une adresse et raccroche. On s'est donné du temps pour se changer, et je profite du trajet pour appeler Guerrero. Il décroche à la deuxième sonnerie. Je me fais connaître.

— Tu as réfléchi à ma proposition ? demande-t-il de sa voix sexy.

— Pas encore. Mais j'ai une autre proposition pour toi.

Je lui fais un topo de la situation. Guerrero me pose quelques questions sur Drake. Je me borne à lui dire que je l'ai rencontré cet été, je lui raconte l'enlèvement de Venus Marie, dont il n'a jamais entendu parler, et je conclus en disant que Drake est un type droit, un type avec de l'honneur, à la parole fiable.

— Toi, ami avec un flic ? Décidément, les chefs de gang ont bien changé, ironise-t-il.

— Je ne suis pas ami, corrigé-je avec une parfaite bonne foi. Disons que c'est un contact. Tu as le SWAT au cul, Guerrero. Si tu veux établir ta vérité, rencontrer Knight serait utile. Je ne veux pas me mettre à faire du business avec un type qui a tous les flics de L.A. à ses trousses.

— Très bien, je vais le rencontrer. Mais je veux l'assurance que ses petits copains ne seront pas en planque.

— Tu l'as. Ce serait en terrain neutre, pas dans un barrio, et on décidera du lieu au dernier moment. Ça te va ?

— Deal.

Je ne sais pas pourquoi j'ai accepté d'aller en boîte avec Drake. Il a réussi à me convaincre de tester au moins une fois une soirée gay, avec musique à fond et que des mecs, histoire que je découvre un peu la vie. Je passe le prendre juste en bas d'un immeuble assez chic à mes yeux.

— Dis donc, le SWAT a les moyens, fais-je remarquer.

— Ce n'est pas un pote du SWAT qui m'héberge, c'est mon ex, répond-il.

Je reste con. Évidemment, Drake a un ex, qu'il a quitté juste avant de venir se réfugier dans le Colorado. Je sens l'aiguillon de la jalousie qui me transperce le cœur. J'imagine l'ex qui a envie de remettre le couvert et qui se glisse, la nuit, dans la chambre de Drake pour lui rappeler le bon vieux temps.

— On ne couche pas ensemble, déclare Drake qui a suivi mes pensées sur mon visage. On ne va pas se remettre ensemble.

Il m'explique leur rencontre dans le bar et l'invitation qui a suivi. Il me dit aussi qu'il a fait la paix avec son ex, Scott, mais que leur couple était de toute façon destiné à se briser.

— Il a toujours détesté les armes, conclut-il. Toi et moi sommes bien en phase, crois-moi.

Je rigole. Le flic et le truand, finalement, ont bien plus en commun que le flic et le citoyen lambda, d'une façon générale.

Drake me guide dans un quartier de L.A. que je ne connais pas du tout. J'ai mis un fute noir et une chemise en soie de même couleur, et si vous voulez absolument tout savoir, un boxer en soie noire, histoire de rester dans le ton. Drake m'a jeté un regard appréciateur, s'est abstenu de se jeter sur moi pour m'embrasser, vu ma paranoïa naturelle, et me fait l'article pour l'endroit où il m'emmène.

— Tu vas adorer, m'affirme-t-il. On sera entre gays, personne ne va te juger, personne ne va te regarder. On sera toi et moi dans une bulle et on pourra danser, se tenir par la main, s'embrasser et même baiser.

— Je refuse de baiser en public, même devant d'autres gays, fais-je d'un ton rogue.

— On ira dans la backroom. C'est fait pour ça. Éclairage tamisé au max, et fond sonore qui masquent les cris et les gémissements.

— Autrement dit, la version gay des chiottes d'une boîte hétéro ?

— Eh bien, tu vois, tu comprends vite. Mais c'est propre et il y a tout ce qu'il faut pour une baise rapide et intense.

Bon sang, il me file la trique rien que d'en parler. J'ai grave envie de me faire soulever. D'une main, je tiens le volant, de l'autre, je pars en exploration. Drake porte un pantalon en cuir noir trop moulant pour être honnête et un top semi-transparent sous un hoodie. Il me l'a montré en montant en voiture, quand je lui demandé depuis quand le hoodie était à la mode en boîte. La brève vue de ses tétons révélés par le tissu m'a donné envie de les lécher. Je tâte son ventre, toujours aussi ferme, je descends plus bas, et je vérifie qu'il a bien embarqué son service trois-pièces. Il me donne une tape sur la main.

— Pas touche, je veux garder mes cartouches pour la soirée.

— Petit joueur, va.

— Tu vas voir ton cul, tout à l'heure.

— J'espère bien que je ne fais pas tout ça pour une seule cartouche, mec.

— T'ai-je jamais déçu ?

Je fais mine de réfléchir.

— Non, reconnais-je.

La boîte s'appelle le *Blue Dragon* et a pour enseigne deux dragons stylisés en train de se grimper dessus. Tout est en néon rouge, rose et bleu à l'intérieur ; on n'y voit rien du tout, ce qui m'arrange. Des spots éclairent la foule qui danse un étage plus bas. De la passerelle par laquelle nous arrivons, je ne distingue qu'un essaim de bras et de têtes qui bougent en cadence. Je me prends une main au cul qui me choque, vu qu'elle n'appartient pas à Drake. Je me retourne, trop stupéfait pour bouger, tandis qu'un type me dépasse, l'air de rien.

— Il m'a mis la main au cul ! m'exclamé-je à l'oreille de Drake pour me faire entendre malgré le déluge musical, mix de hip-hop et de techno.

— Bienvenue chez les gays, mon chéri, rigole-t-il. Apprends à te défendre.

Une nouvelle main s'aventure dans mon dos, descend, mais cette fois, j'ai retrouvé mes réflexes. J'agrippe le gars par le poignet et je le tords. Un cri de douleur retentit. Le type est latino et tatoué, comme moi, ce que je peux voir sans difficulté, vu qu'il est torse nu.

— Hé, non, mais tu es malade ! s'écrie-t-il en essayant de se dégager.

— Tu gardes tes mains chez toi, *pendejo* ! dis-je en l'envoyant plus loin d'une poussée.

Il hausse les épaules et me fait un doigt, avant de se barrer. Drake est mort de rire.

— Allez, viens boire un verre, ça va te détendre.

Il m'offre un cocktail dont je ne capte pas le nom, mais il est bleu, ce qui me fait dire qu'il y a du curaçao dedans – bravo, Sherlock –, et je l'avale presque cul sec. Je vois tout de suite la vie avec plus d'optimisme. J'en commande un deuxième. C'est un peu sucré et sophistiqué pour moi, mais j'aime bien. Le bar est brillamment éclairé, contrairement au reste de la passerelle, et je peux enfin admirer Drake dans toute sa splendeur. Je pose ma main libre sur son torse et je le caresse. J'ai vu d'autres mecs se rouler des pelles à deux pas, alors je ne vais pas me gêner pour toucher mon mec. Le deuxième cocktail rejoint le premier dans mon estomac presque vide. J'ai juste mangé une part de pizza avant de venir, et l'alcool tape directement dans mon système sanguin. Je me sens détendu. Je pose mon verre sur le comptoir et j'attire Drake contre moi et je l'embrasse, glissant ma langue dans sa bouche. Ma main glisse sur ses fesses que je caresse sans restriction. Trop tôt à mon goût, Drake se dégage.

— Si on allait danser ? J'ai envie de te voir bouger ton corps, Reyes.

Il me prend par la main, ce qui est nouveau pour moi. Je n'ai jamais tenu un mec par la main dans un lieu public. J'aime ce contact. J'enlace mes doigts avec les siens. Je goûte chaque seconde de notre descente jusque dans la fosse, par de larges escaliers métalliques. Je n'ai pas dansé depuis mes années de mariage avec Rita. Je me glisse dans la foule à la suite de Drake. J'essaie de ne pas trop regarder autour de moi. Que des mecs, qui dansent ensemble, qui s'embrassent, se touchent, se sourient, comme si c'était la chose le plus naturelle au monde. Aucun d'eux n'a l'air effrayé ou coupable. Malgré moi, je cherche si je repère des visages connus, même si nous sommes très loin de mon barrio. Je ne reconnais personne. Les gens sont jeunes, ici, Drake et moi faisons partie des plus vieux.

Nous nous faisons face, et Drake commence à se mouvoir en face de moi. Je suis le rythme. Je me débrouille bien. La musique m'envahit, l'alcool m'a préparé à ces trépidations de basses qui montent dans mon corps et m'électrisent. Je ne quitte pas Drake des yeux. Son top noir transparent brille sous les lumières. Je suis fasciné par le jeu de ses muscles sous la fine résille. Ma queue durcit. Je ne vais jamais tenir jusqu'à la fin de la soirée, à ce rythme-là. Je me rapproche, je me plaque contre lui et je frotte mon bassin contre le ventre de Drake. Mais il se recule, et me fait un sourire de vrai allumeur.

— Pas tout de suite, Reyes.

On danse encore un long moment. Le désir monte en moi, irrésistible, tandis que nous nous faisons face sur la piste de danse, nous enlaçant parfois, échangeant des baisers, des caresses furtives. Drake me lance un défi et je le relève. Tenir, tenir encore, sans l'attraper par la taille et l'emmener dans cette foutue backroom. Je ne sais d'ailleurs même pas où elle se situe.

J'aime bien danser. J'ai toujours été bon sur un *dance floor*, et je m'éclate avec Drake. On se frôle, on se frotte l'un contre l'autre, sans se quitter des yeux. Je réussis à tenir un bon moment avant d'attraper Drake par la nuque et de rapprocher mes lèvres des siennes.

— Maintenant, shérif, ou je vais jouir dans mon pantalon.

— Je suis chaud aussi, confesse-t-il.

Il me prend par la main et m'entraîne à travers la foule. Je suis en feu. Et pour la première fois depuis que j'ai accepté le fait que je suis gay, je me sens à ma place. Autour de moi, personne ne me regarde, à part quelques coups d'œil admiratifs, et personne ne me pointe du doigt. Je suis au milieu des miens, comme je le suis, d'une autre façon, dans mon barrio. Si seulement les deux sphères pouvaient se rencontrer, je pourrais respirer plus librement.

La fameuse backroom est une pièce plongée dans

l'obscurité ou presque. Je vois des corps enlacés et dénudés appuyés contre les murs, je perçois des mouvements, j'ai des flashes de visages frappés par l'extase. Une musique sexy coule par les haut-parleurs, comme pour souligner l'ambiance extrêmement sensuelle de la pièce. Un escalier part vers les étages, mais Drake m'entraîne jusqu'à un coin de mur libre. Dans de petites niches, on trouve des capotes et du lubrifiant, et d'autres objets dont je n'identifie pas l'usage. À vrai dire, mon cerveau n'est pas franchement bien irrigué. Mon flux sanguin s'est concentré dans ma queue, qui frotte contre mon caleçon en suppliant d'être libérée.

Drake me plaque contre le mur et m'embrasse avec passion. Je l'attrape par la nuque, à nouveau, et je caresse sa langue avec la mienne. Je le veux, je veux baiser maintenant, et franchement, je n'ai pas le temps pour les préliminaires.

— Prends-moi, lui dis-je à l'oreille.

Il a un sourire malicieux et me défait ma chemise. Il se penche et lèche mes mamelons, ce qui les fait durcir et manque de m'envoyer au septième ciel illico. Il défait mon pantalon, le baisse avec mon caleçon, et tombe à genoux. Il me regarde avec ses grands yeux bleus, et plonge sur moi, me prenant dans sa bouche.

— Putain ! m'écrié-je.

Il a noué ses doigts autour de la base de ma queue, sans quoi j'aurais joui. La retenue est étrangement plaisante. Je m'appuie contre le mur et je le laisse le désir monter en moi jusqu'à un point que je ne croyais pas possible.

— Prends-moi, répété-je en me penchant. Je veux

ta queue.

Drake se relève et attrape quelque chose dans la niche la plus proche. Je crois que c'est une capote, mais lorsqu'il enlève l'emballage, je vois un anneau en plastique. Il l'ajuste autour de la base de mon sexe, le resserre un peu, ce qui me fait gémir.

— Maintenant, je vais te baiser, dit-il à mon oreille, la léchant au passage. Et tu ne vas pas toucher à cet anneau, *comprende* ?

— Oui, shérif.

Je n'ai jamais goûté ce genre de plaisirs, ni avec une fille ni en solitaire. Cette sensation est étrange, comme si j'avais envie de pisser, mais que je ne pouvais pas.

Drake taquine mon gland avec son pouce, tout en m'embrassant à nouveau. Je me frotte contre lui sans retenue. À mon tour, je défais son jean et je le descends un peu. Il ne porte pas de sous-vêtements, ce qui me fait bander un peu plus fort. Drake me caresse les fesses et me fait me tourner. Je m'appuie contre le mur, cul tendu, prêt à être pénétré. Ce qui était un simple fantasme il y a encore quelques mois est devenu une pratique courante pour moi. J'aime me prendre la queue de Drake et me faire baiser, et je ne me sens pas moins viril pour autant.

Drake se glisse en moi après s'être protégé. Je ferme les yeux sous la délicieuse sensation qui m'envahit tandis qu'il fait des va-et-vient. Je veux me caresser, mais il écarte ma main. Je me laisse faire, le cœur battant. Le plaisir monte, mais d'une façon différente, partant seulement d'un point situé à l'intérieur de mon corps. C'est plus lent, mais c'est si puissant et si bon que ça vaut la peine d'attendre.

Je voulais un orgasme rapide, mais celui-ci est meilleur que tout ce que j'ai pu vivre jusqu'à maintenant.

Je tremble tellement c'est fort. Je renverse la tête en arrière. Le souffle de Drake caresse mon épaule.

— Tu aimes ? halète-t-il.

— Oui !

La jouissance arrive, enfin, elle monte, elle se répand dans tout mon corps, mais la pression dans ma queue finit par être douloureuse.

— Drake.

— Enlève l'anneau.

J'obéis, y allant prudemment, avant de me prendre en main au moment où l'orgasme m'envahit. Je jouis comme je n'ai jamais joui, tout mon corps est sollicité par le plaisir, et je pousse un long gémissement tandis que je me vide dans ma main. Je sens le sexe de Drake qui s'élargit un peu en moi et son propre plaisir le secoue. Il me mordille l'épaule, la lèche, la mordille à nouveau, envoyant un peu plus d'ondes de plaisir dans mon corps en extase.

Lorsqu'il se retire, j'ai les jambes qui tremblent. Drake s'appuie contre moi.

— Tu m'as tué, haleté-je.

— C'était mon intention.

Il respire aussi vite que moi. Il finit par se décoller et enlève la capote, qu'il noue avant de la jeter dans la poubelle sous la niche. Il me prend l'anneau des mains et le jette aussi, avant d'utiliser du Sopalin pour nous nettoyer. Je me laisse faire, avant de remonter mon caleçon et mon pantalon. J'ai une grosse envie de m'allonger, d'attirer Drake contre moi, et de dormir. Je me sens bien, et j'aime le monde entier.

— Tu veux retourner danser ? me demande Drake.

— Non. Je veux rester avec toi.

Il m'enlace, et on quitte la boîte, moi avec ma chemise encore ouverte et l'air d'un type qui vient de baiser et qui a pris son pied.

Le lendemain, alors que je suis encore sur un petit nuage d'endorphines, j'ai un message de Guerrero envoyé à l'aube. Il veut me voir avant de rencontrer Drake. Pourquoi pas ? J'envoie ma réponse affirmative, il me donne rendez-vous dans le même bar que la fois précédente. J'ai aussi un message de Rosa, qui me dit juste qu'elle m'aime. Je réponds par une flopée de petits cœurs, et je prends la route. Je me gare devant le bar ; il n'y a pas de voitures en vue. Ce n'est que lorsque je descends que je remarque des types qui traînent, mine de rien, avec des renflements suspects sous leur hoodie. Le bar est déjà ouvert pour les ivrognes du coin, mais le barman a dû être prévenu parce qu'il vient à ma rencontre et me fait passer par la même porte que la dernière fois. Je me retrouve dans le même bureau, où Guerrero travaille sur son ordinateur. Il se lève et vient à ma rencontre en boitant un peu.

— Toujours mal à la jambe ? demandé-je.

— Je garderai une cicatrice et probablement une certaine gêne pendant quelques semaines, dit-il en me tendant la main.

Il a à nouveau ce sourire séducteur, mais cette fois, je reste de marbre. Ma soirée et ma nuit avec Drake m'ont remis les idées en place.

— Tu voulais me voir pour le rendez-vous avec Knight ? demandé-je.

Il m'invite à m'asseoir sur le canapé, comme l'autre fois, et m'offre un café, que j'accepte. Il a l'air pensif et j'ai peur qu'il ne remette en question sa rencontre avec Drake.

— Oui, répond-il en s'asseyant à son tour. Je vais le rencontrer, je ne reviens pas là-dessus, mais j'ai besoin de savoir à quel point tu le connais, et à quel point tu lui fais confiance.

— Il m'a couvert et je l'ai couvert face à un tueur armé, dis-je.

Guerrero me sourit. Bordel, j'ai beau être amoureux, il a un sacré charme. Je me demande comment un mec peut avoir des cils aussi longs.

— Tout ça pour les beaux yeux d'une écrivaine ? demande-t-il, amusé.

— On peut dire ça.

Je suis mal à l'aise. Je ne suis pas encore expert en drague gay, mais je serais prêt à jurer que Guerrero est en train de tâter le terrain. Et soudain, il se penche et effleure mes lèvres des siennes. Je me fige et le repousse.

— Qu'est-ce qui te prend ? fais-je. Tu as pété un câble ?

J'espère que ma voix traduit un courroux que je ne ressens pas. Il a tenté sa chance, il n'y a pas mort d'homme. Mais je n'ai rien ressenti, alors que le premier effleurement de Drake m'avait envoyé dans la stratosphère.

Guerrero se renverse contre le dossier du canapé et me sourit à nouveau.

— Je voulais juste savoir si mon intuition était la

bonne, fait-il en buvant son café. J'étais quasiment sûr que tu es gay. Si tu ne l'étais pas, tu m'aurais déjà flanqué ton poing dans la figure.

Je voudrais m'indigner et lui dire que c'est faux, qu'il m'insulte gravement et que je vais lui faire regretter ses paroles. L'affolement me gagne. Mais Guerrero lève une main apaisante.

— Je suis gay aussi, Rafael.

J'en étais sûr. J'ai le choix entre nier ma sexualité et renier qui je suis, ou avoir les *cojones* de m'affirmer.

— Et tu es encore en vie ? demandé-je.

— Je fais attention à qui j'en parle, voilà tout. Et je sais m'entourer de personnes qui sont suffisamment ouvertes d'esprit pour apprécier ce que je fais sans le rapporter à ma sexualité.

Cela semble si facile quand il le dit !

— Je suis gay aussi, dis-je d'une voix que j'espère ferme.

C'est seulement la deuxième fois que je le dis face à une autre personne que ma psy. Je vous jure que cela sonne étrange à mes propres oreilles.

— Tu sors avec Knight ?

Alors là, il me bluffe. Comment peut-il savoir ? Je n'ai rien laissé paraître quand je parle de lui.

— Qu'est-ce qui te fait dire ça ?

— Mon intuition. Pourquoi est-ce qu'un flic et un gangster seraient potes ? Au début, j'ai pensé que Knight était un ripou, et puis j'ai compris que parfois, la réponse la plus simple est la meilleure.

Je me prends la tête entre les mains. Voilà autre chose. Guerrero me tient par les couilles.

— Je ne vais pas te faire chanter, Rafael. Je sais

ce qu'il en coûte d'être gay dans notre milieu, et encore plus de tomber amoureux de la mauvaise personne. Je voulais simplement savoir si Knight était un type à qui je pouvais me fier.

— Oui, si tu l'éloignes de ses ex-collègues du SWAT. Il devient réellement con quand il est sous leur influence.

— C'est bien là où ça va poser problème, soupire Guerrero.

Et il me déballe toute son histoire. J'en reste coi. Je ne peux pas dire que je tombe des nues, que jamais je ne me serais douté de cela, mais j'avoue que j'ai quand même un choc. Guerrero a un très lourd passif avec l'unité 66, et Drake va se prendre une sacrée claque. Lorsque Guerrero se tait, je ne sais pas quoi dire.

— Je suis désolé, murmuré-je.

— J'ai survécu. Je ne sais pas si je suis devenu plus fort, mais je suis toujours vivant. Tu comprends à présent pourquoi ils encouragent ton shérif à tirer d'abord et à poser les questions ensuite ?

CHAPITRE 22

Drake

Je fais confiance à Rafael. Quand on poursuivait le kidnappeur de Venus Marie, je lui ai confié ma vie, comme je l'aurais fait avec un autre flic. Je n'ai aucune raison de douter de lui cette fois encore, alors que je vais rencontrer un tueur de flics en étant désarmé, dans un barrio proche de celui des *Diego Sangre*, alors que personne ne sait que je suis ici.

Rafael m'a amené lui-même. Il m'a demandé mon téléphone et mon arme et m'a regardé dans les yeux pour exiger ma parole d'honneur que je n'avais rien d'autre caché sur moi. J'ai juré, en toute bonne foi.

À présent, nous descendons un escalier dans une usine désaffectée, et nous arrivons dans un local qui a dû servir de bureau il y a une vingtaine d'années. Il reste encore un meuble métallique dont les tiroirs sont rouillés et des chaises qui ont l'air d'avoir fait la guerre. Guerrero est déjà là, bras croisés, seul.

— Il n'a ni téléphone ni arme, annonce Rafael.

Il parle en anglais, histoire que je comprenne bien ce qui se raconte. Je parle couramment espagnol, mais je ne suis pas toujours au fait des derniers mots de slang des gangs.

Guerrero et moi nous faisons face comme deux boxers. Rafael a placé une chaise de chaque côté du bureau.

— Asseyez-vous là, ordonne-t-il. Et comportez-vous comme des hommes d'honneur.

Je retiens une remarque désobligeante. Un homme d'honneur ne fait pas ce que Guerrero a infligé à Hernandez. Et il ne tue pas un flic à terre.

— Vous vouliez me donner votre version de la mort de Brody, je vous écoute, lancé-je d'un ton sec.

Guerrero me dévisage avant de répondre, et il me sort exactement ce que Rafael m'a raconté. Un échange de tirs, le dernier qui tue Brody, alors que tous les deux sont à terre et blessés.

— J'ai vu sa blessure, intervient Rafael.

— Vous n'étiez pas là le soir où j'ai été arrêté, lance soudain Guerrero.

Je mets une seconde à percuter.

— Non. Je m'étais foulé la cheville.

— Tout est parti de là, fait Guerrero. De ce qui s'est passé cette nuit-là. Êtes-vous prêt à l'entendre, monsieur l'ex-SWAT ? À vraiment l'entendre, sans dire que je mens ?

— Comment saurais-je si vous mentez ?

Guerrero a un rire amer.

— Il va falloir partir de l'idée que je raconte la vérité, même si ça égratigne sérieusement vos amis de l'unité 66. Demandez-vous pourquoi votre capitaine veut que je sois tué plutôt qu'arrêté ? Pourquoi il a menti sur la mort de Brody, en prétendant que je l'avais buté de sang-froid ?

Ce sont de bonnes questions. Mais c'est pour avoir ces réponses que je suis là.

— Très bien, je vous écoute, dis-je.

Guerrero se penche sur le bureau, où il pose ses mains. Je vois avec une certaine surprise qu'il est nerveux. Ce n'est pas de la peur. C'est autre chose.

— J'étais un petit dealer lorsque j'ai été arrêté la première fois, commence-t-il. Ma malchance a été de me trouver en compagnie de gros bonnets lorsqu'ils se sont fait prendre. Je me suis retrouvé embarqué par l'unité 66, et c'est Hernandez qui m'a lu mes droits et qui a décidé de me mettre dans une cellule séparée.

— La cellule principale était pleine, objecté-je.

Guerrero plante ses yeux dans les miens.

— Non, elle ne l'était pas. Votre partenaire, Sanchez, l'a fait remarquer à Hernandez. Il a dit qu'il préférait me mettre de côté, en rigolant. Sanchez n'a rien dit et l'a laissé faire. C'est important pour la suite.

— Soit.

Je ne vois pas pourquoi Hernandez aurait fait cela, mais passons.

— Il s'est passé plusieurs heures après qu'on a pris mes empreintes et qu'on m'a enfermé, continue Guerrero. J'ai fini par m'asseoir par terre, juste à côté d'une bouche d'aération. Et c'est là que j'ai entendu une conversation que je n'aurais jamais dû entendre.

Guerrero a entendu des voix venant de la pièce d'à côté, qui se trouve être la salle des preuves. C'est là qu'on met ce qu'on trouve durant les arrestations, les saisies de drogue et d'armes, avant qu'elles ne soient soit prises en charge par la ville pour être détruites ou archivées.

— Je ne connaissais pas les voix, ni même les visages, mais il y avait cinq personnes, dont une seule femme. L'un des hommes parlait avec autorité, et j'en ai déduit que c'était votre capitaine, titre que lui a d'ailleurs donné la femme. Il parlait de la coke qu'ils venaient de saisir sur les types avec qui j'avais été arrêté. Il s'agissait de plusieurs kilos de poudre pure et de bonne qualité.

Selon Guerrero, le capitaine a ouvert l'un des sachets et a goûté la marchandise, commentant sa qualité, avant d'en faire profiter les autres flics présents. Les voix sont montées d'un ton, les rires aussi. Puis le capitaine a passé un appel, et Guerrero a compris que la coke n'allait pas rester dans la salle des preuves bien longtemps. Il avait un acheteur, qui allait non seulement venir prendre les paquets, mais encore en amener d'autres, de moins bonne qualité, pour la remplacer. Le capitaine s'était déjà arrangé pour que certains paquets de cette drogue, dont il avait un petit stock, ait été touché par les gros bonnets du deal, histoire qu'il y ait leurs empreintes dessus, comme sur les vrais paquets.

— Ils ont parlé bénéfices, continue Guerrero, et ça se chiffrait en milliers de dollars pour chacun d'eux, même avec la part de l'intermédiaire, qui avait l'air d'être considérable. Puis ils ont parlé de vous. J'ai retenu votre nom, parce que Knight est un nom marrant pour un flic. Un chevalier en armure, c'est comme ça que vous a appelé la femme. Elle a dit que ça tombait bien que vous ne soyez pas là, parce que cela évitait que vous ne posiez des questions. Elle a ajouté que c'était dommage que vous ayez un balai dans le cul, ce qui a fait rigoler tout le monde, avec des sous-entendus sur votre sexualité, sinon vous auriez pu faire partie de leur petit club. Et là, un type est intervenu, disant qu'il ne fallait jamais vous en parler, parce que vous étiez bien le fils de votre père, droit dans ses bottes.

Je pense qu'il doit s'agir de Brody. C'était le seul à connaître mon père. Je ne peux pas croire ce que je viens d'entendre. Mes collègues, mes ex-collègues, dont Brody, mon mentor, impliqués dans un trafic de drogue ? Ça me semble complètement impossible. Je secoue la tête.

— Vous savez qui c'était, de façon sûre ? demandé-je. Vous avez seulement entendu des voix.

— Je n'ai pas fini, m'interrompt Guerrero avec calme.

C'est ce qui me frappe, dans tout cela. C'est la première fois que je lui parle, en dehors des sommations que je lui ai lancées lorsque j'ai essayé de l'arrêter, il y a plus d'un an. Il est posé, même s'il est un peu nerveux, et rien dans son attitude ne suggère le psychopathe tel que je me l'étais imaginé.

— Continuez, l'invité-je, réellement curieux.

— Peu de temps après, Hernandez est revenu dans ma cellule avec une femme, dont j'ai reconnu la voix. Son tag disait qu'elle s'appelle Sanchez. Il faut que vous compreniez que j'étais désespéré. J'avais déjà fait de la prison, et je savais que cette fois, j'allais prendre cher. J'étais prêt à tout pour me sortir de là. Du coup, j'ai dit à Hernandez que je savais ce qui se passait dans la salle des preuves, que j'allais tout balancer à mon procès si je n'étais pas libéré tout de suite. Ils ont échangé un regard, et j'ai compris que j'avais tapé juste. Ils sont partis un moment, puis ils sont revenus à cinq. Il y avait Hernandez, Sanchez, et les autres voix que j'avais entendues dans la salle, y compris le capitaine de l'unité. Ils ont fait un demi-cercle devant moi. Le capitaine m'a demandé de réitérer mes accusations. J'ai répété ce que j'avais entendu, et j'ai dit que je savais que c'était eux. J'ai lu leurs tags. Le capitaine Williams, le lieutenant Brody et un autre type, Padilla.

Guerrero prend une profonde inspiration. J'ai la gorge sèche.

— Que vous ont-ils dit ? coassé-je.

— Williams a pris la parole. Il m'a demandé si je croyais vraiment qu'on allait me croire, moi, un ex-prisonnier, un petit dealer minable qui allait essayer de salir une unité du prestigieux SWAT. Je lui ai parlé de toute la défiance qui entourait les flics depuis quelques mois. Williams m'a regardé droit dans les yeux, et j'ai commencé à avoir la trouille.

J'ai déjà affronté ce regard d'acier dans ma carrière, et j'ai déjà eu la trouille. Ce que raconte Guerrero est crédible.

— Continuez.

Rafael nous regarde tour à tour, le visage impassible.

— Ils sont sortis de la cellule, et je les entendais parler dans le couloir. Puis ils sont revenus. Et là,

Williams a demandé à Hernandez s'il m'avait fouillé. Il a répondu qu'il n'avait fait qu'une fouille superficielle. Williams a dit qu'il voulait une fouille complète, corporelle. Hernandez m'a ordonné de me déshabiller. J'ai hésité. Williams m'a demandé si je voulais qu'on me tienne et qu'on me déshabille de force. J'ai fini par m'exécuter. J'étais gêné, bien entendu, mais surtout je comprenais que j'allais morfler. Je n'avais aucune idée de ce qui m'attendait réellement.

Guerrero raconte qu'il s'est dévêtu, sans que Sanchez, la seule femme de l'équipe, sorte de la cellule. Hernandez a déclaré qu'il allait faire une fouille rectale et a ordonné à Guerrero de se pencher, pendant qu'il mettait des gants. Hernandez a pratiqué la fouille, puis il a enlevé ses doigts et s'est mis à rire.

Guerrero a marmonné ces derniers mots, mais il redresse brusquement la tête.

— Je suis gay, me lance-t-il. Je vivais avec un homme à l'époque. Nous avions une relation stable et nous n'utilisions plus de protection. Hernandez a ressorti son gant avec du lubrifiant et du sperme dessus. Je me suis mangé des insultes homophobes. Hernandez a déclaré que c'était dommage que vous ne soyez pas là, parce que vous auriez sûrement aimé le spectacle. Puis il a ôté ses gants et les a jetés à terre. Et avant que j'aie compris, il a sorti son portable et pris une photo de moi penché en avant.

Guerrero n'est plus avec nous. Il revit ce qu'il raconte. Je le laisse parler sans l'interrompre. Il nous raconte la façon dont tous mes collègues ont sorti leur téléphone et ont pris des photos. Il raconte comment ils l'ont forcé à prendre des postures humiliantes pour prendre d'autres photos. Comment il a reçu des coups de matraque dans le ventre lorsqu'il a refusé. Il raconte aussi comment Williams a ordonné qu'il soit menotté les bras au-dessus de la tête, aux barreaux de la cellule, et ordonné à Hernandez de lui donner des coups de matraque dans le bas du dos, dans les reins, là où ça fait le plus mal. Puis Williams a montré à Guerrero les photos qu'il avait prises.

— Il m'a dit que si jamais je parlais, ne serait-ce qu'une allusion, il diffuserait ces photos sur tous les réseaux sociaux, avec mon nom. Ces photos me montraient toutes dans des postures humiliantes, et l'on voyait bien mon visage. Je pouvais lire dans ses yeux qu'il le ferait. Les autres m'ont montré leurs propres photos. Ils rigolaient et les comparaient entre eux. Puis tous sont partis, sauf Hernandez, en me laissant menotté. Williams a dit à Hernandez d'être sûr que j'avais bien compris la leçon.

À nouveau, Guerrero prend une profonde inspiration. Je ne peux pas croire ce que j'entends. Jamais notre unité n'a utilisé la violence sur des gardés à vue. Jamais je n'ai vu un prisonnier être forcé de se déshabiller devant toute une unité, dont une femme, et être humilié de cette façon. Je suis atterré. J'ai l'impression de découvrir des étrangers.

Je jette un coup d'œil à Rafael. Il a toujours son visage impassible.

— Continue, dit-il à Guerrero en espagnol. Raconte-lui.

Guerrero reprend la parole. Il raconte comment il s'est retrouvé seul avec Hernandez, nu et menotté. Comment Hernandez a commencé à le tripoter, en lui demandant si ça l'excitait d'être attaché. Il a donné de petits coups de matraque au sexe de Guerrero, comme pour le soulever. Il a fait des remarques homophobes, avant de commencer à se frotter contre Guerrero.

— Il a dit, le capitaine veut que je te fasse comprendre la leçon. Je vais le faire à ma façon. Tu ne seras pas le premier cul latino que je baise. J'aime bien faire ça. Cette cellule est mon baisodrome personnel.

Je sens que je deviens livide. Guerrero me dit comment Hernandez a sorti une capote de sa poche et comment il a compris ce qui allait lui arriver. Il s'est mis à supplier, à jurer qu'il ne parlerait pas, jamais. Hernandez s'est servi d'une des chaussettes de Guerrero pour le bâillonner. Puis il l'a violé.

Guerrero ne se souvient pas vraiment de ce qui s'est passé ensuite. Il se souvient de l'acte lui-même, de ces longues minutes de douleur, de refus de la réalité, de nausée, de souillure. Hernandez a fini, l'a libéré et l'a jeté vers le fond de la cellule.

— Il m'a dit de me rhabiller, que s'il me trouvait à poil quand il reviendrait, il le ferait à nouveau. Je me souviens vaguement que j'ai remis mes vêtements. Ensuite, un autre homme est arrivé, et il a dit que j'allais aller à l'hôpital. J'étais incapable de bouger. Je tremblais, et je ne pouvais pas parler. Je me rappelle l'ambulance, et puis la toubib. J'étais terrifié, je pensais qu'ils allaient me tuer, mais j'ai fini par comprendre que la toubib n'était pas de leur côté. Je lui ai volé un trombone d'une liasse de feuilles qu'elle tenait à la main. Je l'ai laissé m'injecter le calmant. Et puis j'ai ouvert les menottes et je me suis enfui.

Guerrero enfouit son visage entre ses mains, et il tremble. Il a revécu toute cette nuit en me la racontant. Je suis sous le choc, littéralement. Je n'ai jamais été à l'aise avec Hernandez, c'est entendu, mais jamais je n'aurais pensé que c'était un putain de violeur. J'ai envie de vomir. Ces hommes et cette femme avec qui j'ai travaillé pendant des années, que je considère comme ma famille, se sont comportés comme des ordures.

Guerrero se reprend et me regarde fixement.
— Je suis désolé, dis-je. Je suis tellement désolé. J'ignorais tout de cela.
— Je sais.
J'ai l'impression d'étouffer. Je ne peux pas croire que mon unité se comporte comme cela. Mais je ne mets pas en doute le récit de Guerrero. Je me suis toujours demandé comment les autres membres de l'unité se débrouillaient pour avoir plus de fric que moi. Williams vient d'une famille de la classe moyenne, mais il a une grosse villa et des voitures de prix. Brody avait une grande maison dans un beau quartier. Même Sanchez a une belle voiture, sa passion, et des fringues de prix. Il me semblait que j'étais dépensier par rapport à eux, parce que Scott et moi n'arrivions jamais à mettre de côté beaucoup de fric, encore que Scott a fini par gagner bien plus que moi lorsqu'il est passé de jeune architecte débutant à un poste plus élevé.
Je me rappelle aussi que lorsque je suis revenu au QG, avec mes béquilles, il y avait des travaux dans

la salle des preuves, une histoire de bouche d'aération. Le sol était couvert de poussière de plâtre et je me suis cassé la gueule avec mes béquilles, ce qui m'a valu de porter une attelle une semaine de plus.

La mort d'Hernandez a été un choc pour nous tous. Il a été tué alors qu'il n'était pas en service, dans une friche industrielle. On a retrouvé son corps dénudé, couvert d'ecchymoses, une matraque enfoncée dans son rectum, les organes génitaux tranchés alors qu'il était encore en vie et enfoncés dans sa bouche. Il est mort de deux balles dans le cœur. Les empreintes de Guerrero étaient sur la matraque.

— Vous avez voulu que l'unité 66 sache que c'était vous qui aviez tué Hernandez, en laissant vos empreintes, n'est-ce pas ? demandé-je.

Guerrero hoche la tête.

— J'ai mis du temps à me remettre de ce que j'avais vécu cette nuit-là. La seule chose qui m'a permis de tenir, c'était l'idée de vengeance. Je voulais faire à Hernandez ce qu'il m'avait fait. Je ne voulais pas le tuer. Mais il a encore trouvé le moyen de me menacer, de me dire que lui et toute l'unité allait me tomber dessus et me faire mourir dans d'atroces souffrances. Et qu'ils diffuseraient les photos pour salir ma mémoire. J'ai perdu la tête. Je l'ai châtré puis je l'ai tué. Je n'avais jamais tué personne avant, Knight. J'étais un petit dealer. Hernandez m'a transformé en meurtrier. Et j'ai voulu que votre unité sache que c'était moi qui avais fait cela. Qu'ils comprennent que s'ils me traquaient, je les tuerais.

Je ne lui dis pas qu'il aurait pu porter plainte contre Hernandez. Je sais comme lui que ce genre de procédure stigmatise autant la victime, sinon plus, que son agresseur, surtout si la victime est un homme. Hernandez aurait eu le soutien de toute l'unité, de sa hiérarchie, et même le mien, parce que j'aurais refusé de croire qu'il ait pu faire une chose pareille. Pourtant, il a commis ses crimes à un étage de mon bureau, probablement quand j'étais là, et qu'il partait « interroger » un type qu'on venait d'arrêter, ou qu'il allait dans la salle des preuves. Ce que j'ai pu être naïf ! Tout cela se passait sous mes yeux, et je ne voyais rien.

Je n'ai pas fermé les yeux. Je ne me suis douté de rien.

Pourtant, rétrospectivement, une foule d'indices me saute aux yeux. Outre la différence de revenus entre nous, je me revois maintenant arrivant au QG et interrompant une discussion entre les autres membres de l'équipe, le soudain changement de conversation, les regards en coin. J'ai voulu les voir comme ma famille, mais je sentais, parfois, qu'ils m'excluaient de quelque chose, sans que je sache quoi exactement. Je revois Sanchez et sa voiture flambant neuve, que je savais valoir une vraie fortune, et qui m'a soudain dit, alors que je ne lui avais rien demandé, qu'elle l'avait eu pour une bouchée de pain parce que la voiture avait eu un accident et était en fait d'occasion. Et j'avais tout gobé, enviant sa bonne fortune. Je me demande si Shonda et les autres épouses et compagnons savent pour l'argent. Shonda n'est pas idiote. Elle devait bien se douter qu'un lieutenant du SWAT ne gagne pas des fortunes. Pourtant, son mari ramenait suffisamment pour payer leur maison, l'école privée des petites, et des vacances en Floride, sans compter les séjours au ski.

Même Padilla m'a raconté que sa moto neuve était une fin de série marchandée durant un deal du Black Friday. Et je l'ai cru, parce qu'il ne m'est jamais venu à l'idée que mes coéquipiers et amis puissent être des ripoux qui détournaient de la came saisie lors de nos opérations pour la revendre.

Lorsque le corps d'Hernandez a été retrouvé, je me rappelle les regards inquiets entre le capitaine et Brody, les discussions dans le bureau de Williams. L'unité avait compris le message de Guerrero. J'étais le seul connard à vouloir venger Hernandez de sa mort ignominieuse. Le jour où j'ai tué ce malheureux gamin, j'étais parti en chasse avec Sanchez, qui n'arrêtait pas de dire qu'il fallait être prudent et ne pas tomber aux mains de ce psychopathe. Et je pensais à ce qu'il pourrait faire à une femme s'il la capturait. Quand un de nos indics nous a informés qu'il savait où était Guerrero, Sanchez a appelé le capitaine directement, et un gros backup a été déployé. J'étais déterminé à capturer Guerrero, mais lorsque je l'ai eu dans ma ligne de mire, j'ai vraiment expédié les sommations d'usage, parce que je voulais l'arrêter à tout prix. Pas le tuer, mais l'immobiliser pour être sûr de le capturer. C'est là que j'ai laissé Sanchez sur place en partant en courant et qu'un gosse est mort.

— Qui vous a balancé pour que Brody vous prenne en chasse ? demandé-je brusquement.

Guerrero hausse les épaules. Il a l'air épuisé, comme moi lorsque je ressortais de séances chez la psy de la police après la mort de l'adolescent.

— Je l'ignore. L'unité 66 m'a foutu la paix un moment après votre départ, mais maintenant ils sont sur les dents, parce qu'ils n'ont plus leur moyen de pression.

— Comment cela ? demandé-je, intrigué.

Guerrero relève la tête.

— Une fois Hernandez mort, pour moi, cette affaire était finie. Je n'avais pas l'intention de pourchasser les autres membres de l'unité. Mais votre capitaine m'a fait savoir que si je m'en prenais encore à un membre de son unité, il posterait les photos. Vous vous rappelez la vidéo qu'il a faite pour les médias ?

Je ne m'en souviens pas spécialement. Nous étions tous venus, en uniforme, soutenir notre capitaine. Je demande mon portable à Rafael, qui me le tend après un regard à Guerrero. La vidéo est encore disponible dans les archives de plusieurs médias locaux. Je la lance. Je me vois, je nous vois, avec l'air farouche, et le capitaine qui parle d'un crime odieux.

— Nous avons des éléments sur Guerrero, que nous diffuserons si besoin pour le retrouver. Je recommande à ce criminel de ne pas se croire invincible.

C'est une petite phrase, perdue dans le communiqué de Williams, mais dans la perspective de ce que je viens d'apprendre, elle prend un tout autre sens. Certains détails de la mort d'Hernandez n'ont pas été communiqués au grand public, par respect pour le mort. On a simplement parlé de torture, mais le public ignore tout de la matraque et de la mutilation. J'avais pensé, à l'époque, que c'était à ça que Williams faisait allusion.

Il envoyait un message à Guerrero à propos des photos.

— L'unité 66 continuait de me rechercher, bien entendu, reprend Guerrero. Je savais que si jamais ils me trouvaient, j'étais un homme mort. Mais j'étais hanté par ces photos. Je savais qu'à un moment ou un autre, elles risquaient de se retrouver sur Internet. Cela aurait détruit ma vie, une deuxième fois. Je voulais... en finir une bonne fois pour toutes, mais en ayant l'avantage sur Williams. Alors j'ai trouvé un hacker, qui a réussi à pirater les téléphones de votre unité. Les photos ont été effacées, les sauvegardes également. C'était trois jours avant que Brody me tombe dessus.

Williams avait dû se croire en sécurité avec les photos. L'unité 66 voulait régler ses comptes discrètement, sans alerter la cavalerie. Mais la disparition des photos et du levier de chantage qu'elles représentaient a dû semer la panique et Williams a dû redoubler d'ardeur pour retrouver Guerrero à tout prix avant qu'il ne parle. Si jamais l'homme se faisait arrêter par les flics ou une autre unité du SWAT, il parlerait, et Williams et ses hommes étaient bons pour un procès. On peut tout acheter avec de l'argent, ou mieux, avec de la drogue. Williams a dû jeter un bon paquet de thunes ou de came pour délier les langues, et quelqu'un a balancé Guerrero. Je comprends aussi maintenant pourquoi le capitaine suivait toute l'opération en voiture banalisée. C'est assez inhabituel comme mouvement, Williams reste généralement dans son bureau à coordonner les équipes.

— Ils ont besoin de mon aide parce que j'ai bossé votre dossier à fond à l'époque, fais-je, pensif. Brody mort, il ne restait plus que moi à en savoir autant sur vous.

Et le capitaine m'a donné une arme non déclarée pour me protéger. Ou bien espère-t-il que je retrouve Guerrero seul et que je le descende, le faisant taire à jamais ? Je me fais manipuler comme un bleu de bout en bout.

— Et l'arme de Brody ? demandé-je.

Guerrero fronce les sourcils.

— Je ne comprends pas.

— Pourquoi l'avoir prise ?

— Je ne l'ai pas prise. J'avais la mienne, j'étais blessé et j'avais vos collègues aux fesses. Vous croyez vraiment que je me serais arrêté pour ramasser une autre arme ?

Là encore, ça se tient. Et Williams avait tout intérêt à faire disparaître l'arme du lieutenant s'il voulait servir cette histoire de meurtre de sang-froid.

Je sens la migraine qui pointe. Je suis comme un boxeur sonné après une reprise de trop.

CHAPITRE 23

Rafael

Drake est complètement sonné. Je le raccompagne à sa voiture.

— Tu veux que je reste avec toi ? proposé-je.

Il a les épaules voûtées et son teint est terreux.

— Tu le crois ? me demande-t-il.

— Oui. Je ne vois pas pourquoi il irait inventer des trucs aussi sordides et reconnaîtrait qu'il est gay si cela n'était pas réellement arrivé.

Drake pousse un profond soupir.

— Je veux bien qu'on boive un verre.

Je lui dis de me suivre jusqu'à un bar en dehors des barrios, un endroit où on va pouvoir parler loin des oreilles indiscrètes. On se gare devant un bar quelconque où je vais parfois me relaxer, et on se pose à une table au fond, devant des bières. Je laisse

Drake boire quelques gorgées.

— Je ne me suis jamais douté de rien. J'ai travaillé avec eux, j'ai fait la fête avec eux, je les considérais comme ma famille. Je n'ai rien vu.

— Pourquoi est-ce qu'ils ne t'ont pas mis dans le coup ? demandé-je.

Je dois dire que je me doute un peu de la réponse. Je n'ai pas connu Drake lors de sa période SWAT, mais je l'ai connu dans le Colorado, et je sais qu'il est du genre intègre.

— À cause de mon père, je pense, répond-il. Il était flic au LAPD. Il est à la retraite maintenant, mais à son époque, on le surnommait l'Incorruptible. Il y a eu de sales affaires à une époque, avant ma naissance, et mon vieux a mis son grain de sel, en faisant virer les types qui acceptaient les pots de vin.

— Du coup, les types de ton unité se sont dit que tu risquais de ressembler à ton vieux ?

— Oui. Et ils ont eu raison. À l'époque, si j'avais su, j'aurais fait exactement comme mon père. On ne peut pas prétendre faire respecter la loi si on la contourne pour son profit personnel.

Il fronce les sourcils en prononçant ces mots. Il a l'air résolu.

— Tu vas aller les dénoncer ? fais-je. Fais gaffe à tes os, mec. Ça pourrait chauffer pour toi.

Il m'inquiète, encore plus que lorsqu'il disait qu'il allait descendre Guerrero. Il avait ses chances dans un face à face avec un tueur, ce que Guerrero n'est finalement pas. Il n'a aucune chance face à un système qui va le broyer pour protéger les siens.

— Ton père a fait traduire les ripoux en justice ? demandé-je.

— Non. Ils ont été mutés à des postes subalternes, avec inscription à leur dossier. Ça a plombé non seulement leur carrière, car ils ont stagné, mais aussi leur retraite.

Je vois. Je retiens mes remarques. Ces types ne sont jamais allés en taule, ils ont gardé leur liberté et leur boulot, même s'ils étaient bloqués dans leur ascension sociale. Peut-être que Knight Senior a trouvé la punition suffisante, mais je doute que Drake accepte ce genre de solution. Les flics protègent les leurs, comme les gangs le font avec leurs membres. Tout se règle en interne. Finalement, nous ne fonctionnons pas si différemment.

Drake vide sa bière en deux gorgées et en commande une autre.

— Doucement, cow-boy, tu conduis en sortant d'ici.

Drake renifle.

— Ne t'inquiète pas, je pourrais vider encore un pack entier et marcher droit.

Cela ne ressemble pas au mec que je connais.

— Que vas-tu faire ?

— Je ne sais pas. C'est bien cela le souci, je ne sais pas quoi faire.

— Tu dois bien avoir une hiérarchie vers laquelle te tourner ?

— Je ne fais plus partie du SWAT, je ne suis plus qu'un petit shérif du Colorado qui est parti après avoir craqué sous la pression. Je pourrais aller voir le commandant du secteur, mais je ne sais pas comment le joindre directement.

— En te pointant à son bureau ? En le contactant sur les réseaux sociaux ? suggéré-je.

— Si c'était aussi simple, soupire-t-il. Mais le souci est que je n'ai aucune preuve, à part le récit de Guerrero. Inutile de te dire que c'est mort de ce côté-là. Je vais devoir enquêter.

— Tu comptes t'y prendre comment ?

Drake relève la tête.

— Je vais signer au SWAT et réintégrer mon unité. Je vais demander à Williams de me réintégrer le plus vite possible. Et je vais réunir des preuves en interne. Une fois que j'aurai un dossier consistant, j'irai voir le commandant.

Oh, que je n'aime pas cela. Je me répète, je le préférais bien au frais dans le Colorado, à traquer les ivrognes du samedi soir et à arrêter les petits dealers. S'il retourne dans son unité et qu'il commence à mettre son nez là où on ne veut pas qu'il le fasse, il risque bien d'avoir un fâcheux accident. Ses anciens coéquipiers n'ont pas l'air d'être des tendres. Ils sont prêts à abattre Guerrero non pas pour venger leurs morts, mais pour le faire taire.

— Et si tu confiais cette affaire à quelqu'un d'autre ? suggéré-je. Tu envoies un message anonyme avec tous les détails et tu laisses des pros faire leur boulot. Il doit bien y avoir des enquêteurs qui sont formés pour ça.

— Le FBI, soupire Drake. Seulement, si une enquête est ouverte, il y a des risques que Williams l'apprenne. Il a de nombreuses connexions. Ce type est un réseauteur né. Pour ce que j'en sais, il pourrait aussi bien avoir le commandant du district dans sa manche. Si jamais Williams se doute de quelque chose, il va se démerder pour faire disparaître toutes les preuves, si ce n'est pas déjà fait. La seule chance que j'aie de le coincer, c'est de le prendre en flag.

Je vous jure que je suis prêt à le supplier de ne rien faire, de repartir pour ses montagnes et de tout oublier. Je sais qu'il ne fera pas. Il veut la justice, c'est bien le problème. Je sens mon cœur qui s'emballe. Drake mérite bien son nom de famille. C'est un chevalier en armure qui combat pour la justice.

Furtivement, je pose ma main sur la sienne.

— Je suis avec toi, mec, tu le sais, mais s'il te plaît, fais gaffe à toi.

Drake me sourit.

— Tu t'inquiètes pour moi, Reyes ?

Je hausse les épaules.

— Tu es un bon coup, shérif.

On se regarde droit dans les yeux, et si nous n'étions pas dans un lieu public, je crois bien qu'on s'embrasserait.

— Merci d'être là pour moi, Rafael.

Je me fous de savoir qui nous regarde. Je me penche et j'effleure ses lèvres. Le monde ne s'arrête pas, personne ne me pointe du doigt. Tout le monde s'en fout.

Drake me fait un grand sourire qui illumine ses yeux. Rien que pour cela, je suis content de mon audace.

Je rentre avec le sourire aux lèvres, mais il s'efface dès que j'arrive à mon bar et que je trouve Lupita dans l'arrière-salle, un gros classeur ouvert devant elle. C'est de la paperasserie interne, et elle n'a pas à mettre son nez dedans.

— Qu'est-ce que tu fous là ? demandé-je d'un ton

peu amène.

Elle sursaute violemment et met la main devant sa bouche.

— *Dios*, Rafael, tu m'as flanqué une de ces frousses ! Tu pourrais prévenir.

— Je suis dans mon bar, je te signale, réponds-je d'un ton rogue. Qui t'a permis de regarder ce classeur ?

— Personne. Je ne fais rien de mal, je me renseigne.

— Sur quoi ?

Je prends le classeur et je le cale sous mon bras. Il n'y a rien de compromettant là-dedans, juste des bons de commandes et des factures, mais Lupita et son grand nez me tapent sur le système.

Elle se lève et se mordille les lèvres. J'ai horreur des femmes qui font ça pour attirer la sympathie des mecs. Ça fait petite fille.

— Si tu veux tout savoir, j'ai des projets pour Jaime et moi. J'aimerais qu'on ouvre un bar ou un magasin, comme toi.

— Tu as du fric ? Parce que Jaime est à sec, comme toujours.

Mon cousin ne sait pas garder la thune. Elle lui file entre les doigts aussi vite qu'il la reçoit. Et Lupita doit beaucoup l'aider, depuis qu'elle est là.

— Il paraît que Guerrero t'a proposé de gros coups. Jaime touchera sa part, non ?

— Qui t'a parlé de ça ?

Là, je suis franchement en colère. Rien n'est décidé pour l'instant, et Lupita sera la dernière informée quand ce sera fait.

— Mon cousin, répond-elle. Je sais que tu as vu

Guerrero plusieurs fois, et tu ne l'aurais pas fait si tu ne voulais pas bosser avec lui.

— Tu te mêles de ce qui ne te regarde pas, et je n'aime pas ça du tout, dis-je d'un ton glacial. Tu parles beaucoup, Lupita, et je n'aime pas cela non plus. Tu ne fais pas partie des *Diego Sangre*. Tu es juste la fille que Jaime s'envoie.

Je suis grossier et dur, mais il est temps que quelqu'un remette cette fille à sa place. C'est le genre d'emmerdeuse qui fout le bordel dans un gang, parce qu'elle manipule son mec pour qu'il prenne la place du chef.

— Écoute, Rafael, je sais que tu ne m'aimes pas, et pourtant je ne veux que le bien de Jaime, me lance-t-elle avec un regard soudain suppliant. Je sais qu'il a des défauts, qu'il dépense trop et qu'il n'est pas très malin. Mais c'est mon mec, et je veux qu'on se mette ensemble pour de bon. Je veux qu'on achète un magasin avec ce qu'il va toucher si tu bosses avec Guerrero. Je m'en occuperai. Et Jaime et moi, on pourra se marier, et on pourra avoir un bébé.

Elle est presque touchante dans sa façon de parler.

— Vous êtes ensemble depuis quoi ? Quatre, cinq mois ? Et tu veux déjà qu'il soit le père de tes gosses ?

— Oui, répond-elle sans se troubler. Je le kiffe et il me kiffe. Il est gentil. Il me traite bien. On est bien ensemble, et je veux qu'on se marie.

— Et lui ?

Je commence à me sentir mal à l'aise, parce que Lupita a l'air sincère. Elle est capable de passer la bague au doigt de Jaime, ce grand couillon. Et je ne suis pas sûr que ce soit une si mauvaise chose, finalement. Une nana ambitieuse, mais les pieds sur terre ne peut être que bénéfique à un type comme mon lieutenant. Il faut juste qu'elle comprenne où est sa place.

— Il n'est pas contre, répond-elle avec assurance.

Ce qui veut dire qu'elle l'a déjà embobiné. Jaime a toujours dit qu'il avait le temps pour se marier et faire des gosses et il a toujours fui dès qu'une nana parlait de mariage. S'il est toujours avec Lupita alors qu'elle lui en a parlé, c'est qu'il est amoureux.

— Je souhaite le meilleur pour Jaime, dis-je. Je veux qu'il soit heureux. Mais il y a une chose que tu dois t'enfoncer dans le crâne, Lupita. Si tu veux participer aux affaires du gang, ce n'est pas en couchant avec mon lieutenant que tu vas y arriver. Et si tu ne fais pas partie du gang, tu n'as pas ton mot à dire sur la façon dont je le gère. On va peut-être faire de gros coups avec Guerrero, ou peut-être pas, et c'est moi qui en déciderai. N'essaie pas d'influencer Jaime. Est-ce que je suis clair ?

Le regard de Lupita change. Pour la première fois, je la vois autrement que comme une pétasse aux cheveux décolorés, avec un boule moulé par une jupe trop courte, et un top qui a l'air de vouloir laisser échapper ses avantages mammaires tant il est trop petit pour son buste généreux. J'ai toujours pensé qu'elle était conne, mais je me rends compte que je me suis trompée. Quand elle arrête de jouer la comédie, elle se révèle sous un jour complètement différent.

— J'ai compris, répond-elle en perdant même son ton de petite fille. Je ne veux pas foutre le bordel dans ton gang, Rafael. Je veux juste que Jaime ait sa part et qu'on construise quelque chose ensemble. Je veux qu'on se marie et qu'on est des enfants, et je veux qu'on ait de quoi vivre. C'est pour ça que j'ai fait tout ça avec Guerrero, pour que vous fassiez de gros coups et qu'on ait tous de la thune.

J'aimerais dire que je la crois et qu'elle respire la sincérité, pourtant il y a un petit quelque chose qui me retient.

— Je comprends, dis-je. Mais avant de me décider à bosser avec Guerrero, je dois être sûr qu'on ne va pas dans une impasse. Alors pour l'instant, tu ne manœuvres plus Jaime comme tu l'as fait l'autre soir pour que je rencontre Guerrero. Je n'ai pas du tout apprécié d'être manipulé comme ça, Lupita. Tu as de la chance que je ne sois pas violent, sinon je te jure que je t'aurais virée.

— Tu frappes les femmes, Rafael ?

J'ai un sourire cruel.

— Je n'ai jamais levé la main sur une gonzesse, Lupita, question d'éducation. Je ne cogne que sur quelqu'un capable de me répondre. Mais si tu me fais trop chier, je demande à Rosa de s'occuper de toi, *comprende* ?

— *Si*.

Elle a reculé un peu en disant cela. Elle connaît ma petite sœur et sait ce dont elle est capable.

— Laisse faire les choses, conclus-je. Ne t'en mêle pas.

— D'accord.

Je quitte la pièce avec le classeur sous le bras. Peut-être que Lupita n'est pas la catastrophe annoncée, après tout. Jaime a besoin de se poser, et elle peut être la meuf qui va lui permettre de passer de célibataire inconséquent à père de famille responsable.

On peut toujours rêver.

CHAPITRE 24

Drake

Rafael m'a remonté le moral avec sa simple présence et ce baiser que je n'attendais pas. Il savait que quelqu'un pouvait le voir, mais il a pris ce risque pour moi. J'ai le cœur tout réchauffé quand je regagne ma voiture. Je m'efforce de garder ce précieux moment en moi, dans mon cœur, pour le ressortir quand je traverserai un coup dur. Et je sens que je vais en rencontrer dans les jours et les semaines qui viennent. Je dois retrouver mon calme et gérer ça comme je le ferais avec une affaire criminelle ordinaire. Je serai seul sur ce coup-là, et j'y vais sans personne pour surveiller mes arrières. Je me pose la question qui compte. Jusqu'où Williams et les autres sont prêts à aller pour protéger leur secret ? Seraient-ils prêts à me tuer pour ne pas se retrouver devant la justice ?

Il y a quelques heures, cette question m'aurait fait rire. Maintenant, je ne suis plus si sûr que je m'en sortirais vivant si je me faisais coincer par Williams en train de fouiner dans ses combines.

Je me demande comment mon père s'y est pris. Je n'étais pas né, et il en parlait peu, parce que ce n'était pas un sujet de fierté pour lui. Il avait fait tomber des flics ripoux, et ce qu'il retenait, c'est qu'il y avait des flics corrompus à L.A. Sa fierté en avait pris un coup, comme s'il avait été lui-même coupable de quelques délits.

Je n'ai pas vu mon vieux depuis plus d'un an, quand j'ai décidé de démissionner du SWAT et qu'il est venu me voir pour me dire d'arrêter de déconner. Depuis, on se parle par messages, par mails, mais on n'a pas eu de contacts en direct. Je m'arrête, toujours respectueux de la loi, et je sors mon téléphone pour lui envoyer un message. Je reçois une réponse dans les deux minutes. Mon père est à la maison, il vient de rentrer des courses et il m'attend. Je mets le cap sur la maison qui m'a vu grandir.

Je ne suis pas un gars nostalgique. J'aime avancer et je ne laisse pas le passé freiner mon futur. Ce n'était pas mieux avant. Mais une drôle d'émotion envahit mon cœur quand j'arrive au bout de la rue, et que je vois apparaître ma maison, fraîchement repeinte en ocre, le gazon impeccablement tondu. Mon père est dans l'allée, penché sur le moteur de sa Ford, une antiquité qu'il bichonne amoureusement. Je me gare comme il faut, dans l'emplacement réservé aux visiteurs, et je me pointe à la petite porte peinte en blanc.

— Entre, fils, m'invite mon père.

Je n'aurais pas franchi cette limite sans son invitation. Je vais à sa rencontre et on se serre virilement la main. Je n'ai plus embrassé mon père depuis mes onze ou douze ans, je crois. Dès l'âge de sept ans, il a mis en place le rituel de la poignée de main.

— C'est comme ça que les hommes se saluent, fiston. Tu peux tout savoir d'un homme avec sa poignée de main.

La sienne est toujours aussi ferme, sans vous broyer les doigts, ce qui est selon lui un signe de faiblesse. Un vrai dur n'a pas besoin de cela pour montrer qu'il est fort. Mon vieux est en jean repassé, avec une ceinture, et une chemise à carreaux dont il a relevé les manches. Il n'y a aucun tatouage sur ses bras. Ses cheveux blancs sont coupés aussi court que lorsqu'il portait l'uniforme, mais il s'est laissé pousser la moustache, comme sur les photos des années 70 jaunies par le temps qu'il y a dans l'album de famille. Daniel Knight restera un flic jusqu'à son dernier souffle.

— Qu'est-ce que tu deviens, fils ? me demande-t-il en me précédant à l'intérieur. Je ne savais même pas que tu étais en ville. J'ai entendu pour ton lieutenant.

— Je suis venu pour son enterrement, dis-je, et le capitaine Williams m'a demandé de prendre mes congés du Colorado pour pouvoir être consultant auprès de mon ancienne unité. Je les aide à retrouver Guerrero.

— Et ensuite ? Tu repars dans les montagnes ?

— Hier, je t'aurais répondu que non, que j'allais

signer avec le SWAT et revenir à L.A.

Mon père me sert une bière, sans verre, et nous nous asseyons au salon. Tout est impeccable, mais comme figé dans le temps. Ma mère est morte quand j'étais adolescent, et la décoration n'a pas été revue depuis lors. Il y a toujours le canapé marron où j'ai joué étant gosse et les gros fauteuils qui me servaient à construire des forts contre différents envahisseurs. Le tapis est neuf, cependant, l'ancien devait être trop râpé.

— Et aujourd'hui ? demande mon père d'un ton rogue.

Pour lui, mon départ était une erreur, pour rester poli, et me voir hésiter à revenir lui semble incompréhensible.

— Williams m'a clairement dit que je pourrais revenir si je le souhaite, précisé-je.

— Alors, signe, bon sang ! Tu n'es pas né pour être shérif dans un bled paumé, mais pour être un flic d'élite. Tu n'aurais jamais dû démissionner. C'est malheureux que ce gosse soit mort, mais ce n'est pas la peine de foutre ta vie en l'air pour quelque chose qui ne peut pas être changé.

— Mon troisième tir était de colère, fais-je.

Et je lui déballe mon secret, qui commence à ne plus en être un. Mon père hausse les sourcils.

— Et c'est pour cela que tu as démissionné ? s'exclame-t-il. Bordel, fils, tu sais le nombre de fois où j'ai vidé mon chargeur parce que j'étais en colère ? De nos jours, on veut que les flics arrêtent les criminels sans casse. Je suis désolé, mais du moment que tu sors un flingue, il peut y avoir de la casse. Pourquoi tu ne m'en as pas parlé à l'époque ?

Tout ça pour ça !

Il est en colère.

— Papa, je ne suis pas venu à cause de ça. J'ai besoin de ton avis sur une affaire bien plus grave.

Il arrête la diatribe qu'il était en train de me sortir, et se tait.

— Quelle affaire ?

— Je crois que Williams et mon unité sont impliqués dans un trafic de drogue. Et il y a eu une histoire de viol. Ce que je vais te dire est confidentiel.

Mon père lève un sourcil.

— Je suis celui qui t'a appris ce qu'était la confidentialité professionnelle, fils.

— Désolé. Toute cette histoire commence avec la première arrestation de Guerrero, le type qui est accusé aujourd'hui d'avoir tué Brody de sang-froid.

Et je lui raconte toute l'histoire, ajoutant mes propres remarques à l'histoire telle que me l'a raconté Guerrero. Je sais que mon père va contrer la version d'un criminel.

— Voilà, je voulais ton avis. Je dois dire que je ne sais pas trop quoi faire, avoué-je.

Mon père se lève pour prendre une nouvelle bière et m'en amène une.

— Tu dois d'abord vérifier chaque élément avancé par ce type, Guerrero. Tu dois réunir des preuves. Ensuite, tu dois aller voir le commandant et lui apporter l'affaire. Et ne surtout pas parler aux médias. Ces fils de putes nous font trop souvent passer pour des assassins, ne leur donnons pas du grain à moudre.

— Que fera le commandant, à ton avis ?

— Il portera l'affaire devant ses propres

supérieurs, et ils prendront des sanctions. Ton capitaine va finir au fin fond d'un bureau à classer de la paperasse avec ses petits camarades.

C'est exactement ce que je ne veux pas.

— Papa, ils méritent d'aller en prison pour ce qu'ils ont fait. Ils ont laissé Hernandez violer des gardés à vue pendant des années peut-être. Ils ne pouvaient pas ne pas être au courant.

— Tu n'étais pas au courant. Et Hernandez est mort. Les autres n'ont pas commis de crimes de sang.

Voilà, c'est mon paternel. Il refuse que la grande famille des flics, du SWAT ou de l'armée soit salie par des affaires de ce genre.

— Je me suis engagé dans la police parce que je voulais voir la justice être appliquée, fais-je en me rappelant mes idéaux de jeunesse. Et tu me demandes de faire exactement l'inverse.

— Je te demande de penser au SWAT dans son ensemble, fils. Si une unité tombe, c'est tout le corps qui sera touché par l'opprobre.

— Je pense aux victimes de Hernandez.

Mon père soupire.

— Vous, la nouvelle génération, vous me faites rigoler avec vos victimes. Si ces types se trouvaient en état d'arrestation, c'est qu'ils n'étaient pas innocents. De toute façon, s'ils sont allés en taule, ils ont dû subir la même chose, tous les jours, de la part de détenus plus anciens. Quand tu enfreins la loi, il ne faut pas t'attendre à ce qu'on te fasse de cadeaux.

Venir voir mon paternel était une erreur. Il est encore dans la mentalité de l'ancienne génération, celle qui était misogyne, raciste et homophobe. C'est un miracle qu'il m'ait accepté comme je suis.

— Tu as loué un appart à L.A. ? Tu loges où ? demande soudain mon père.

— Chez Scott. On s'est revus par hasard et il m'a proposé la chambre d'amis.

Mon père tourne sa bière entre ses doigts.

— Je l'aime bien, ce type. Vous étiez bien, ensemble. Pourquoi ne pas retenter le coup ?

Mon père a toujours bien accueilli Scott. Le fait qu'il soit architecte lui plaisait, c'est une profession libérale, qui rend riche, une bonne union pour son fils. Scott a toujours su comment le prendre dans le sens du poil. J'imagine amener Rafael ici, dans cette maison, et mon père tiquer à cause de son ethnie, de son statut et de ses tatouages.

— Non, Papa. Scott et moi sommes clairs à ce niveau, nous n'allons pas nous remettre ensemble. D'ailleurs, si je reste ici un moment, je vais chercher un appartement.

— Dommage. Tu comptes te marier, un jour ? Maintenant que c'est légal ? Histoire de faire ça dans les règles ?

C'est typiquement mon père. Il a dû être homophobe dans sa jeunesse, mais il m'a accepté, et maintenant, il veut que je suive le modèle familial, en passant la bague au doigt de l'heureux élu. Je sais que certains de ses vieux copains se sont éloignés quand il a parlé de mon coming-out. Il les a laissé partir sans regret.

— Je ne sais pas, Papa. Je n'ai pas encore rencontré la bonne personne.

Je nous imagine, Rafael et moi, en costard et cravate, avec mon père et mon frère, et Rosa et le petit, en train de nous dire oui devant le juge. Le mélange de nos deux familles serait un sacré électrochoc. *Law and Order* rencontre *On my Block*, une nouvelle téléréalité signée Reyes & Knight.

Je retiens un sourire.

— Penses-y, bougonne mon père.

— Et toi ? demandé-je pour changer de sujet. Toujours avec Shirley ?

Mon père a fini par faire son deuil après la mort de ma mère, et il a commencé à sortir avec une serveuse du *diner* où il a ses habitudes, avant que ça ne devienne une relation durable. Shirley est divorcée et elle a deux enfants ; je les ai rencontrés une ou deux fois. Mais mon père ne l'épousera jamais, parce qu'il ne saurait y avoir une autre madame Daniel Knight, et c'était ma mère, et Shirley a tant souffert durant son divorce qu'elle s'est juré de garder sa liberté.

Leur relation marche bien. Ils dorment chez l'un ou chez l'autre, passent les fêtes ensemble, et s'engueulent comme un vrai couple.

— Toujours. Je ne suis pas une girouette.

Il aime ses petites habitudes. Il aime que sa vie soit en ordre, sans vagues, sans imprévus. C'est le propre des flics et des militaires. Leur vie professionnelle est tellement chaotique qu'il leur faut de la stabilité quand ils rentrent à la maison.

Je prends congé de mon père, je lui promets de le tenir au courant de mes décisions. Il me recommande d'être prudent et me rappelle que si j'ai des ennuis, j'ai son numéro, qu'il sait encore tenir une arme et n'hésitera pas à s'en servir si quelqu'un menace son fils.

Mine de rien, ça me fait chaud au cœur.

CHAPITRE 25

Drake

Je ne fais pas traîner les choses plus longtemps. Je vais voir Williams dès mon retour au QG. Il est dans son bureau avec Sanchez, mais il me fait signe d'entrer.

— Bonjour, Monsieur. Sanchez.

Elle me sourit d'un air un peu contraint.

— Je vous écoute, Knight.

— Monsieur, j'ai bien réfléchi et j'ai pris ma décision. J'aimerais revenir dans l'unité dès maintenant. Je vais offrir ma démission à Green Creek.

Williams a l'un de ses rares sourires et Sanchez se détend.

— Voilà une excellente nouvelle, Knight. J'en parlais justement avec Sanchez. Elle a passé l'examen de lieutenant, et le commandant Arello et moi sommes d'accord sur le fait qu'elle mérite une promotion. Elle remplacera Brody. Quant à vous, comme je vous l'ai promis, vous retrouverez votre ancien grade, votre paie et vos avantages retraite et assurance maladie. Pour l'instant, vous ferez équipe avec Padilla, il vous mettra au courant de tout ce qui s'est passé en votre absence. Ensuite, eh bien, ce sera à vous de montrer ce que vous avez dans les tripes.

— Oui, Monsieur. Merci, Monsieur.

Je quitte le bureau avec l'impression d'être un traître. Je signe en sachant que je vais tous les faire tomber. Mais ma décision de revenir est sincère. J'appelle la maire de Green Creek et je lui expose la situation. Elle proteste, parce qu'elle trouvait probablement que cela faisait une jolie pub pour sa ville d'avoir un ancien du SWAT comme shérif, mais elle comprend vite que ma décision est prise. Elle accepte ma démission et me demande si Sanderson, mon second adjoint, mâle, blanc et trop jeune pour le poste, ferait un bon shérif.

— Madame la maire, pourquoi ne pas offrir le poste à Chang ? Elle a l'expérience et les capacités, suggéré-je.

— Je ne sais pas si c'est une bonne idée, hésite la Karen du Colorado.

Elle s'appelle vraiment Karen et elle coche toutes les cases du meme.

— Green Creek a une femme maire en votre personne, Madame. Pensez à l'image de modernité que la ville dégagerait si elle avait aussi une femme shérif, et issue d'une minorité.

— Je ne suis pas sûre que mes administrés soient

du même avis.

C'est très, très blanc à Green Creek, et madame la maire tient à être réélue.

— Sanderson n'a pas encore assez d'expérience, si vous voulez mon avis, dis-je en toute sincérité. C'est un bon élément, mais il a besoin de davantage d'expérience.

— Je note votre remarque. Cela dit, je peux aussi faire appel à un élément extérieur. En tout cas, nous allons tous vous regretter ici. J'espère que vous reviendrez de temps en temps.

— Je l'espère aussi. J'ai bien aimé mon séjour chez vous.

C'est vrai que cela a été reposant et que le Colorado est un bel État verdoyant avec des montagnes magnifiques. La maire et moi nous quittons dans les meilleurs termes, mais je doute que cette pauvre Chang soit nommée. Je l'appelle pour lui annoncer ma démission, et je lui dis que je l'ai chaudement recommandée pour le poste, mais elle ne se fait pas d'illusions. Elle ne sera pas choisie et se retrouvera à nouveau sous les ordres d'un homme blanc.

— On est très conservateurs, dans le coin, conclut-elle. Déjà, un shérif gay, je ne sais pas si ça passerait.

Je reste coi. J'ai toujours fait très attention de ne pas dévoiler mes véritables penchants.

— Un shérif gay aurait tout intérêt à rester dans le placard, dis-je.

— Ce n'est pas une vie, pas à notre époque.

— C'est vrai. L'avantage des grandes villes, c'est qu'on peut être flic et gay, ce n'est pas incompatible.

On bavarde encore un peu, je lui promets de lui donner des nouvelles.

— Il y a une chose que j'apprécie chez vous, Chang, c'est votre discrétion, dis-je soudain.

— Vous m'avez toujours traitée comme une égale, chef. J'ai apprécié.

Je coupe la communication, un peu pensif. Il est vrai que si j'étais resté à Green Creek, la question de mon coming-out se serait posée. Quand je suis arrivé, j'étais tellement mal que je n'ai pas parlé de ma vie privée, me contentant de cocher « célibataire » dans le formulaire. Mais très vite, j'ai compris qu'être gay pourrait m'empêcher d'être reconduit à mon poste. Alors je me suis tu, ce qui était nouveau pour moi. J'ai vu Rafael en cachette cet été, ce qui l'arrangeait aussi, mais qui me protégeait surtout moi. Je ne pense pas que j'aurais supporté de continuer comme cela.

Je ne suis pas fait pour l'Amérique profonde.

Et c'est comme ça que je reviens chez moi, dans ma ville. Je finalise les papiers qui entérinent mon retour dans le SWAT, je retrouve mon uniforme, mon badge et mon flingue avec un certain soulagement. J'ai beau savoir que je suis là pour faire tomber l'unité 66 et mes coéquipiers, je ne peux pas retenir le bonheur que j'ai dans le cœur. J'ai l'impression d'être de retour d'exil. Et je vais faire le ménage.

Devenir flic est une décision de gamin. Mon père était mon héros. Quand ma mère est morte, c'est lui qui est devenu ma boussole, dans la vie. Pour moi, être flic était aussi évident que respirer. Mon frère a préféré s'engager chez les Marines, ça ne m'a jamais effleuré. Je voulais défendre ma ville, L.A., protéger et servir les citoyens. J'ai fait l'école de police et je m'y suis senti comme un poisson dans l'eau. J'ai passé quelques années dans un poste de South L.A., mais lorsque j'ai eu une opportunité d'entrer au prestigieux SWAT, j'ai saisi ma chance. Ces gars me faisaient rêver. Ils intervenaient là où les flics ordinaires ne pouvaient aller, parce que la situation devenait trop dangereuse. Là encore, je m'y suis senti à l'aise. Ma carrière était sur la bonne voie, je me voyais monter les échelons et finir commandant, mais plus tard, quand je serais trop vieux pour aller sur le terrain. En attendant, je voulais faire mon maximum et consacrer ma vie à ce qui n'était pas un job, mais une vocation.

C'est dire si démissionner a été lourd de sens pour moi. Tout à coup, je me sentais indigne de porter l'uniforme. J'avais tué un civil parce que je n'avais pas su maîtriser ma frustration. Aujourd'hui, avec du recul et un an à penser à ce qu'il s'est passé, je suis conscient que j'aurais dû demander de l'aide à l'époque, et travailler sur ce drame avec l'aide de psychologues. Cela n'efface pas ma faute, mais j'ai enfin admis que j'étais humain et que je pouvais commettre des erreurs. Le souci, c'est que lorsque vous avez une arme, ces erreurs peuvent tourner en tragédie. Aujourd'hui, j'ai appris ma leçon et je sais que si je sors à nouveau mon arme, ce sera en pleine conscience de mon geste.

Je ne peux pas rester chez Scott. Lui et moi avons fait la paix et nous nous quittons bons amis. Nous resterons en relation, cette fois, parce que même si notre amour est mort, nous avons vécu beaucoup trop de choses pour tout jeter après notre rupture.

Je loue une petite maison avec un grand jardin dans un quartier sympa de jeunes célibataires, j'achète une Ford boostée d'occasion à un garagiste que je connais, et je complète avec des meubles neufs suédois. Je monte d'abord le lit, le canapé et la table basse pour pouvoir manger en regardant la télé, la base de la vie américaine. Je m'occuperai des autres meubles ce week-end, avant de commencer mon service le lundi.

Comme je n'ai pas envie de faire un aller et retour à Green Creek pour aller chercher mes affaires, je demande à Sanderson, mon ancien adjoint, de tout empaqueter pour moi et de m'envoyer mes cartons. Il revendra ma voiture personnelle et m'enverra l'argent. Je lui fais confiance pour ne pas m'arnaquer.

J'ai deux heures d'avance à l'aéroport pour récupérer un colis très spécial. Mutt, mon golden retriever, a voyagé en soute depuis Denver pour me rejoindre. C'est Chang qui s'est chargée de le mettre dans l'avion. Un moment, je me suis demandé ce qui était le mieux pour mon chien, vu qu'il semblait à l'aise dans les grands espaces, mais Chang m'a confié que Mutt ne mangeait plus et pleurait beaucoup depuis mon départ. Elle n'a pas voulu m'inquiéter, pensant que je ne serais absent que quelques jours, mais elle pense que mon chien s'est déjà attaché à moi et que je lui manque. Il me manque aussi, énormément. Il me rejoint donc dans ma nouvelle vie.

Lorsque sa cage est enfin débarquée et que j'ai signé les papiers pour le récupérer, je m'enferme dans une petite pièce que les employés de l'aéroport ont bien voulu me laisser utiliser, et j'ouvre la cage. Mutt fait un ou deux pas hésitants, me regarde, et se jette sur moi. En deux secondes, je suis couvert de poils et de bave, j'ai été débarbouillé, et Mutt tourne autour de moi comme un fou, en poussant de petits gémissements. Je lui fais un énorme câlin, je lui mets sa laisse et je ramène ma brave bête dans sa nouvelle maison. Mutt trouve son coussin et sa gamelle, et il est content. Il fait le tour du propriétaire, et vient se poser à mes pieds lorsque je m'installe sur le canapé pour regarder les news locales à la télé.

Welcome home, mon chien.

Lorsque Rafael arrive, vers minuit, il se glisse chez moi si furtivement qu'on dirait qu'il n'est qu'une ombre.

— Jolie baraque, commente-t-il.

Il est en costard et chemise de soie noire, et il est sexy à mourir. J'ai envie de lui sauter dessus sans attendre, mais Mutt vient lui dire bonjour. Rafael s'agenouille et se laisse renifler, avant de lui gratouiller les oreilles. Mutt adore, il se met sur le dos pour offrir son ventre aux caresses.

— Ce n'est pas un dominant, fait remarquer Rafael en le caressant.

— Tu as un chien ? demandé-je, conscient que je ne sais finalement rien de sa vie ici.

— Non, plus maintenant. J'avais un labrador quand j'étais marié, mais je l'ai laissé à Filipito. Je veux que mon fils grandisse avec des animaux, surtout des chiens. C'est bon pour son développement psychologique.

Je masque un sourire. Rafael, dès qu'il s'agit de son fils, se transforme en papa poule, et cela m'émeut.

— Tu es couvert de poils, fais-je remarquer. J'ai une brosse, si tu veux.

Rafael hausse les épaules et vire sa veste. Il a son éternel sac à dos noir, dont il sort une bouteille de vin californien et un Tupperware.

— J'ai fait un gâteau de maïs, annonce-t-il. Recette personnelle.

— Tu as l'air d'aimer cuisiner, fais-je remarquer. C'est compatible avec ton statut de chef de gang ?

— Rigole, mec, mais à la naissance de mon fils, Rita et moi on a commencé à flipper sur notre alimentation. On s'est rendu compte qu'on mangeait vraiment n'importe quoi, alors on a appris à cuisiner, tous les deux. Maintenant, je sais ce que j'avale.

Ces mots me vont droit à l'entrejambe. Rafael s'en aperçoit et vient se frotter contre moi.

— Si tu veux que je t'avale, shérif, il va falloir manger sainement, voire bio.

Il me lèche l'oreille en disant cela. Mutt comprend qu'il est de trop et file se coucher sur son coussin. Rafael me plaque contre le comptoir de la cuisine, et entreprend de taquiner mon oreille avec sa langue. Puis il passe à mon cou. Je sens que je ne vais pas tenir longtemps s'il commence comme cela, aussi le repoussé-je avec regret.

— Chez les gens civilisés, on dîne d'abord et on baise ensuite, dis-je d'un ton sentencieux. Et le poulet va être trop cuit si on tarde trop à le manger.

— La bouffe avant le sexe, tu vieillis, shérif,

plaisante-t-il.

Mais son estomac gargouille lorsque j'ouvre le four, et on rit tous les deux. Nous dînons sur la table basse, télé éteinte, en tête à tête. Cette intimité est nouvelle pour nous et nous profitons de chaque minute. Rafael apprécie mon poulet rôti et je reprends de son gâteau de maïs. On vide la bouteille de vin sans nous sentir ivres, ce qui vaut mieux vu mes projets pour la suite.

— Tu as apporté de la beuh ? demandé-je en riant lorsqu'il reprend son sac à dos.

— Non. J'ai mieux, fait-il en sortant un petit panier enveloppé de cellophane et décoré par du ruban coloré.

Il me le tend pour que je l'ouvre et je sens une odeur caractéristique, même si les pâtisseries dans les petites caissettes multicolores ont l'air inoffensives.

— Des space cakes !

— Un chacun, tu pourras garder le reste pour la semaine, fait-il.

— C'est ta sœur qui les fait ? demandé-je en me servant.

— Non. Mais ne t'inquiète pas, c'est de ma beuh, et les cuisinières sont nickel.

Je ne pose pas davantage de questions et je mords dans la pâtisserie à l'arrière-goût qu'on ne peut confondre avec autre chose.

— Tu m'entraînes sur la mauvaise pente, dis-je.

— C'est pour fêter ton installation à L.A., répond-il. Mais tu as raison. Depuis quelque temps, je me laisse aller sur la tequila et la beuh, je vais me calmer.

Aussitôt, je suis inquiet.

— Tu as des soucis ?

— Disons que la situation est un peu tendue, j'ai des propositions et des opportunités, et je n'ai pas encore pris de décisions.

Il soupire.

— Et tes crises d'angoisse ?

Rafael se met à rire.

— Tu sais quoi ? Depuis que tu es de retour, je n'en ai plus eu une seule, et j'ai carrément oublié de prendre mes médicaments.

J'écarte les mains dans un geste faussement modeste.

— Je guéris tous les maux, fais-je.

— Je me sens bien avec toi, répond-il en me prenant la main.

Je suis touché.

— Je suis bien avec toi aussi, réponds-je.

On s'enlace et sa bouche vient effleurer la mienne.

Sa langue a le goût du space cake et sucre et cela m'enivre. Je réponds à son baiser avec une passion qui me surprend moi-même. Je me sens en manque de Rafael. Je l'attrape par le col de sa chemise et je libère ma bouche le temps de lui suggérer d'aller dans la chambre.

Mais il me plaque contre le comptoir de la cuisine.

— Non, je veux te prendre ici, debout, dit-il. J'ai fantasmé là-dessus durant tout le dîner.

Il m'enlève mon tee-shirt et taquine mes mamelons avec sa langue.

— Un piercing t'irait tellement bien, ronronne-t-il.

Une vague de pure sensualité m'envahit. J'ai parfois pensé à en faire un, mais je ne peux pas en porter au travail, pour des raisons de sécurité.

— Et toi ? demandé-je. Un Prince Albert ?

— Personne ne met quoi que ce soit dans mon gland, rigole-t-il.

— Je note que tu sais ce que c'est, noté-je alors qu'il défait mon pantalon, le baisse et s'agenouille devant moi.

— J'ai Internet, mec, comme tout le monde.

Il donne un coup de langue à ma queue qui se raidit déjà. Il l'a prise en main et la lèche à petits coups comme il le ferait d'une glace. Son toucher léger me rend complètement dingue. Je rejette la tête en arrière tandis qu'il me prend dans sa bouche, qui est grande, chaude et mouillée. Pour quelqu'un qui n'avait jamais sucé une queue de sa vie il y a quelques mois, il a fait de gros progrès. Il est doué, voire même surdoué. Il a compris comment arrondir ses lèvres et détendre les muscles de sa gorge. Sa langue sait comment y faire pour m'amener au bord du plaisir. Mais il s'arrête juste avant et l'air frais sur mon sexe en feu me fait frissonner.

— Rafael ! protesté-je.

Il se relève souplement et défait son pantalon. Je prends son sexe dur dans ma main et je le caresse. Je veux le lécher, mais Rafael déballe déjà une capote.

— Je n'ai pas le droit de te taquiner à mon tour ? demandé-je, haletant.

— Non, répond sobrement Rafael. Je suis chaud. Tourne-toi et tend ton cul.

— Quel poète, ironisé-je, complètement excité par cette soudain démonstration d'autorité.

Il me donne une claque sur les fesses. Pas fort, mais sec et qui claque. Mon sexe frotte contre le rebord du comptoir et je laisse échapper un petit gémissement.

— Ça t'excite, shérif ? demande Rafael à mon oreille. Accroche-toi au comptoir et ne bouge pas.

J'obéis sans comprendre. Rafael a pris le lubrifiant et en a mis sur ses doigts, qu'il introduit délicatement en moi. De son autre main, il me donne une nouvelle claque. Ma fesse droite apprécie. La gauche réclame son dû. Mon bad boy préféré la fait rougir de la même façon. Je ne peux retenir un juron tellement ça me fait de l'effet.

— Enlève tes doigts, mets ta queue et continue, haleté-je.

Rafael a un rire de gorge et enlève lentement son index et son majeur. Il prend le temps de s'essuyer sur du Sopalin, puis attrape mes hanches à pleines mains. Il me pénètre d'un seul coup, et avant que j'aie eu le temps de dire ouf, sa main claque sur le côté de ma fesse. Entre son sexe qui me caresse et sa main qui me brutalise gentiment et avec mon plein consentement, je me dirige lentement vers le paradis. Je me prends en main et je me branle en rythme, à moitié affalé sur le comptoir.

— Putain, Reyes, encore ! m'écrié-je.

— Si je vais plus vite, on va couler une bielle, me prévient Rafael.

— Je m'en fous ! Lubrifie !

Rafael se met à rire, m'accuse de le faire débander, ce qui n'est pas vrai, je peux en témoigner, avant de me donner ce dont j'ai besoin. L'orgasme nait dans mes bourses, monte dans la colonne de mon sexe et jaillit avec vigueur, m'éclaboussant les doigts. Je pousse un cri qui se mue en un long gémissement. Je suis secoué par la jouissance qui me fait trembler de la tête aux pieds. Rafael m'attrape par les hanches, me donne de grands coups de reins, avant d'être frappé à son tour par un orgasme qui le fait jurer en espagnol. Il est hors d'haleine et s'affale sur moi, encore en moi.

— Tu m'as tué, Shérif, dit-il dans un souffle.

— Pour un mort, tu parles beaucoup, haleté-je en le repoussant avec douceur.

J'ai les jambes qui tremblent et Rafael ne vaut guère mieux. Il se débarrasse du préservatif et on se laisse tomber sur le carrelage frais, appuyés contre le comptoir. J'appuie ma tête sur son épaule.

— Tu deviens bon en sexe gay, Reyes.

— Je suis doué pour tout ce qui m'intéresse, répond-il modestement.

CHAPITRE 26

Rafael

J'avais plus ou moins espéré que Drake m'inviterait à passer la nuit chez lui, et j'ai amené mon rasoir, ma brosse à dents et un caleçon propre dans mon sac à dos, histoire d'être préparé sans avoir l'air de l'être. La chambre de Drake est sommairement meublée d'un lit et d'une chaise pliante.

— Tu fais dans le minimalisme ?

J'espère que ce n'est pas le cas. Cette nouvelle tendance venue du Japon est sympa à regarder à la télé, mais je la trouve flippante. Je n'entasse pas les biens matériels pour le plaisir de les acheter, mais j'apprécie d'avoir un certain confort, et tout revendre pour avoir une maison vide ne me branche pas plus que ça. Et j'imagine la tête de Filipito si je lui disais qu'il doit se séparer de sa collection de figurines de super héros ou n'en garder que quelques-uns. Je laisse ce genre de délire aux Blancs ultra-riches qui cherchent comment se compliquer la vie.

— Je fais dans le manque de temps, soupire Drake en s'étirant entre les draps que nous avons sérieusement froissés.

Ils sont tout neufs et sentent la lessive.

— Si c'était chez moi, je donnerais un bon coup de peinture, dis-je. Ça manque de couleur. Tu pourrais peindre la chambre en bleu, la cuisine en vieux rose et le salon en vert amande, comme chez moi.

— Je doute que l'agence qui me loue la maison soit d'accord, rigole-t-il.

— J'oubliais, vous, les Blancs, vous aimez avoir des maisons assorties à vos peaux pâlichonnes.

— C'est passe-partout. Je vais mettre des affiches ou des tableaux, mais je n'ai pas le temps de courir les magasins de déco en ce moment. Et puis c'est mon ex qui s'était chargé de notre appartement, je n'y connais rien.

— C'est Rita qui avait décoré notre maison, et Rosa qui amène des trucs chez moi sans me demander mon avis, elle dit que ça fait plus chaleureux pour Filipito quand il vient, confié-je.

— Et si tu n'aimes pas ?

— Je le lui dis. Elle me sort que je n'ai aucun goût et revient avec un autre truc. Je dois reconnaître que j'aime bien ce qu'elle amène, en général. Je n'ai pas le temps non plus de m'en occuper.

— Je t'imagine à Ikea le samedi, avec un grand

caddie et des affaires qui en débordent, se moque-t-il.

— Je l'ai fait avec Rita, soupiré-je. C'est devenu mon cauchemar personnel. Mais je pourrais amener des trucs de chez moi ici.

Je ne sais pas pourquoi j'ai sorti ça, mais cela amène un sourire sur les lèvres de Drake.

— Tu pourrais laisser des affaires dans mon placard, si tu veux, propose-t-il. Et ta brosse à dents. Comme je ne peux pas aller chez toi, ce serait bien que tu viennes ici.

Je m'imagine en train de faire la navette entre deux maisons, et je ne vois pas réellement d'obstacles à cela. Après tout, ici, personne ne me connaît, et j'aime bien cette maison. Je pourrais y passer la nuit et rentrer directement au bar le matin, comme si je partais au travail comme un honnête citoyen. Bien sûr, les soirées sont différentes, je dois être sur le terrain, soit dans l'arrière-salle, mais le plus souvent dans la rue, à négocier des deals, réceptionner de la marchandise et me montrer, histoire qu'on sache que je suis toujours le boss du barrio.

— Pourquoi pas ? fais-je. Mais tu sais que certains soirs, et surtout le week-end, je rentre très tard. Genre deux heures du matin.

— Je jouerai sur la console en t'attendant.

On se fait face et on se regarde en souriant. Cette nouvelle relation qu'il m'offre me plaît. Elle est compatible avec le secret que je dois garder et elle va me permettre de passer du temps avec l'homme… que j'aime.

Mes doigts caressent son visage.

— Tu me raconteras quels vilains chefs de gang tu as arrêtés, fais-je.

— Tant que ce n'est pas toi, répond-il, soudain grave. C'est ma plus grande inquiétude, surtout avec Guerrero qui gravite dans les parages. Si mon unité en a après toi, je ne sais pas ce que je vais faire.

— Ton boulot, shérif. Je suis assez malin pour ne pas me faire prendre. Sauf si tu utilises des infos personnelles.

Mais Drake est sérieux. Il enlace ses doigts avec les miens.

— Si on se trouve face à face, seuls, je ne vais pas t'arrêter, déclare-t-il. Mais si je suis avec mon unité, et toi avec tes hommes, que va-t-il se passer ?

Un carnage. On va tous sortir nos flingues et tirer. Les meilleurs se relèveront. Jaime et mes hommes ne sont pas des tueurs, mais ils n'hésiteront pas à tirer pour préserver leur liberté. C'est comme ça.

— Il va falloir faire en sorte que cela n'arrive pas, dis-je, pensif. Et que ton unité arrête de courir après Guerrero.

Drake ne me contredit pas.

— Il y aurait aussi la solution, à long terme. Que tu deviennes un honnête citoyen.

Un silence suit sa remarque. J'y ai pensé, évidemment, surtout depuis que mon fils est venu au monde. Mais j'ai vécu dans les gangs toute ma vie. Gosse, je savais déjà que ce serait mon destin. J'ignorais que j'en fonderais un, mais les gangs me faisaient rêver. Je voyais des gamins travailler pour eux et avoir de la thune, puis des adolescents avoir des flingues et être respectés par les adultes. Je voulais devenir l'un des leurs. La mort de Diego a été un accélérateur, mais pas un déclencheur. En tant que chef des *Diego Sangre*, j'ai un certain poids, une certaine aura, et on me respecte. Si j'abandonne tout, je ne serai plus qu'un petit Latino parmi d'autres, méprisé par les Blancs, condamné à bosser pour un salaire misérable, vu que je n'ai aucun diplôme.

Finalement, c'est peut-être Lupita qui est dans le vrai. Je devrais acheter un magasin, pas un autre bar, un truc qui puisse rester même en tant de pandémie, j'ai au moins appris cela, et investir dedans. Je suis un bon dealer, je pourrais devenir un bon commerçant. Sauf que je ne me vois pas vendre des boîtes de chili con carne jusqu'à la fin de mes jours.

— J'y ai pensé, fais-je. Mais j'ai besoin de quelques gros coups avant de me retirer et de laisser le clan à Jaime.

C'est sorti tout seul. Parce que c'est exactement ce qui tourne en boucle dans mon cerveau depuis que Drake est revenu pour de bon. Il est né pour faire partie du SWAT, il a ça dans le sang. Et il ne peut pas envisager une relation avec un type comme moi. Soit je le laisse tomber, dans notre intérêt à tous les deux, soit je change de profession, ce qui me permettrait d'envisager une vie plus longue, plus sereine, avec Drake à mes côtés.

— Tu es sérieux ? fait-il, presque incrédule.

— Nous deux, tant que je reste dans les *Diego Sangre,* c'est impossible. Étant le boss du gang, je peux me ranger des voitures. Évidemment, il y aura toujours mon passé, mais j'ai pris mes précautions au fil des années pour détruire les preuves au fur et à mesure. Personne ne sait exactement, de toute façon, tout ce que j'ai fait, à part moi.

Drake m'enlace. Je le sens ému.

— Tu abandonnerais tout ? Pour moi ? demande-t-il.

— Oui. Tu as une très mauvaise influence sur moi, shérif.

Il n'y a pas que cela. Depuis cet été, j'ai changé, et pas seulement en acceptant le fait que je suis gay. Pour la première fois de ma vie, je suis sorti de mon barrio, de la violence et des gangs, et j'ai rencontré des gens qui ont une vie normale, même s'il y a parmi eux des escrocs en col blanc. J'ai rencontré Venus Marie, qui est devenue une amie, et qui me paraissait vivre sur une autre planète, au début. À présent, je me rends compte que tous ces gens, qui vont bosser, paient leurs impôts et se couchent sans avoir peur de se faire flinguer ou arrêter, sont normaux, et que c'est moi, Rafael Reyes, qui vit en marge. J'ai brusquement envie, pour la première fois de ma vie, de mener une vie normale, où je pourrais voir grandir mon fils, vivre avec Drake, et me promener dans la rue paisiblement, sans être constamment en alerte.

Drake m'embrasse dans le cou, et ses lèvres remontent jusqu'aux miennes. Il me donne un léger baiser, juste sa bouche contre la mienne.

— Je t'aime, Rafael.

Mon cœur bondit dans ma poitrine. Ces mots-là, je les ai entendus venant de plusieurs filles, de Rita, mais jamais ils ne m'ont touché comme maintenant, parce que ma réponse est totalement sincère.

— Je t'aime, Drake.

Ces quelques mots vont changer ma vie, je le sais, et pourtant je suis ivre de bonheur en les prononçant.

J'aime cet homme. Je veux vivre avec lui, et même si cela va prendre du temps, je veux devenir quelqu'un de bien pour lui.

CHAPITRE 27

Drake

J'ai besoin de la journée du lendemain pour me remettre de mes émotions. Je suis amoureux d'un chef de gang ; en résumé, je suis amoureux de l'ennemi. Rafael n'est pas seulement un amour de vacances. Il est l'homme avec lequel je veux vivre, et il est prêt à changer en profondeur pour que cela arrive. Je suis conscient des efforts que cela va lui demander, et je me promets de l'aider de mon mieux. Il est né du mauvais côté de la barrière, il a vu son frère massacré sous ses yeux, ça n'aide pas à devenir honnête. Mais il a la volonté de s'en sortir et de devenir un citoyen respectable, du moins quand il aura mis assez d'argent de côté. Nous n'en avons parlé qu'à demi-mot, mais je me doute que ces gros coups qu'il envisage sont liés à Guerrero. Là aussi, j'ai revu mon opinion. Il est hors de question que je lâche l'unité 66 à ses trousses. Je me doute qu'il se planque chez les *Locos*, et qu'il va régulièrement voir Rafael, mais cela, je ferai tout pour que Williams ne le découvre pas. D'ailleurs, je m'interroge sur la source qui a balancé à l'unité que Guerrero avait rencontré Rafael. Tout se sait dans les barrios, mais est-ce qu'il y aurait une balance chez les *Diego Sangre* ? J'en ai parlé à Rafael, qui m'a dit qu'il allait ouvrir l'œil, mais je ne l'ai pas senti paranoïaque à ce sujet, ce qui montre qu'il a encore sa santé mentale. Il pense que c'est la rumeur qui est arrivée jusqu'aux oreilles du SWAT, rien de plus.

Je profite de la journée pour finir de monter mes meubles, faire quelques achats, et je me présente au QG de la 66 le lendemain matin à huit heures, rasé de près et déterminé à faire tomber ce nid de ripoux. Je suis accueilli par une tournée de café et de donuts, puis le capitaine m'assigne officiellement Padilla comme coéquipier. Sanchez est assise derrière le bureau de Brody, ce qui me fait un choc, et je ne suis pas le seul. Quant au nouveau, Beaulieu, qui m'a remplacé, il me dit qu'il est heureux de travailler avec moi. Je remarque une montre de prix à son poignet. OK, il est là depuis un an et ils l'ont mis dans la combine, alors qu'ils ne m'ont jamais parlé de rien.

Padilla et moi bossons sur le dossier de Guerrero. Il travaille sur son identité, qui n'a jamais pu être vraiment vérifiée.

— Je suis certain que ce type utilise de faux papiers et un faux certificat de naissance, déclare-t-il. Comme par hasard, alors que tous les Latinos ont des cousins à n'en plus finir, et je sais de quoi je parle, il n'a personne ici. Ses parents sont morts, ses frères ont disparu il y a plusieurs années à la suite d'une opération de police des frontières, vu qu'ils dealaient là-bas, et personne ne peut affirmer que c'est bien lui.

— On s'en fout, fais-je en haussant les épaules. On sait que ce type est un assassin, et qu'il doit payer pour ses crimes. Après, qu'il s'appelle Guerrero ou Duschnock, je m'en tape.

Padilla éclate de rire.

— Tu es de retour, c'est cool. Tu nous as manqué, Knight.

— Vous m'avez tous manqué, les gars, souris-je. Même le capitaine m'a manqué, c'est pour dire.

Padilla me fait la grâce de sourire. Et je me plonge dans le boulot, sans oublier d'ouvrir mes yeux et mes oreilles. Je sais qu'il serait maladroit de me lancer tout de suite, mais une opportunité se présente à moi dans l'après-midi. Padilla m'entraîne pour faire l'inventaire de plusieurs kilos de coke qu'ils ont saisis lors d'une opération deux semaines plus tôt. Je me demande si les paquets ont déjà été remplacés par de la coke coupée et bon marché. Nous portons tous deux des gants, bien entendu. Je saisis un des paquets d'un air pensif.

— Je me demande combien ça se vend, sur le marché ? soupiré-je.

— Plus que ta paie du mois, m'assure Padilla. Du moins, j'imagine.

— Je te crois. À force de consulter des dossiers de dealers, je finis par me dire qu'être honnête ne paie pas. Ces types ont des grosses bagnoles, des maisons, et ils peuvent se payer de meilleurs soins que moi, bordel !

— Eh oui, mec, c'est comme ça que l'Amérique récompense les types qui risquent leur peau pour elle, par des médailles, des beaux discours, mais pas par du fric.

Je me demande si je rêve ou si Padilla me regarde bizarrement. J'espère que je n'en fais pas trop.

— Tu sais combien j'ai gagné dans le Colorado ? En un an ? Dis un chiffre ?

— Je ne sais, soixante-dix mille ? Vu ton expérience ? avance Padilla.

Je ricane.

— Cinquante mille, mec. Inutile de te dire qu'avec deux déménagements, je suis à sec. Et c'est Scott qui payait pas mal de factures quand on vivait ensemble. Je suis officiellement pauvre.

— Mais tu portes un uniforme prestigieux, me contrecarre Padilla avec une ironie qui ne m'échappe pas.

— Oui, c'est bien pour ça que j'ai à nouveau signé. Mais sérieusement, on devrait avoir un pourcentage sur la came qu'on saisit. Ça nous motiverait grave pour bosser encore plus.

Je prends bien soin de rigoler à la fin de ma phrase, comme si je déconnais grave, mais je laisse Padilla méditer mes mots.

— Et qu'en penserait ton père ? lance Sanchez depuis la porte où elle a manifestement entendu la fin de notre conservation. L'Incorruptible, c'est bien comme cela qu'on le surnommait, non ? Il a fait tomber des ripoux en son temps.

Sa voix est à la fois amusée et un peu agressive.

— Mon père est mon père, grogné-je. Je ne suis pas son clone. Je ne dis pas que je suis prêt à piquer dans la caisse, je dis simplement que j'aimerais que les flics soient plus payés que la racaille, voilà tout.

— C'est notre souhait à tous, répond Sanchez.

Elle échange un regard avec Padilla que je fais mine de ne pas remarquer. J'ai planté les graines, à elles de germer.

Guerrero disparaît de la circulation. En deux semaines, alors que je reprends rapidement mes marques, nous n'avons plus aucune piste pour le localiser. Il faut dire que je fais peu d'efforts dans ce sens, notamment sur le terrain. Avec ce que je sais directement de Guerrero, ce que m'a dit Rafael et ce que mon instinct me souffle, j'aurais dû pouvoir le retrouver. Mais je ne le fais pas. Je sais que si jamais la 66 lui met la main dessus, je signe son arrêt de mort. Il sera abattu au moindre prétexte, et même sans motif du tout.

Je ne sais pas quoi faire à propos de Guerrero. Si c'était un cas banal, je l'arrêterais et je m'attendrais à ce qu'il se prenne une peine de prison exemplaire pour la mort de Brody. Il ne l'a pas abattu de sang-froid, mais il l'a tué quand même. Je me doute que Williams a mis cette version au point à l'intention des médias, pour mieux justifier la mort de Guerrero si c'est la 66 qui l'arrête, mais aussi pour encourager, inconsciemment, tous les autres flics à ne pas hésiter à ouvrir le feu s'ils le coincent. Malin.

Quant à la mort d'Hernandez, je ne sais pas quoi en penser. En tant que flic, je ne peux pas cautionner la vengeance personnelle. Un coupable doit être jugé et condamné par un tribunal, pas par sa victime. Mais je ne suis pas naïf. Si Guerrero avait porté plainte, même sans l'histoire du trafic de drogue, jamais il n'aurait été entendu. Toute l'unité aurait fait bloc autour d'Hernandez, lui fournissant un alibi sans sourciller. Dans l'ignorance totale de ses agissements, j'aurais été le premier à le soutenir, ne pouvant concevoir que mon collègue puisse être un agresseur sexuel.

Sans compter que même si Guerrero avait porté plainte et que ce soit allé jusqu'au procès, et même s'il n'avait aucun casier judiciaire, sa vie privée aurait été exposée, analysée, souillée par des avocats cherchant à faire innocenter Hernandez. En tant que gay, je ne souhaite cela à personne. En tant qu'humain, j'ai parfois envie de saisir les avocats à la gorge et de leur demander s'ils aimeraient qu'on fasse cela à leur femme ou leur mari.

Notre société est sans pitié pour les victimes, quoi qu'on en dise.

Est-ce que je pleure sur le sort d'Hernandez ?

Malgré moi, malgré toute l'éducation que j'ai reçue, malgré mes valeurs, je ne peux pas m'empêcher de penser qu'il a eu ce qu'il méritait. Il a eu une mort horrible, mais il a agi comme un monstre avec ses victimes.

Parfois, je me dis que la vie était plus simple dans le Colorado.

CHAPITRE 28

Rafael

Je reçois enfin un message de Guerrero, qui m'annonce que le gros coup est pour bientôt et qu'il veut me voir pour organiser tout cela. On se voit naturellement dans un nouveau lieu, neutre, l'arrière-salle d'un bar en zone neutre. Guerrero m'attend déjà quand j'arrive. Je ne vois aucun homme de main dans la salle ni dehors. Je suis venu seul également.

— Alors, ce premier grand coup ? demandé-je après les amabilités d'usage. Qu'est-ce que c'est ? Came ? Armes ?

— Du papier, répond Guerrero avec un air malicieux, comme un gamin qui fait une bonne blague.

— Du papier ?

Je ne comprends plus.

— Du papier-monnaie, du vrai, pas de la contrefaçon, explique-t-il.

Je ne peux retenir un sifflement. Je ne suis absolument pas dans le faux bifton, et je ne m'y suis jamais intéressé. C'est délicat, il faut un artiste pour créer la plaque du billet à imprimer, du papier, les encres, les presses et tout un réseau pour le blanchir. Inutile de dire que ce n'est pas avec mon petit gang que je peux me lancer. J'ai parfois fait un peu de blanchiment de faux billets, mais je reste prudent. Si on se fait prendre, ça coûte encore plus cher que la came et les flingues. On touche à un crime fédéral, à la solidité même de la nation en portant atteinte à sa monnaie.

Je dois dire que ça me laisse plutôt froid, comme argument. Les faux billets ont toujours circulé, et le pays tient toujours le choc.

— Tu veux piquer combien de rouleaux ? demandé-je.

— Un.

Ça peut paraître peu, mais il ne s'agit pas de rouleaux de papier toilette. Plutôt de gros rouleaux dont un seul permet d'imprimer un nombre conséquent de coupures.

— Et combien ça rapporte aux *Sangre* ? demandé-je.

Guerrero me sort un chiffre qui résonne très agréablement à mes oreilles. Même divisé en trois, ça reste une très grosse somme, presque un an de taf habituel, et en cash. De quoi payer une école à Filipito pendant quelques années s'il a besoin d'aller dans un établissement spécialisé. C'est presque trop beau pour être vrai.

— Tu veux procéder comment ? Ils doivent être stockés sous bonne garde, non ? demandé-je.

Guerrero se met à rire.

— Je ne compte pas les voler alors qu'ils sont stockés, mais lorsqu'ils sont transportés.

Là, ça me plaît.

— Un *carjacking* à la *Fast and Furious* ? demandé-je.

Jaime, Jesus et moi ne sommes pas mauvais derrière un volant. On a notre petite réputation dans ce domaine. On ne fait pas de courses, mais on a déjà piégé des camions transportant des produits à haute valeur technologique, comme des téléphones de marque.

— Oui et non, répond Guerrero. Je te fais un topo. L'imprimerie de la Banque de Californie a foiré une impression, et les billets ont été détruits. Ils ont besoin d'un nouveau rouleau et la boîte qui les fabrique le leur envoie en express. D'habitude, ce genre de trucs est sous convoi armé, mais là, vu qu'ils sont pressés, ils ont décidé de faire dans la discrétion. Le camion sera seul, un chauffeur armé prévenu au dernier moment, et un itinéraire également décidé au dernier moment.

— Un seul type dans un camion blindé ? m'étonné-je.

— Ce n'est pas la première fois. Si tu veux transporter un truc qui prend peu de place, mais qui a beaucoup de valeur, soit tu sors la parade surarmée, soit tu y vas discrètement.

— Naturellement, tu as tes sources.

— Naturellement, sourit Guerrero.

Il me regarde toujours d'une façon un peu spéciale, à la limite de la drague. Je suis à la fois flatté et un peu mal à l'aise. Je n'ai pas l'habitude qu'un homme me regarde avec du désir dans les yeux, à part Drake.

— Et tu as un acheteur ?

— Oui, ce n'est pas un problème. J'ai la logistique à partir du moment où le camion est arrêté et les portes ouvertes. C'est pour avant que ça coince.

— Je t'écoute.

— Il faut convaincre le chauffeur de s'arrêter et d'ouvrir les portes. Il est armé, il est le seul à avoir les clés, et le camion est blindé, y compris les vitres. Les pneus se regonflent si tu tires dedans. Le truc peut encaisser un tir de bazooka.

— Donc, si tu joues à *Fast and Furious*, au mieux le type va s'arrêter et appeler ses petits copains en renfort.

— Voilà, tu as tout compris. Il faut qu'il s'arrête et qu'il descende, le tout sans donner l'alerte.

Je réfléchis quelques instants. Obliger quelqu'un à faire quelque chose qu'il n'a pas envie de faire est une de mes spécialités. On menace, on cajole, on fait chanter, on menace à nouveau, et on promet une petite récompense.

— Tu as l'identité du chauffeur ? demandé-je.

— On l'aura au dernier moment. Ça se joue entre trois types.

— Tu connais leur nom ?

— J'ai leur fiche d'embauche et leur dossier. Inutile de te dire qu'il ne s'agit pas des premiers pékins venus. Ces types ont déjà bossé pour des sociétés de transport de fonds, ce sont parfois d'anciens flics, ou même d'ex-militaires.

Autrement dit, des incorruptibles.

— Fais voir leur dossier.

Guerrero me tend sa tablette. Je regarde les profils. Deux des types sont des chauffeurs professionnels qui ont des années dans le métier, un a fait toute sa carrière au L.A.P.D. et s'est reconverti.

— Ils se sont déjà fait braquer ? demandé-je.

— Non.

Je tapote la table du bar. Je passe sur les réseaux sociaux et je cherche les types. Je trouve leur profil, du moins ceux des deux chauffeurs. Le type du L.A.P.D. a un profil entièrement verrouillé, il n'y a même pas de photo de profil visible en mode public. Une idée germe dans ma tête. Elle est dégueulasse et me donne envie de gerber, mais elle sera efficace.

— On a combien de temps ?

— Quarante-huit heures, peut-être moins.

— Il va falloir faire vite. Et espérer avoir de la chance.

Guerrero reprend la tablette et me parle du plan déjà en place, de mon rôle et de celui de mes hommes. Nous ne serons que trois sur le coup, dans trois voitures. Je représenterai les *Diego Sangre* dans l'opération. Je me fais expliquer les détails, je regarde les trajets possibles, les forces engagées, et je conclus que c'est jouable.

— Comment est-ce que tu peux savoir quand ce camion quittera l'usine qui produit le papier ? demandé-je. Et tu le sauras combien de temps après le départ ?

— Je le saurais une heure avant, répond Guerrero.

Toute la réussite de l'opération réside dans le timing. Je serai sur le terrain avec vous. Je ne veux pas de sang, Rafael. Le coup doit se faire sans morts ni blessés. Tout se joue sur la rapidité, sur l'intimidation et sur la coopération. Si tout le monde joue son rôle, tout se passera bien.

— Avec qui vais-je travailler ? demandé-je. Parce que ça me préoccupe. Si je dois bosser avec les *Locos*, je veux le savoir. Je ne leur fais pas confiance.

— Les *Locos* ne sont pas impliqués, m'assure Guerrero. Je ne peux pas te dire quels autres gangs participeront à cette opération ni aux suivantes. C'est l'une des forces de notre stratégie. Personne ne saura qui est qui. Tu bosseras avec des voitures qui ne serviront que pour ce coup. Vous porterez tous des cagoules, et vous aurez des noms de code. À ce propos, j'ai choisi des noms de villes pour cette opération.

Je rigole.

— Tu regardes trop de séries, mec, fais-je. Même si j'ai adoré *La Casa del Papel*. Quel nom tu m'as réservé ?

— Rio. Je trouve que ça te va bien.

— Le gamin hacker qui est le gros maillon faible du groupe ? Sympa, fais-je, un peu vexé.

— L'homme amoureux qui risque tout pour sa belle, ou pour son amoureux, corrige Guerrero.

Vu comme ça…

— D'accord, approuvé-je.

— Pour tes amis, on va prendre Denver pour Jaime, naturellement, et Tokyo pour ton ami Jesus.

— Et toi ? Nairobi ? Moscou ? plaisanté-je.

— Le Professeur, voyons, corrige-t-il en riant.

Évidemment.

— Les autres gangs sont sûrs, ne t'inquiète pas. Ils répondront à des noms de ville également, que tu connaîtras en temps utile. Mais vous n'aurez pas à beaucoup interagir les uns avec les autres. Chacun fait sa part, et tout le monde repart beaucoup plus riche.

— D'accord. Je vais en parler à mes hommes. Même s'ils ne sont pas sur place, je vais avoir besoin de tout le monde pour préparer les voitures.

— Seuls Jaime et Jesus peuvent connaître les détails, précise Guerrero. Et fais gaffe à ton cousin. Je le prends parce qu'il conduit bien. Dis-lui bien de fermer sa gueule et tiens les détails secrets jusqu'au dernier moment.

— Tu veux m'apprendre mon métier ?

Guerrero sourit à nouveau.

— Je te fais confiance, Rafael.

Ses yeux parcourent mon visage comme une caresse. Je ne suis pas troublé, pas vraiment, parce que maintenant je sais vers qui mon cœur penche, mais je me sens flatté.

— J'espère. Je n'ai jamais trahi ma parole.

— Même avec Knight ? S'il te pose des questions ?

Je me doutais qu'il allait mettre cela sur le tapis.

— Drake ne me pose pas de questions sur mon taf, et je ne lui en pose pas sur le sien.

— Tu es conscient que votre relation va droit dans le mur, n'est-ce pas ?

— Nous y travaillons.

— Je ne le connais pas, mais je ne le vois pas abandonner son métier. Il a ça dans le sang. Ce sera à toi de changer.

Il tape juste et fort.

— Cela me concerne, répliqué-je un peu plus sèchement que j'en avais l'intention. Tout ce que tu as à savoir, c'est que je serai sur le terrain le moment venu, avec mes hommes, et qu'on fera notre taf.

— Je n'en demande pas plus.

Je parle du coup à Jaime et Jesus, qui sont enthousiastes. Notre QG du jour est le garage du frère de Jesus, qui réceptionne les voitures promises par Guerrero. Ce sont des véhicules qui ont déjà roulés et sont donc rodés, mais dont l'immatriculation est neuve. Jaime fait une danse de la joie autour des caisses et les regarde avec de l'amour dans les yeux. Si Lupita était là, elle serait jalouse. Il choisit sa caisse en premier, petit privilège que je lui accorde volontiers. Ce mec est un as du volant, c'est instinctif chez lui, il conduit mieux que moi, je dois le reconnaître. Jesus tient bien sa place, également. Nous essayons nos nouveaux jouets, nous allons rouler sur l'autoroute, mais aussi dans le désert, histoire de pouvoir pousser les moteurs sans se faire arrêter par les patrouilles de la route. Il ne faut pas nous faire repérer. On fait la course, on s'entraîne plus sérieusement aussi, et on prend les véhicules en main. Le soir, Guerrero nous convoque sur une colline désertique des environs, en nous demandant de mettre nos cagoules et d'utiliser nos noms de codes. Jaime s'est bien foutu de ma gueule avec Rio, vu que je ne suis plus vraiment un petit jeune qui sait pirater des ordinateurs, mais je l'ai envoyé se faire voir. Rio est un nom que j'aime, hors série télé. Ça me fait penser au fleuve tumultueux qui coule en plein désert dans le sud de ce putain de pays. Je suis comme un flot frais qui apporte la vie.

On met nos cagoules et on se rend au point de rendez-vous, à la nuit tombée. Naturellement, Guerrero est déjà là, à visage découvert, mais nous sommes le premier gang à arriver. On se serre la main. Je regarde attentivement Jaime, mais il me semble que c'est leur première rencontre, à voir comme mon cousin lui serre la main presque timidement, mais avec enthousiasme, comme un fan qui rencontre son idole. Le contact avec Jesus est plus bref.

Les autres mecs arrivent. J'ai beau essayer de deviner qui est qui, je fais chou blanc. Tout le monde a dissimulé ses tatouages sous des hoodies à manches longues, même nos mains sont gantées, vu que pas mal de types doivent avoir des tatouages sur les mains. Je suis un peu l'exception pour cela dans le milieu.

Guerrero nous fait mettre devant lui comme une petite armée ordonnée et nous fait un cours sur la façon dont le coup va se passer. Il a même prévu un tableau blanc qu'il cale contre le capot de sa voiture, et dessine au feutre noir le camion cible, puis utilise les autres couleurs pour désigner chaque équipe. Les *Diego Sangre* ont droit non pas au rouge, qui serait trop évident, mais au bleu. Comme les yeux de Drake. Je chasse cette pensée parasite. Je me concentre sur l'explication. Je pose une ou deux questions, histoire de montrer que je suis. D'autres mecs en font autant. Quelqu'un suggère qu'on mette des combinaisons rouges, et tout le monde rigole. Je note qu'il n'y a aucune femme. Le machisme se porte bien, dans les gangs, et ça me tue. En fait, j'ai pensé un moment à faire entrer des femmes dans les *Diego Sangre*, des copines de Rosa qui assurent grave question baston. Mais j'y ai renoncé, devant le tollé général de mes hommes.

— Maintenant, je veux que vous alliez vous reposer. Vous ne vous bourrez pas la gueule ce soir, vous ne baisez pas, vous ne vous branlez pas. Ce sera pour cette nuit ou demain, pas plus tard. Tout va se jouer au timing, et tout le monde doit être synchro. On est une équipe. OK ?

Il n'y a pas de cris enthousiastes, on répond « OK » parce qu'on veut que ça réussisse, mais personnellement, je ne suis pas plus emballé que ça à l'idée de bosser avec d'autres gangs, surtout quand j'ignore l'identité de leur chef, sur une opération de cette importance. On se sépare, et chacun rentre chez soi.

Tout le monde est autorisé à emporter notre propre artillerie, nettoyée de toute empreinte avant l'attaque, mais Guerrero a bien insisté sur le fait que nos flingues doivent servir à intimider, pas à tuer. Les autres ne devraient même pas avoir à les sortir. Heureusement qu'on n'est pas en été, parce que le hoodie et la cagoule tiennent chaud, sans parler des gants. J'ai l'habitude d'en porter dans mon taf, mais je n'aime pas conduire avec. Mais cette fois, s'il y a un souci, on doit pouvoir abandonner les voitures, ce qui fait qu'on les a toutes nettoyées de fond en comble. Je ne sais pas pour les autres gangs, mais nous trois n'avons jamais donné un échantillon d'ADN, juste nos empreintes. Jaime comme Jesus ont été arrêtés, mais je suis le seul à avoir fait de la taule.

On décide de dormir au bar. Il y a des lits de camp et des couvertures, et ce n'est pas la première fois que l'arrière-salle nous sert de dortoir. Le garage est à deux pas. Jaime s'endort vite fait, et des ronflements sonores se font bientôt entendre. Jesus joue sur son portable.

— Arrête ça et essaie de te reposer, fais-je à voix basse.

— Pas sommeil. Et toi ?

— Je ne dors jamais avant un gros coup, réponds-je.

À vrai dire, je suis blindé d'adrénaline. J'ai les bras croisés derrière la tête. Je passe en revue tous les scénarios possibles, je me concentre sur certains détails, mais sans en faire une obsession. Je suis prêt à tout et surtout, je suis excité. Il y a longtemps que mon taf est devenu une routine, aussi dangereuse soit-elle. Ce vol est une aventure qui me fait battre le cœur. Je suis impatient d'y être.

Les heures s'égrènent. Je dois fermer les yeux à un moment, parce que mon portable me réveille.

— Dans une heure, au point de rendez-vous. Ce sera l'itinéraire A, fait Guerrero avant de raccrocher.

Mon préféré. J'y vois un bon présage, moi qui ne suis pas superstitieux. J'informe Jaime et Jesus et on se met en route. Le camion doit aller de l'usine de fabrication de papier à l'imprimerie fédérale, à Sacramento. Le but, c'est de l'arrêter juste à la sortie de la ville, quand le mec va se relâcher un peu pour prendre sa vitesse de croisière. Les Rouges se chargent de transvaser le rouleau dans un van renforcé. Les Verts le conduiront jusqu'à l'acheteur. Guerrero sera avec eux à ce moment-là pour récupérer l'argent.

On a tous des oreillettes et des micros, et Guerrero a décrété que l'anglais serait la langue officielle de ce braquage, vu qu'un des gangs n'est pas latino. Je me demande comment Guerrero a réuni tout ce petit monde.

Je pourrais le lui demander, vu qu'il a décidé de faire le coup à mes côtés. Je m'arrête brièvement au point de rendez-vous, et il monte, lui aussi masqué. Je distingue une voiture garée dans les taillis. On se fait un check.

— Go ! ordonne Guerrero.

Je reprends la route et j'accélère.

— On y va, annoncé-je alors que je m'engage sur la voie rapide. Contact dans cinq minutes. Les Rouges ?

— On sera sur eux dans six minutes, annonce une voix grave dans mon oreillette.

La nuit est tombée depuis un moment, mais je coupe mes phares. La route est quasiment déserte. Je regarde le chrono du tableau de bord. Nous nous rapprochons de la cible.

— C'est à toi, Professeur, dis-je à Guerrero.

Il sort un portable prépayé de sa poche et envoie le message prévu. J'ai désormais le camion en visuel. Je rallume mes phares et je double le camion. Jaime me suit. Jesus se cale derrière le camion.

— Il vient de voir le message, m'informe Guerrero. Tokyo, fais les appels de phare.

Jesus s'exécute. Il y a un moment de tension incroyable pendant que le camion garde la même vitesse, puis il répond à nos appels de phare comme indiqué et ralentit, avant de se ranger sur le côté, bien sagement.

— Je savais que ça marcherait, fais-je en descendant.

Le conducteur ouvre sa porte et descend, les mains en l'air.

— Je coopère ! s'écrie-t-il. Ne leur faites pas de mal !

— Tant que tu fais ce qu'on te dit, mes hommes restent tranquilles, dis-je.

Le message envoyé par Guerrero intimait au chauffeur de s'arrêter et de coopérer s'il ne voulait pas que sa femme et ses filles reçoivent une visite désagréable pour elles. Le tout accompagné d'une photo de la petite famille, avec leurs noms et leur adresse. C'est mon idée bien pourrie, dont je suis à la fois fier et honteux. Pour chaque chauffeur potentiel, Guerrero et moi avons trouvé leur famille. Celui-ci a une femme et deux filles adolescentes. J'ai demandé à Guerrero de se charger lui-même de prendre des photos des gosses sur le trajet du lycée pour les envoyer à leur père. J'imagine ce que je ressentirais si je recevais une photo de Filipito, ou même de Rita. Je serais prêt à coopérer sans réserve, avant de retrouver le fils de pute qui a osé les menacer et de lui faire la peau. Mais je suis un gangster, un bad boy, tandis que le chauffeur est juste un type lambda.

Il n'y a aucune équipe en place, naturellement, mais l'important est que le chauffeur ait cru à notre bluff.

— Couche-toi ! ordonné-je au chauffeur en le braquant.

Il obéit sans demander son reste. Il continue de nous supplier.

— Fais ce qu'on te dit et ta petite famille ne saura même pas qu'elle était menacée ce soir, lancé-je.

Le chauffeur nous donne les clés de la remorque. Comme prévu, deux rouleaux de papier-monnaie sont à l'arrière, l'un à côté de l'autre. Un van noir arrive, et décharge un qu'un chariot élévateur, petit et rapide. Le rouleau pèse trop lourd pour qu'on le transporte, même à plusieurs. Le chariot permet de le soulever et va le déposer à l'arrière du van dont les portes sont ouvertes. On voit le plancher descendre de plusieurs centimètres, mais l'engin a été renforcé pour l'occasion. Tout est solidement fixé.

— Une minute ! s'écrie soudain Guerrero, qui a un œil sur le chrono. On se bouge !

Guerrero monte cette fois dans le van et me laisse gérer la fin du *carjacking*. Il va rester avec le rouleau et réceptionner l'argent.

— Relève-toi, dis-je au chauffeur.

Il tremble, et ses yeux sont remplis de larmes.

— J'ai coopéré, fait-il. Je vous ai obéi.

— Et tu as sauvé la vie de ta famille. Maintenant, tu remontes dans ton bahut et tu fous le camp. Si jamais tu préviens qui que ce soit avant que tes patrons te contactent, tu sais ce qui attend tes filles ?

Il le sait. Il se l'imagine même trop bien.

— Je n'appellerai personne ! promet-il. Mais ils vont me contacter.

— Tu pourras leur dire ce qui est arrivé et leur montrer les photos, fais-je. Personne ne pourra rien te reprocher. Allez, file !

Je grimpe dans ma voiture. Jaime et Jesus font

demi-tour, et j'attends que le camion ait redémarré pour en faire autant. On met la gomme pour mettre le plus de distance entre nous et le camion. Je sais qu'une autre équipe surveille ses appels, mais j'ignore où elle est. Je rejoins le point de rendez-vous pour rendre la voiture par un itinéraire différent de ceux de Jaime et de Jesus. Le type qui nous accueille ne nous adresse même pas la parole. On charge les voitures dans son camion, et on rentre avec une caisse prêtée par le frère de Jesus.

— On a réussi ! hurle soudain Jaime.

— On est les meilleurs ! lance Jesus.

Je souris. Je mets de la musique et on rentre joyeusement au garage. J'ai encore du taf. Je récupère ma propre voiture et je me mets en route pour rejoindre Guerrero. Il fait presque jour et je suis fatigué, mais la musique et le café offert par le garagiste m'aident à garder les yeux ouverts.

Guerrero est déjà là, en pleine nature, avec des sacs bourrés d'oseille. Il les ouvre, me montre les billets, que j'examine à la lumière d'une lampe violette.

— Tu ne me fais pas confiance ? demande-t-il.

— Jamais en affaire, fais-je. C'est la base, mec.

Je n'ai aucune envie de blanchir de faux billets sans même le savoir. Mais les billets que je prélève au hasard dans les sacs sont réglo, ou alors c'est de l'excellent travail.

— Ce sont des vrais, m'assure Guerrero. Les types ont leur propre circuit de blanchiment.

— OK.

Je mets les sacs dans ma voiture. La somme me fait tourner la tête. Guerrero a dû recevoir encore plus que nous, et pour lui tout seul.

— Tu vas faire quoi de ce fric ? demandé-je.

Il sourit.

— Repartir à zéro. Je fais encore un ou deux gros coups, et je me retire des affaires.

Je suis presque déçu. J'ai bien aimé ce que j'ai ressenti cette nuit. C'était excitant, c'était fun et ça faisait longtemps que je n'avais pas ressenti cela. La dernière fois, c'était lorsque nous sommes partis, Drake et moi, sauver Venus Marie. L'adrénaline de l'action me fait me sentir vivant.

— Je suis partant pour un prochain coup, dis-je.

— Je l'espère. Tout s'est très bien passé. Je vous ai bien choisis, tous.

Ce qui m'amène droit à la question qui me taraude depuis un moment.

— Justement, je serais curieux de savoir comment tu as pensé à moi. Je ne suis pas le seul chef de gang à savoir tenir un volant.

Je suis soupçonneux de nature quand ça touche au taf. Je sors avec Drake, qui revient dans l'unité 66 du SWAT, et qui a un lourd passif avec Guerrero. Hasard ? Possible. Mais je veux en avoir le cœur net.

— J'ai entendu parler de toi par les *Locos*, répond Guerrero sans se troubler. Un de leurs membres est mon plan cul, et non, ne me demande pas lequel. Ils parlaient de toi avec crainte et respect. Je me suis renseigné sur toi.

Je comprends sa démarche, même si je ne l'aime pas.

— Et ? l'encouragé-je.

— J'ai découvert que tu savais rester le nez au sec, et que tu te débrouillais pas mal question biz vu ton territoire et ta clientèle. Ensuite, j'ai découvert que tu étais en contact avec Knight et là, j'ai été intrigué.

J'ai le cœur qui fait un bond. Je pensais avoir été ultra-prudent avec Drake.

— Tu m'as espionné ?

Je n'ai pas pu masquer la pointe de colère dans ma voix.

— Oui, reconnaît tranquillement Guerrero. Je t'ai fait suivre. Je t'ai suivi, moi-même. Un soir, je t'ai vu entrer dans un hôtel et ne pas en ressortir. Je pensais à un plan cul féminin. J'ai envoyé une des personnes qui travaillent pour moi passer l'aspirateur dans les couloirs. Elle t'a vu sortir d'une chambre et elle est allée taper la causette au client. Au début, je n'ai pas compris, j'ai pensé que tu vendais ton gang au SWAT, ce qui n'avait pas trop de sens. Et puis j'ai compris la nature de vos liens.

— Cela aurait dû te faire fuir, fais-je remarquer.

Je comprends mieux comment il a su que j'étais gay et comment il a deviné pour Drake et moi. Il avait tout simplement des sources d'infos. Il va falloir que je fasse très attention. Si Guerrero a pu le faire, d'autres peuvent découvrir ma vie privée.

— Au contraire, tu devenais un atout. Je savais que Knight n'était pas là lors de la nuit où j'ai été arrêté, et je savais aussi qu'il n'était pas impliqué dans les petits trafics de son unité. Après enquête sur le bonhomme, j'ai compris le bénéfice que je pouvais en tirer. Tu devenais doublement intéressant, Rafael.

C'est la douche froide. Je m'attendais à ce qu'il m'apprécie pour moi, pour mon talent de businessman, pas pour ma relation avec un flic.

— Tu prenais aussi le risque que je te balance,

répliqué-je d'un ton sec.

— Je savais que tu avais assez d'honneur pour ne pas le faire, du moins pas tout de suite.

Guerrero a un petit sourire en disant cela. Je me suis fait manipuler du début à la fin et je déteste ça.

— Pourquoi me dire ça maintenant ?

— Parce que je ne veux pas qu'il reste de zones d'ombre entre nous. Si ce que je t'ai dit te déplaît, tu es libre de partir. Nous avons mené un deal ensemble, ça s'est bien passé, rien ne nous oblige à nous revoir. Mais si tu en veux plus, je préfère que tu saches que je ne t'ai pas seulement sélectionné pour tes beaux yeux.

— Tu comptais me faire chanter à propos de ma relation avec Drake ? demandé-je.

S'il répond par l'affirmative, je lui flanque mon poing dans la gueule.

— Non. J'ai un certain sens de l'honneur, Rafael. Je ne ferais jamais chanter un gay à cause de sa sexualité.

Il plante ses yeux droits dans les miens. J'ai le sentiment qu'il est franc.

— D'accord, dis-je. Je comprends tes motivations. Mais sache une chose. Ma relation avec Drake est à part de notre business. Tu as pu lui donner ta version des faits pour la mort de son lieutenant et de l'autre type, mais on en reste là. Si tu veux des infos sur les mouvements du SWAT, tu te démerdes, Guerrero.

— Nous sommes d'accord.

On se quitte bons amis. Mais je viens de prendre une leçon. Malgré moi, j'ai plus ou moins fait confiance à Guerrero parce qu'il m'a charmé, et parce que son histoire m'a ému. J'ai eu tort. Mélanger les sentiments et le business est la meilleure façon de vous retrouver en taule.

Guerrero n'est ni un ami ni un allié. C'est juste un type avec qui je fais du biz.

CHAPITRE 29

Rafael

— Et si j'organisais un dîner avec ta sœur ? fait brusquement Drake alors que nous flottons encore sur la vague d'endorphines d'un orgasme flamboyant.

Je descends vite fait de mon petit nuage.

— Quoi ? Pourquoi veux-tu dîner avec Rosa ?

— Pour faire sa connaissance.

— Tu la connais déjà.

— Tu sais bien ce que je veux dire.

Oh merde, voilà Drake qui se la joue « rencontrons nos familles respectives et apprenons à nous connaître ». Je ne suis pas prêt du tout pour cette étape.

— Je ne suis pas sûr que ce soit une bonne idée, avancé-je prudemment.

— Tu as fait ton coming-out, elle sait que nous sommes ensemble, alors pourquoi pas ?

Je sens les ennuis arriver au pas de course, et je cherche frénétiquement un argument en défaveur de cette rencontre. J'adore ma sœur, j'aime Drake, mais les deux ensemble, ce serait comme l'huile et le feu. Rosa va lui voler dans les plumes parce qu'il est flic. Elle ne peut pas les blairer. C'est instinctif chez elle, elle a été élevée comme ça. Moi aussi, d'ailleurs, mais la vue de Drake en uniforme de shérif a suffi à lever mes inhibitions. Rosa va lui sortir tous les cas de maltraitance policière et les injustices dont elle a eu connaissance, et la liste est longue.

— Tu sais, ma frangine et les flics, ça fait deux, dis-je prudemment.

— Justement, ce sera l'occasion de la faire changer d'avis, du moins en ce qui me concerne.

Je me dresse sur un coude.

— OK, mets les cartes sur la table, shérif. Pourquoi veux-tu rencontrer ma sœur ?

Drake bat des cils. Je n'aime pas quand il fait cela, parce qu'il a l'air d'un petit garçon qui vous fait les yeux doux pour avoir une friandise.

— J'aimerais que notre relation devienne plus… consistante, si tu veux, avance-t-il. Tu sais, chacun rencontre la famille de l'autre…

— Le prochain dîner, ce sera ton père et moi ? demandé-je.

Et là, aussitôt, il bat en retraite.

— Peut-être pas tout de suite, fait-il. Laisse-moi lui apprendre que je sors avec toi, déjà.

Je n'ai pas besoin d'être devin pour savoir ce qui cloche. Ma petite sœur sait que je sors avec un flic, tandis que papa Knight, ex-L.A.P.D. ignore tout des amours de son fils avec un gangster latino.

— Tu lui as présenté ton ex à quel moment ? demandé-je.

Drake soupire et plisse les yeux. Il va finir par se donner des rides, mais il aura l'air encore plus sexy avec quelques griffes autour des yeux.

— On sortait ensemble depuis quelques mois, et on savait que c'était sérieux. On parlait d'emménager ensemble.

— Eh bien, attendons qu'on en soit là avant de faire les présentations aux familles, dis-je, pensant régler la question.

— Tu vis quasiment ici, je te fais remarquer.

Vrai. Je passe maintenant plus de nuits chez Drake que dans mon propre lit. Je prends le petit-déjeuner chez lui. Mes jeux vidéo favoris sont dans sa console. On se partage même des abonnements de streaming.

— Drake, je ne suis pas prêt, plaidé-je.

— J'aimerais juste rencontrer officiellement ta sœur, et ainsi mieux apprendre à te connaître, répond-il en me caressant la joue.

C'est donc à ça que ça sert, les présentations aux familles ? Je pensais que c'était une sorte d'officialisation. Quand c'est devenu sérieux entre Rita et moi, elle m'a invité à déjeuner chez ses parents un dimanche midi. J'ai mis mon plus beau costard, demandé à Rosa de faire le nœud de ma cravate, et je me suis pointé avec des fleurs et le dessert. J'étais dans mes petits souliers, parce que je sentais bien que je passais un examen, peut-être le plus important de ma vie. Je devais recevoir l'approbation des parents de Rita pour pouvoir l'épouser. J'ai passé le test, parce que j'ai été charmant, souriant, que j'ai complimenté la qualité du repas sans trop en faire, et surtout parce que les parents de Rita savaient très bien comment je gagnais ma vie, ma position parmi les différents gangs et le fric que je me faisais. Ils ne cherchaient pas le gendre idéal, propre sur lui, mais le type qui saurait prendre soin de leur fille, lui assurer une vie confortable et la défendre contre la violence qui règne dans les *barrios*. Même si Rita a toujours su se défendre seule, une fois devenue ma femme, les types qui l'emmerdaient régulièrement juste parce qu'ils le pouvaient se sont calmés et se sont mis à la saluer avec respect.

Les *barrios* restent très machos. Une fille non mariée est sous la protection de son père, mais elle est à prendre. Une femme mariée, c'est pas touche, sinon tu finis la gorge tranchée, et c'est bien fait pour toi.

— Je vais en parler avec Rosa, dis-je. Mais ne t'attends pas à des démonstrations de joie. Elle va être difficile à convaincre.

Naturellement, je me suis planté sur toute la ligne. Quand je vais voir ma petite sœur dans son salon le soir suivant, elle accueille l'invitation avec surprise, mais sans hostilité.

— Pourquoi pas ? fait-elle en vérifiant ses comptes. C'est parti pour durer, vous deux, n'est-ce pas ?

— Je l'espère. Je suis bien avec lui.

— Tu parles de cul ou de relation ?

— J'aime être avec lui, même quand on ne baise pas, réponds-je franchement. On s'entend bien. On a les mêmes valeurs, étrangement.

— Vous avez chacun votre territoire que vous défendez avec des flingues, fait-elle remarquer.

Rosa a la spécialité de dégainer de grands concepts avec des mots simples.

— C'est vrai. Mais je me pose des questions, fais-je. Tu sais, je pense depuis un moment à abandonner le business. Je veux voir grandir Filipito, et je n'ai pas envie de me faire descendre par les flics ou par un concurrent.

— C'est pour ça que tu voulais faire ces gros coups avec ce type, non ?

— Oui. On en a fait un il y a quelques jours. J'ai une enveloppe pour toi, d'ailleurs.

— Tu la mets de côté, je n'ai pas le temps d'écouler du liquide pour l'instant, me coupe-t-elle.

— OK. Mais ce que je voulais dire, c'est que c'était un gros coup. Et j'ai trouvé ça bandant.

— Tant mieux pour toi, *hermano*, rigole Rosa.

— Je me suis rendu compte que je m'emmerdais dans le business depuis quelque temps, soupiré-je. Là, c'était fun, c'était excitant, et je me suis éclaté. Ça m'a rappelé mes premiers coups, quand dealer de la came était encore une nouveauté. Je m'emmerde, Rosita.

Elle pousse un long soupir.

— On croirait entendre ton fils. Il se lasse très vite de ses jouets, de ses activités, de tout. Il adore ce qui est difficile, ce sont ses propres mots. Il aime les défis, exactement comme toi. Mais la vie n'est pas faite que de défis. Tu as un business qui fonctionne, tires-en un max, fais de gros coups, et retire-toi avant de te faire descendre. Profite de la vie. Avec le fric que tu auras mis de côté, tu pourras voir venir.

— Justement, je n'ai plus envie de m'arrêter.

Rosa me regarde, plisse les yeux, se reprend immédiatement parce que cela donne des rides, et se plante devant moi, mains sur les hanches.

— Ah non, Rafael Reyes, tu ne reviens pas en arrière. Mama et moi, et Rita aussi, on a été soulagées de savoir que tu vas bientôt quitter le gang et te ranger. Ce n'est pas pour changer d'avis maintenant ! Tu n'as pas le droit !

Merde, elle est en pétard, pour de vrai. Je sais qu'elle s'inquiète pour moi. Toutes les femmes du *barrio* s'inquiètent pour leurs hommes. Mais je ne pensais pas que c'était à ce point.

— Du calme, c'est juste une idée comme ça, dis-je.

— Je l'espère pour mama et moi. Et pour Filipito. Il en dit quoi, ton flic ?

— Il veut faire de moi un honnête homme.

— C'est bien la première fois que je suis d'accord avec un keuf. Bon, OK pour le dîner.

CHAPITRE 30

Drake

Je savais que Rafael se faisait du souci pour rien. Le dîner se passe très bien. Rosa est charmante, elle a amené un dessert au chocolat et gagné mon cœur. Elle m'a regardé comme un boxeur en regarde un autre en montant sur le ring, ou comme le père de Scott m'a scruté la première fois que je l'ai rencontré. Comme nous sommes des gens civilisés, nous commençons par des généralités, le temps, les Lakers et les incendies qui ravagent le nord de la Californie. Une fois que ces sujets sont épuisés et que chacun a jaugé l'autre, Rosa y va direct :

— Une chose m'intrigue. Comment un flic du SWAT peut tomber amoureux d'un chef de gang ?

Sérieusement ? L'attrait du bad boy ? Des fantasmes de menottes ?

— Rosa ! s'exclame son frère, choqué.

— Un beau gosse en short au bord d'un lac, souris-je, un beau ténébreux mystérieux, une aventure d'un été qui devient quelque chose de plus important. Ne me demandez pas, je n'en sais rien. Et je n'ai pas le fantasme de menotter votre frère à mon lit, encore que cela puisse l'intéresser.

— Drake !

Rosa et moi éclatons de rire devant la tête de jeune homme outragé de Rafael, qui ne sait plus où se mettre. Nous avons joué une ou deux fois avec mes menottes, mais sans plus.

— J'ai l'impression de lire le dernier Venus Marie, soupire Rosa. Quand je pense que je me voyais déjà en belle-sœur de mon écrivaine préférée. Je vais être la belle-sœur d'un flic. Ce sera la honte sur moi, la honte sur ma famille et la honte sur ma vache.

Je vois qu'il n'y a pas que Rafael qui a aimé *Mulan* quand il était gosse.

— C'est bien là le problème, soupire le fan de Disney. Je ne vais jamais pouvoir amener Drake dans notre *barrio*.

— Déjà, si tu ramènes un mec, tu es mort, *hermano*. Sérieusement, si vous voulez vous mettre ensemble pour de bon, il va falloir que tu déménages, que tu confies le clan à Jaime et que tu trouves un autre job.

— J'aimerais pouvoir faire changer les choses, soupire Rafael.

— Tu ne peux pas lutter à toi tout seul contre des

siècles de discrimination. Ça viendra, petit à petit, mais les *barrios* les plus pauvres seront les derniers à basculer.

Rosa est une sage dans son genre, et elle a raison. Les villes et les privilégiés sont plus enclins à accepter les gens différents, mais quand on est pauvre, sous-éduqué et qu'on se bat chaque jour pour survivre, l'autre est forcément un danger.

— Pourtant, toi, tu m'as accepté comme je suis, fait remarquer Rafael avec un regard plein de tendresse envers sa sœur.

Elle hausse les épaules.

— Peut-être parce que je m'en doutais un peu.

— Quoi ? s'exclame Rafael. Ça se voit ?

— Mais non, *pendejo* ! Mais tu n'as jamais trop ramené de meufs à la maison, et tu n'as jamais regardé mes copines d'un air de chien qui regarde un steak.

Devant notre incompréhension, Rosa raconte qu'elle a dû affronter les regards des frères aînés de ses amies dès qu'elle a eu l'âge de porter un soutien-gorge. Rafael exige immédiatement des noms pour aller leur casser la gueule, Rosa le calme en lui disant que jamais l'un d'eux ne lui a manqué de respect.

— Enfin, si, l'un d'entre eux, mais il a boité pendant huit jours après que mon genou a rencontré scs bijoux de famille. Et de toute façon, il est mort. C'était Emilio Santana.

— Je savais que c'était un porc ! s'exclame Rafael.

— Tu n'as jamais fait ça avec mes copines. Pourtant, il y en a plusieurs qui t'ont sérieusement dragué.

— Rosa, tes copines étaient des gamines à mes yeux, de toute façon.

— Tu crois que ça arrête les mecs ? Bref, j'ai remarqué ça, et puis aussi le fait que tu n'as jamais trompé Rita.

— Tu ne peux pas le savoir, riposte son frère.

— Tu l'as trompée ?

— Non. On était mariés, je te rappelle. J'ai donné ma parole que je resterais fidèle.

— De toute façon, si tu avais donné un coup de canif au contrat, je l'aurais su. Mon salon est une véritable annexe du FBI, se vante Rosa.

— Les femmes ne savent pas garder un secret, lance Rafael, soudain misogyne.

— Et ces secrets, où les ont-elles appris, si ce n'est de leurs hommes ? riposte Rosa. Je sais tout ce qui se passe dans ton gang par Lupita.

— C'est la meuf de Jaime, m'explique Rafael. C'est elle qui nous a mis en contact avec Guerrero.

Je vois son visage se crisper lorsque ce nom est prononcé.

— Vous ne semblez pas beaucoup l'aimer ? lancé-je d'un ton innocent.

— Il a une mauvaise influence sur Rafael, marmonne Rosa.

— Eh, on ne parle pas business ! la coupe Rafael.

Mais Rosa ne se laisse pas faire. Elle pose ses coudes sur la table.

— Tu voulais que je rencontre ton mec ? Je suis là. Ne m'empêche pas de parler quand ça t'arrange, *hermano*. Ce n'est pas du business, c'est l'avenir de votre relation.

Toutes mes antennes se dressent, sauf la

principale, parce que j'imagine aussitôt Guerrero en train de draguer mon mec.

— Je vous écoute, dis-je à Rosa.

— Ils font du business ensemble, et Rafael trouve ça bandant. Ce sont ses propres mots !

Je sens la querelle de famille là-dessous.

— Je n'ai pas dit ça dans ce sens, la contredit Rafael. J'ai simplement dit que faire du business avec lui était intéressant.

— Tu as fait un gros coup avec lui, c'est ça ? demandé-je.

— Oui. Ne m'en demande pas plus.

— J'ai une petite idée de ce que c'était, dis-je, en passant en revue les dossiers et les affaires dont j'ai entendu parler ces derniers jours. Tu sais que voler du papier-monnaie est un crime fédéral et que ça pourrait te coûter très, très cher ?

Rafael se ferme.

— Je ne te parle pas de mon taf et tu ne me parles pas du tien, c'est notre accord, tu te rappelles ?

— Drake, je veux que vous fassiez entrer dans la tête de mon *pendejo de mi hermano* que faire un gros coup ou deux avant de se retirer est OK, mais qu'il a promis d'arrêter.

Je sens l'anxiété dans la voix de Rosa. Elle se fait du souci pour son frère.

— Tu vas arrêter, Rafael, n'est-ce pas ? fais-je d'une voix douce. Je peux sortir avec un ex-chef de gang, pas avec un type en activité.

— Je sais, soupire-t-il. C'est juste que c'était excitant.

Vu le récit du chauffeur que j'ai pu parcourir, j'imagine que Rafael a dû s'amuser.

— Le chauffeur est en arrêt-maladie, dis-je d'un ton neutre. Il a été traumatisé par l'attaque et refuse de reprendre son travail tant que sa famille n'est pas protégée. Rassure-moi, ton petit copain Guerrero et toi n'aviez pas vraiment d'équipe devant la maison de ces pauvres femmes ?

— Quoi ? s'écrie Rosa.

Je pense que son frère ne lui a pas tout raconté. Il essaie de se dédouaner en disant que c'était juste du bluff, Rosa l'assassine littéralement de reproches. Rafael se fait tout petit, reconnaît que c'était son idée et qu'il a grave merdé.

— Plus vite tu couperas les ponts avec ce type, mieux ça vaudra, conclut Rosa d'un ton définitif. N'ai-je pas raison, Drake ?

— Entièrement, approuvé-je. Tu sais, mec, tu pourrais aussi trouver un taf légal. Avec ton imagination et ton talent, ça devrait pouvoir le faire.

— Et pense comme Filipito serait fier, l'achève Rosa.

CHAPITRE 31

Rafael

Je savais que ce dîner était une mauvaise idée. Je m'en suis pris plein la gueule pour pas un rond. Rosa a dévoilé des informations qu'elle aurait dû garder pour elle, comme le fait que je bosse avec Guerrero. Bien sûr, Drake s'en doute, il n'est pas con, mais tant que rien n'était dit, on restait dans un flou confortable. Quand ma petite sœur part enfin, après avoir remercié Drake pour son accueil et m'avoir chuchoté qu'il est un type bien, je suis soulagé. J'aide Drake à débarrasser la table et à charger le lave-vaisselle. On éteint les lampes et on va se coucher, comme un petit couple installé.

Ça, ça me plaît.

On prend notre douche l'un après l'autre, on se

succède au lavabo pour se brosser les dents, avant de se glisser sous les draps frais qu'on a changés le matin précédent. Je ne dirais pas que la majorité de ma garde-robe est à présent dans la penderie de Drake, mais disons que mes fringues favorites sont là. Lorsque je me glisse dans le lit et que je pose ma tête sur l'épaule de Drake, il y a déjà comme un air de familiarité qui m'enveloppe et me fait du bien. Je ne prends plus mes petites pilules de bonheur et je ne vois plus le docteur Jimenez, parce que finalement, tout va bien.

— Tu sais que fabriquer de la fausse monnaie peut te valoir vingt ans dans une prison fédérale ? lance brusquement Drake alors que je me sentais glisser dans le sommeil.

— Je ne vais pas fabriquer du cash, protesté-je.

— Voler du papier-monnaie peut te valoir dix ans, parce que tu participes à une entreprise qui peut déstabiliser l'économie du pays, ajoute Drake, en mode flic.

Je pousse un long soupir et je me mets sur le dos, brisant le contact entre nous.

— Tu vas me faire la morale ? demandé-je d'un ton rogue.

— Non, je voulais juste que tu saches dans quoi tu mets les pieds. Ta sœur a raison, Guerrero a une très mauvaise influence sur toi.

— Tu vas m'interdire de le revoir ? ironisé-je.

Drake se tourne vers moi et me fait un sourire désarmant. Comme je suis faible, je rends les armes et je me rapproche alors que nos doigts s'entrelacent.

— Je t'aime, Rafael. Je ne veux pas que tu tombes à la place d'un autre. Cette idée de voler du papier-monnaie, ce n'est pas toi.

Je sais. Je n'aurais jamais pensé à cela, je n'ai aucun contact dans le milieu, dans les fabriques, bref, c'est complètement en dehors de mes compétences.

— C'était juste un coup, dis-je. Je n'ai laissé aucun indice.

— Si Guerrero se fait arrêter, il te balancera en échange d'une réduction de peine.

Je ne me fais aucune illusion à ce sujet. Quand ta vie est jeu, tu fais ce qu'il faut pour t'en sortir.

— Je sais, soupiré-je. Écoute, je suis d'accord pour arrêter mes activités, mais laisse-moi le faire à ma façon.

— Fais vite, alors. Je peux te dire que la 66 est au taquet sur ton complice.

— Et ton enquête ? lancé-je pour détourner cette conversation qui me fout le moral à zéro.

— J'avance doucement, soupire-t-il. Je dois déconstruire mon image de fils de l'Incorruptible. Je leur fais croire que je suis à sec.

— Et tu l'es ? Tu as besoin d'aide ? demandé-je, tout de suite inquiet.

— Non, sourit-il. En fait, mon année dans le Colorado m'a fait pas mal économiser, même si j'étais bien moins payé. Plus de restaurants, plus de sorties, de boîtes gay et de consommations hors de prix. Je suis presque riche.

Je souris.

— Tu deviens un parti intéressant, ronronné-je.

Je n'ai pas envie qu'on parle business ce soir. J'ai juste envie qu'on soit ensemble, à parler comme un couple ordinaire.

Je n'ai pas amené de beuh. J'ai décidé de faire une

pause dans ma consommation. Je fume trop, j'en suis conscient, et j'ai pris des mesures. Plus de joint pour moi pendant quelques semaines, voire quelques mois. J'ai parfois besoin de goûter pour le taf, pour connaître la qualité, mais je prends une bouffée, pas plusieurs joints. Je veux garder la tête froide. Je vais en avoir besoin dans les semaines à venir.

Rosa a raison. Je me suis monté la tête avec ce coup magistral. C'était fun, l'adrénaline était géniale, d'accord. Mais remettre en question tout mon avenir pour quelques minutes où je me suis senti comme un dieu ? Non. Mon fils compte trop pour moi. Et Drake est trop important pour que je risque notre relation. Si j'ai besoin de sensations fortes, je peux me trouver un sport qui m'en procurera. Je vais dire à Guerrero que je fais encore un coup avec lui, et puis je raccroche.

Il va falloir que j'annonce à Jaime qu'il hérite du gang, et que je concocte une explication plausible. Pas besoin de chercher très sophistiqué, Jaime n'ira pas chercher la petite bête et, au cas où il se poserait des questions, Rosa sera là pour me couvrir, et ma mère viendra en renfort si nécessaire. Elle non plus ne posera pas de questions. Elle est trop heureuse que je quitte ma vie de violence pour me concentrer sur mon fils.

Ceux qui sont les plus à même de se demander ce qui m'arrive, ce sont Jesus et Rita. Mon ex me connaît trop bien, elle sait que ce gang, c'est ma vie. Je vais lui sortir une partie de la vérité, mais je ne sais pas comment je vais faire pour lui cacher la vérité par rapport à Drake. Si j'emménage chez lui, ce qui est mon projet, Rita va bien se douter que je ne suis pas seulement en coloc.

Quant à Jesus, il va mal le prendre. Il a de l'ambition, il ne l'a jamais caché, et se retrouver lieutenant de Jaime ne va pas lui plaire. Il va chercher à comprendre pourquoi je me barre.

Putain, que la vie est compliquée ! J'aimerais bien être comme ces personnes qui n'ont aucune attache et peuvent tout plaquer en cinq minutes. Je m'imagine prendre Filipito sous mon bras et partir à l'autre bout du pays, avec Drake.

Non, ce ne serait pas juste pour mon fils ni pour Rita. Mon fils mérite de grandir avec ses deux parents, et Rita a toujours été une mère formidable pour lui. La priver de son fils serait mal.

Drake me caresse le front.

— Tu as une ride entre les yeux, fait-il remarquer. Des soucis ?

— Je pensais à l'avenir.

— Proche ou lointain ?

— Proche. Je vais faire encore un coup, un seul, et je raccroche. J'aurais suffisamment de thunes pour voir venir. Je ne sais pas encore ce que je veux faire du reste de ma vie, mais ce sera loin des gangs. Mais je vais avoir besoin d'aide pour faire en sorte que mon départ passe crème auprès de mon gang, et qu'ils ne viennent pas voir ce que je fais dans ma nouvelle vie.

— Je suis là pour toi, tu le sais, répond Drake en me prenant dans ses bras.

C'est quelque chose que j'aime. Il y a encore six mois, ce geste m'aurait paru complètement étranger, à présent, je le fais mien. J'appuie ma tête contre la poitrine de Drake.

— Tu penses qu'on pourrait vivre ensemble ? demandé-je.

— Bien sûr. Pourquoi est-ce que tu crois que j'ai pris cette maison un peu trop grande pour un célibataire ? Et puis le quartier est chouette, non ? Ici, on n'attirera pas l'attention. Il y a plusieurs couples gay dans le coin.

— Tes voisins vont piquer une crise quand ils verront mes tatouages.

— On les laissera criser. Si tu es arrivé à t'intégrer aux Pins, tu y arriveras ici. N'oublie pas de dire bonjour à la Crystal locale et de sourire aux vieilles dames. Tu sais faire ça, Reyes ?

Je rigole.

— Je vais m'embourgeoiser.

— C'est le but de tout Américain. Il commence rebelle, ou bien il veut révolutionner le monde, et il finit par se demander de quelle couleur il va choisir les carreaux de sa piscine.

Une piscine serait cool pour Filipito. Je me demande s'il y a la place dans le jardin derrière la maison. En même temps, elle n'est pas à nous, c'est juste une location. Si je vends ma maison dans le barrio, j'aurais assez pour contracter un prêt pour en acheter une dans le coin, avec Drake.

— Tu n'aimerais pas une maison à nous, avec une piscine ? demandé-je.

À peine les mots ont-ils franchi mes lèvres que je me dis que je suis allé trop loin. Mais Drake m'embrasse dans les cheveux.

— Et un barbecue, fait-il. Et un panier de basket.

— Et une niche pour ton chien.

— Mon chien ne dort pas dehors.

— Non, bien sûr, mais j'ai toujours trouvé ça cool, les niches pour les chiens dans le jardin. Il pourra s'y mettre quand on sera dans le jardin.

Je me tourne, parce que Drake est saisi de soubresauts. Il est en train de rire comme un malade.

— Tu vas grave perdre ta *street credibility*, Reyes.

CHAPITRE 32

Drake

C'est le moment de passer aux choses sérieuses.
Je ne vais pas rester dans la 66 toute ma vie à attendre
que Williams et Sanchez me fassent confiance. La
petite conversation que j'ai eue avec Rafael me
donne une idée. Lors d'une pause, alors que je prends
un café avec l'équipe, je lance l'idée que je veux
acheter une maison, mais que je manque cruellement
de fonds.

— J'ai beau faire des calculs, avec mon salaire
actuel, j'en ai pour dix ans minimum pour pouvoir
obtenir un prêt, et encore, si je trouve l'âme sœur
pour acheter avec moi, soupiré-je.

Je ne manque pas le coup d'œil entre Williams et

Sanchez, puis avec le reste de la fine équipe.

— Tu pourrais faire un emprunt dans la salle des preuves, me lance Sanchez avec un grand sourire. Un ou deux paquets de coke, et tu as déjà de quoi discuter avec un banquier.

Mon cœur manque un battement. Ça y est ! Je suis en train de passer un test. À moi de ne pas le foirer.

— Ne me tente pas, réponds-je d'un air sombre. J'en ai marre de trimer et de voir que ce sont les gangsters qui ont de belles baraques.

— J'ai une belle maison, fait soudain Williams. Et Sanchez aussi. Et Padilla en aurait une s'il ne claquait pas tout en grosses cylindrées. Même le bleu a su se débrouiller.

Beaulieu a un sourire un peu gêné.

— En clair, vous êtes en train de me dire que je suis un gros naze pas foutu de se débrouiller ? lancé-je d'un ton vexé. Merci, les gars, vous m'avez manqué aussi.

Williams se met à rire, ce qui est presque un son incongru chez lui.

— Si je vous disais qu'il y a une solution à vos problèmes, Knight ? fait-il d'un ton badin.

— À part organiser un casse, je ne vois pas, soupiré-je.

À nouveau, il y a une tournée de regards entre eux. Je sens que ça mord.

— Vous savez ce que l'on fait de la came que nous trouvons ? demande Williams.

— Elle est détruite.

— Exact. Des milliers de dollars, voire des dizaines de milliers de dollars partent en fumée, confirme Williams. N'est-ce pas dommage ?

— C'est le but de nos opérations, non ?

— Vous pensez vraiment que cette came détruite va changer quelque chose à la donne ? demande Williams. Arrêter des dealers et des gros bonnets est efficace, mais détruire cette coke ne sert à rien. Elle est aussitôt remplacée par une nouvelle production.

— Alors qu'elle représente des dizaines de milliers de dollars, intervient Sanchez.

Je fais mon étonné, en essayant de la jouer sobre.

— Qu'est-ce que vous êtes en train de dire ? demandé-je.

Williams a un nouveau sourire encore plus effrayant que le premier.

— Imaginez, Knight, que nous puissions revendre cette came de bonne qualité et nous en partager les profits. Nous ne volerions personne, n'est-ce pas ?

— Non, réponds-je après avoir fait mine de réfléchir. Non, cette coke n'est à personne une fois qu'elle est là. Mais si elle disparaît, les collègues qui viennent la détruire vont poser des questions.

— Sauf si on la remplace par de la came coupée qui coûte beaucoup moins cher, explique Sanchez. Tu vois le deal ? On vend la vraie coke, et avec une petite partie des bénefs, on achète de la coke coupée, qui sera détruite. Ni vu ni connu, on ne vole personne, et on a un peu de la thune que, franchement, nous méritons.

J'ai un sourire hésitant, un peu comme un gosse à qui on promet un super cadeau et qui hésite à y croire.

— Vous êtes sérieux ? demandé-je à voix basse, même si nous sommes entre nous.

— Ça dépend, répond Williams. Vous voulez vraiment l'acheter, cette maison ?

— Bien sûr que oui ! m'écrié-je. Mais je n'oserais jamais faire cela. Et puis je n'ai pas les contacts. Et puis… cette coke, c'est vous qui l'avez saisie, non ?

— C'est nous, en effet, répond Sanchez. Mais tu nous as aidés à en saisir avant ton départ. Et pour le reste, on a les contacts.

Je laisse le silence s'installer. Je les regarde tour à tour, en laissant fleurir un sourire sur mes lèvres.

— Je suis sérieux, dis-je. Et vous ?

— Comment crois-tu que Brody a pu se payer une aussi belle maison et envoyer ses filles dans une bonne école ? demande Sanchez. On fait un boulot dangereux, Knight. Brody l'a payé de sa vie, comme Hernandez. On mérite bien d'avoir des avantages.

Je hoche la tête avec ferveur.

— Je ne peux qu'approuver, dis-je. J'ai vu mon père faire et refaire ses comptes quand j'étais môme, pour la gloire d'être l'Incorruptible. Je n'ai pas l'intention de finir comme lui. Je risque ma peau chaque fois qu'on part en mission, et j'aimerais bien que cela soit récompensé par une meilleure qualité de vie !

Je demande mentalement pardon à mon daron pour mon ton méprisant.

Sanchez me tape dans le dos. Williams me sourit, avec une réelle chaleur dans les yeux, ce qui me fait plus flipper qu'autre chose. Padilla se met à rire, et Beaulieu sourit.

— Viens, fait Sanchez, je vais te montrer.

Inutile de vous dire que j'ai le cœur qui bat à cent à l'heure quand on entre dans la salle des preuves. Williams nous a accompagnés, Sanchez et moi. Je glisse une main dans la poche de ma veste et à tâtons, j'appuie sur un bouton que j'ai programmé pour déclencher un enregistreur. J'ai un micro Blue Tooth planqué sous mon col.

— C'est notre dernière saisie. Si tu veux participer, tu prends une partie de la dope, qui est d'une super qualité, et tu la livres à une adresse qu'on te donnera. En échange, tu reçois un sac avec du fric et de la dope coupée. Tu les ramènes ici, on fait l'échange et on se partage le fric.

— D'accord, dis-je. Je vais le faire.

— Mets des gants.

J'obtempère. Sanchez prend un sac de sport banal et me demande d'y glisser dix paquets, ce que je fais. Williams dégaine son portable et je m'arrête net.

— Que faites-vous ?

J'ai oublié le « monsieur » respectueux.

— C'est une simple assurance, Knight. J'ai une petite vidéo de chacun d'entre vous en train de s'impliquer dans notre business. Au cas où l'un d'entre vous aurait une soudaine crise de conscience.

Je hausse les épaules.

— Ma dernière crise de conscience m'a coûté mon couple et m'a valu de passer un an chez les ploucs, dis-je d'un ton méprisant. Je suis vacciné. Mais je n'aime pas qu'on me filme.

Je continue néanmoins à entasser les paquets. Je m'attendais un peu à ce genre de choses. Williams est prudent, ça va avec le personnage.

— Vous faites cela depuis longtemps ? demandé-je en refermant le sac. Avant mon départ ?

Sanchez jette un regard à Williams, qui hoche la tête.

— On a créé notre petit business depuis quelques années, répond-elle. Mais on ne t'en a jamais parlé parce que tu semblais être le clone de ton père.

— Putain, ça me tue ! m'exclamé-je comme si j'étais vexé.

À vrai dire, je le suis un peu, quand même. J'étais un gros naïf qui croyait la 66 incorruptible, et qui était fier d'en faire partie.

— Et puis tu ne semblais jamais avoir de soucis de thune, complète Sanchez.

— Parce que Scott payait les factures, soupiré-je. Bon, je dois le porter où ?

Sanchez me tend un papier avec un nom et des coordonnées.

— Tu y vas maintenant. Tu vires ton badge, évidemment, mais tu gardes ton flingue. Tu reviens directement. Le fric que tu gagnes doit être mis en lieu sûr et ne pas être dépensé tout de suite.

Je ricane.

— Je connais le deal, Sanchez. Ne pas attirer l'attention sur ta bonne fortune si elle est illégale. Je vais mettre ça de côté chez moi et attendre d'en avoir un peu plus pour aller voir un banquier.

— À ce sujet, je vous conseille d'ouvrir un compte en banque dans une agence partenaire, intervient Williams. Ainsi, aucune question ne sera posée lorsque vous demanderez un prêt en apportant votre dépôt de garantie.

Cela, c'est nouveau.

— Wow, c'est un vrai réseau, souris-je. Juste comme ça, vous vous faites combien par an ? Histoire que je puisse faire des prévisions ?

Sanchez a un petit sourire et me cite un chiffre qui

me laisse littéralement sur le cul.

— Je vais pouvoir acheter une maison et ne plus avoir à choisir entre bouffer bio et sortir le samedi soir dans des boîtes branchées, fais-je avec un grand sourire, comme si j'étais réellement excité par cette perspective.

— Tant que vous vous montrez discret, tout ira bien, m'assure Williams.

— Ne vous inquiétez pas, Monsieur, je sais l'être, assuré-je.

Je prends le sac, je glisse mon badge dans la poche de mon jean et je vais au point de rendez-vous. Je ne fais qu'une pause en chemin pour sortir mon téléphone et réécouter notre petite conversation. Le son est un peu étouffé, mais en montant le volume, on entend nettement Sanchez et le capitaine parler de leur petite combine. Je suis écœuré. Je vais aller à la banque dont Williams m'a donné les coordonnées et demander à parler à l'employé qui gère les comptes de la 66, moyennant une petite commission en poudre blanche.

Au point de rendez-vous, sur un parking de supermarché au sud du district, je rencontre le dealer qui arrive juste après moi. Il grimpe dans ma voiture.

— Ton boss m'a prévenu que c'était un nouveau, fait-il.

À voir ses tatouages, c'est un membre de gang. Il est jeune, maigre et nerveux.

— Tu n'as pas été suivi ? demande-t-il.

— Non. Tu sais quel métier je fais ? demandé-je.

Il lève les yeux vers moi, après avoir vérifié le contenu du sac.

— Ouais. Tu es un putain de flic. Vous chiez pas

la honte, ton équipe et toi.

Il a le droit d'être aussi méprisant, mais je ne peux pas laisser passer ça.

— Contente-toi de me filer le fric et la mauvaise came, et garde tes jugements moraux pour toi, réponds-je sèchement.

Il renifle de mépris et me file le sac qu'il a amené avec lui. Je l'ouvre. Il est rempli de liasses de billets neufs et de sachets de coke coupée. Je pense au papier-monnaie volé par Guerrero avec l'aide de Rafael.

— Comment puis-je être sûr que ce ne sont pas de faux biftons ? demandé-je.

— Tu es flic, non ? ricane-t-il. Démerde-toi. Ce sont des vrais, de toute façon.

Il descend de ma voiture sans un au revoir, et le temps que je range le sac sous le siège, il a déjà disparu parmi les voitures qui nous entourent. Je coupe l'enregistrement, puis j'envoie le tout sur mon cloud. Je rentre au QG, je vais en salle des preuves pour mettre la came coupée en place, sous les yeux attentifs de Sanchez et du capitaine. Celui-ci prend l'argent, le répartit en plusieurs piles. Chacun de nous a droit à son lot de billets, même Padilla et Beaulieu qui n'ont pas participé.

— Vous y allez chacun à votre tour, m'explique Williams. Chaque voyage est partagé entre tous.

Et lui se garde la plus grosse part, ce qui ne me surprend pas.

— Est-ce que Brody était avec vous ? demandé-je.

Sanchez se met à rire. Williams sourit.

— C'est lui et moi qui avons mis ce business en

place, un soir où nous étions en train de nous demander comment nous allions payer les études de nos enfants.

— Je vois. À vrai dire, j'avais peur que Shonda et les petites ne soient obligés de déménager, dis-je.

— Non, Shonda va garder la maison et les filles iront dans de bonnes écoles, m'assure Williams. C'est aussi cela, notre business. Une part de ce que je prends va sur un compte pour Shonda. Nous prenons soin de nos familles, Knight. Un jour, quand vous aurez un compagnon stable, vous voudrez peut-être des enfants ?

Scott et moi avions décidé que nous n'en voulions pas, mais je ne vais pas dire cela à Williams.

— C'est un projet encore lointain, mais c'est possible, fais-je.

— Ce jour-là, vous saurez que s'il vous arrive quelque chose, votre conjoint et vos enfants ne seront pas dans le besoin.

— Cela me motive d'autant plus, Monsieur. Merci de m'avoir permis d'entrer dans le business.

Williams a un sourire froid.

— Remerciez Sanchez. C'est elle qui m'a convaincu.

— Tu as changé, Knight. Tu ne mérites plus ton nom, rigole-t-elle.

— Je suis devenu le chevalier noir dans le Colorado.

Je me demande depuis mon retour si Brody leur a parlé de ma petite enquête sur Rafael, à son arrivée aux Pins, bien avant qu'on ne devienne amants. Personne n'y a fait allusion.

Le soir, je quitte le QG avec un goût amer dans la

bouche. Jusqu'à maintenant, je n'avais que le témoignage de Guerrero et mes propres soupçons. Maintenant, j'ai des preuves. Je suis au sein d'une équipe de ripoux. J'ai bossé avec des ripoux. Je les ai appelés ma famille.

En tant qu'officier du SWAT, je gagnais – et je vais à nouveau gagner – bien ma vie. Quand on est dans la tranche entre quatre-vingts et cent mille dollars par an, on n'est pas pauvres, dans ce pays. Bien sûr, ça coûte cher de vivre à L.A., l'immobilier est cher, la bouffe de qualité aussi, et je me doute que les écoles ne doivent pas être données. Mais voler pour pouvoir s'offrir quelques mètres carrés de plus, ou des fringues de créateur ou bien de plus grosses voitures ? Salir son badge pour du superflu ? Tout en moi se hérisse à cette idée. Il est vrai que Scott et moi n'avions pas vraiment d'argent de côté pour acheter une maison, mais nous savions tous les deux pourquoi. Nous sortions beaucoup, dans des boîtes chères, et nous avions un gros budget fringues pour ces soirées, sans compter les restaurants, tout le bazar technologique que nous accumulions, depuis le dernier iPhone jusqu'à la télé high-tech sur laquelle je ne voyais pas vraiment de différence par rapport à l'ancienne.

Mon année dans le Colorado m'a rendu plus sobre à ce niveau. J'ai découvert que je pouvais vivre en sortant un peu moins, que parfois prendre un verre dans un simple bar, bien entouré par des amis, pouvait être plus agréable qu'un dîner dans un resto chic. Aller en boîte avec Rafael était génial, mais je ne compte pas y retourner toutes les semaines comme je le faisais avec Scott. C'était la présence de Rafael qui a pimenté cette soirée, pas la musique ou les cocktails. Je ne sortais pas beaucoup avant de connaître Scott, moi, le fils d'un flic du L.A.P.D., mais j'ai vite adopté les habitudes de mon architecte de compagnon, pour qui rester à la maison un samedi soir était une hérésie. Je ne le blâme pas, j'ai beaucoup aimé ces soirées, mais à présent que je n'ai plus les moyens si je veux effectivement m'offrir une maison, cela ne me manque pas.

Je ne comprends pas comment Williams, que je pensais être aussi droit que mon père, a pu se laisser aller à mettre en place ces vols. Il voulait un meilleur avenir pour ses filles, certes, mais de là à déshonorer son badge et son unité ? Cela ne passe pas.

Je rentre complètement déprimé. Je pose le fric sur mon bureau. Au poste, Williams lui-même a vérifié les billets, me disant que jamais ses contacts n'avaient essayé de lui en refiler des faux, mais qu'il valait mieux être prudent. Je ne pense pas qu'il ait vu l'ironie de sa remarque. Je vais aller ouvrir un compte dans la banque recommandée par Williams et voir le fameux employé qui va tomber avec toute l'unité.

Lorsque Rafael arrive, je suis encore à mon bureau, les yeux dans le vague.

— C'est la preuve, mec, dis-je. Jusqu'à maintenant, je me disais que Guerrero pouvait avoir menti, ou que l'équipe n'avait fait cela qu'une fois, ou bien qu'il avait mal compris. Mais maintenant, j'ai cette putain de preuve devant les yeux et ça fait mal.

Rafael vient m'enlacer. Il me demande des gants et examine les billets à la lumière de ma lampe de bureau.

— Williams les a certifiés authentiques.

— Tu m'en laisses un ? Je le montre à un expert et je te confirme ça.

Je me mets à rire en lui tendant un billet.

— Tu penses que ton expert verra ce qu'un flic n'a pas vu ?

Rafael ne se trouble pas.

— Oui.

Le pire, c'est qu'il a sans doute raison.

CHAPITRE 33

Rafael

— C'est un faux, m'annonce tranquillement Jesus, qui a l'œil. Le papier est le bon, l'encre me paraît authentique, mais le dessin n'est pas parfait. Regarde la racine des cheveux de Benjamin Franklin sur celui-ci, et ensuite sur le tien.

Je regarde à travers la loupe à fort grossissement, et je constate que l'un est un peu plus déplumé que l'autre. Et Jesus me montre aussi une petite différence sur la mèche qui pend à droite.

— Qui t'a payé avec ça ? demande-t-il.

— Personne. C'est un exemplaire qu'on m'a donné pour l'analyser.

— C'est un faux, conclut Jesus d'un ton définitif.

— Je transmettrai, dis-je en remettant la coupure

dans ma poche.

Il place ses affaires dans le cagibi qu'il occupe à l'arrière de mon bar. Il y a pas mal de choses qui permettent de faire de l'illégal là-dedans. Jesus est un excellent technicien et un bon second, mais je ne sais pas ce qu'il donnera une fois que je serai parti. Je ne vais pas me raconter des histoires, Jaime ne fera pas un bon chef. Il n'a juste pas les neurones pour cela. Il est impulsif, il se laisse manipuler par sa meuf, et il va couler le business en quelques mois. Je le connais, il va vouloir faire mieux que moi, juste pour pouvoir bomber le torse, et il va se ramasser. Soit il va se faire arrêter par les flics, soit il va se faire buter par un ennemi.

Même si je pars pour ne plus jamais revenir, j'aimerais bien que mon petit business perdure. J'ai eu de bonnes idées, il suffit de les appliquer pour l'instant. Plus tard, il faudra trouver de nouvelles idées, innover, et savoir se glisser entre les obstacles.

— Jesus ?

— Oui, boss ?

— Si je devais m'absenter quelque temps, tu te sentirais de me remplacer ?

Jesus lève les sourcils, étonné.

— Tu veux encore partir régler une affaire perso, *jefe* ? La suite de la précédente ?

On peut dire cela, en tirant très fort sur la corde de la vérité.

— Disons que je vais peut-être partir quelque temps. Disons… plusieurs mois.

Jesus ne comprend pas.

— *Jefe*, je ne vais pas te dire comment gérer ta vie, tu sais que ce n'est pas mon habitude, mais si tu pars encore, les gens vont se poser des questions.

— Comment ça, des questions ? m'étonné-je.

Je pensais que tout le monde avait gobé mon explication de l'histoire à régler au Mexique.

— Eh bien, commence Jesus en cherchant ses mots, les gars te sont loyaux, pas de souci, mais dans le barrio, ça cause. Certains disent que tu es allé au Mexique pour rencontrer l'El et que tu vas conclure un accord avec eux. D'autres disent que tu vas épouser la fille d'un des barons mexicains et que tu vas aller t'installer là-bas pour avoir de grosses responsabilités. Et puis il y en a qui disent...

Il s'arrête net.

— Qui disent quoi ? l'encouragé-je. Je ne bute pas les messagers, Jesus.

— Certains disent que tu es malade et que tu es allé te faire soigner au Mexique, lâche Jesus dans un souffle.

Celle-là, je ne l'avais pas vu venir. Je ne peux retenir un rire.

— Est-ce que j'ai l'air malade ? demandé-je.

Jesus me dévisage, et je comprends qu'il s'est vraiment posé la question.

— Non, reconnaît-il. Tu as l'air en forme, comme d'habitude. Mais tu connais les gens. Et puis c'est vrai que tu as l'air un peu absent depuis que tu es revenu du Mexique. Et tu n'es pas souvent chez toi.

Je me redresse.

— Tu m'espionnes ? lancé-je d'un ton glacé.

Les alarmes se mettent à retentir dans ma tête.

— Non, pas du tout, proteste Jesus. C'est juste que je passe devant chez toi pour aller chez ma mère et depuis quelque temps, c'est toujours éteint. Et je ne suis pas le seul à l'avoir remarqué.

Ça commence à sentir mauvais pour ma pomme. Je me suis bien douté que mes voisins remarqueraient mes absences. Ils savent qui je suis et ce que je fais, et ils ne sont pas forcément ravis de ma présence dans leur pâté de maisons, parce que ça veut dire qu'un jour il pourrait y avoir une grosse fusillade ou même une bombe. D'un autre côté, ils ont la paix parce que j'interdis à mes gars de venir faire du business dans le coin. Ils n'ont pas à payer leur protection, elle leur est acquise par ma simple présence.

Je ne suis pas en panique, mais je sens une douleur familière me serrer la poitrine. Je me frotte machinalement le plexus, geste que Jesus remarque sans rien dire.

— J'ai une vie privée, mec, dis-je simplement.

— L'écrivaine ?

— Entre autres, lâché-je avec un sourire entendu.

Jesus lâche un rire, mais je sais que je ne l'ai pas convaincu. Pourtant, je ne mens pas sur ce point-là.

— Dis à ceux qui causent que je suis en pleine forme et que s'ils misent sur ma mort, il faudrait qu'ils s'occupent d'abord de leur cul.

J'ai pris mon ton le plus sec et je laisse Jesus sur cette phrase. Je me sens stressé. Je fouille mes poches à la recherche de mes calmants. Je ne les trouve pas, naturellement, parce qu'ils sont chez moi, dans mon armoire à pharmacie. Depuis le retour de Drake, je les trimballais pour rien et j'ai fini par les laisser. Je vais dans mon bureau pour prendre un joint, avant de me rappeler ma résolution de me calmer sur la beuh. Et merde ! Je me sers un verre et je l'avale cul sec. Ça va mieux au deuxième, mais je suis encore flippé et furieux. Je fais ce que je veux de ma vie, putain ! Je bosse toute la journée, souvent les week-ends, et chaque membre du gang gagne bien sa vie grâce à moi. Je fais en sorte que le *barrio* soit calme et que les gens puissent y vivre sans trop de violence. Je ne dis que pas c'est le paradis sur terre, mais les rues sont calmes parce que je les tiens. Ils feraient mieux de se rappeler cela au lieu de s'occuper de mes absences nocturnes.

Je me sens au bord du précipice. Si jamais quelqu'un a eu l'idée de me suivre, je suis mort. Je fais gaffe quand je vais chez Drake, je fais des détours, je ne prends jamais le même itinéraire, mais je ne peux pas être sûr à cent pour cent que personne ne me suit ou me suivra un jour et découvrira où je vais et où je passe mes nuits. Et ce jour-là, ce sera fini.

Il faut que j'en finisse, et vite. Je décide de contacter Guerrero et de lui demander de participer à son prochain gros coup. Une fois que j'aurai le fric, je pourrai partir. Si le gang explose après mon départ, ce sera le problème de Jaime, pas le mien. J'ai toujours fait disparaître les preuves de mon business au fur et à mesure. Je n'ai pas de comptabilité écrite, elle est uniquement virtuelle, et je suis le seul avec Rosa à y avoir accès. Après, ce ne seront que des témoignages de gangsters, leur parole contre la mienne, si on doit en arriver là.

Je vais de toute façon passer la fin de semaine à la maison, parce que c'est le week-end où j'ai la garde de Filipito. J'ai préparé des activités pour nous deux, on va aller au zoo, manger dans un petit restaurant tex-mex que mon fils adore, et peut-être se faire un ciné l'après-midi. Il y a un nouveau Pixar qui sort, Filipito veut aller le voir. Et dimanche, c'est journée basket, le matin on joue avec d'autres gamins avant de rentrer à la maison pour regarder les pros mettre le feu au parquet.

Je récupère mon fils le vendredi soir. Rita m'offre un café et m'entraîne dans la cuisine, recommandant à Filipito d'aller finir son sac. Il n'a pas encore emballé tous ses jouets.

— Alors ? fais-je en savourant l'expresso. Tu as parlé à l'instit ?

— J'ai donné notre accord pour les tests. Ça va coûter cinq cent cinquante dollars.

— Pas de soucis, je te donnerai le fric.

— Ce serait bien qu'on l'accompagne tous les deux, poursuit Rita. Tu peux te libérer ?

— Je me libérerai, promets-je. C'est quand ?

— Jeudi matin. Les tests durent toute la matinée. L'après-midi, j'ai pensé qu'il pourrait se reposer ici au lieu d'aller à l'école.

— Bonne idée. Tu lui as dit de ne pas en parler à ses copains ?

— C'est fait, mais tu pourras le lui répéter ce week-end. Il commence à comprendre que se montrer trop malin n'est pas le meilleur moyen d'avoir des copains.

— J'ai lu des articles, mais ils se contredisent les uns les autres, soupiré-je. Tout ce que ça raconte, c'est que Filipito va avoir des soucis pour se faire des potes et trouver une meuf qui reste avec lui.

Rita rigole.

— On n'en est pas là, Rafael. Et de toute façon, il

a hérité de ton charme.

— Mon charme ? Tu parles, souris-je, histoire de me la jouer modeste.

Mais je sais que mon sourire et mon allant naturel m'ont ouvert bien des portes.

Rita s'est assise à côté de moi pour boire son café et soudain, elle passe son bras autour de mon cou.

— Tu es toujours avec Venus Marie ? demande-t-elle. Tu sais, je m'inquiète pour toi. J'aimerais bien que tu trouves quelqu'un qui te rende heureux.

Et merde, c'est typiquement la discussion que je n'ai pas envie d'avoir. Je suis cependant touché par l'affection de Rita, surtout après ce que je lui ai fait. Je l'ai plaquée alors qu'elle était une bonne épouse, une bonne mère et une femme bien, avec laquelle je suis resté ami.

— Je ne suis pas avec Venus Marie, reconnais-je, sachant qu'il faut que je mette fin à ce mensonge. On est amis, c'est tout.

Rita fronce les sourcils.

— Mais je croyais que tu la voyais toujours ?

— Oui, de façon amicale. Et toi, tu vois quelqu'un ? demandé-je, désireux de changer de sujet.

Rita secoue la tête.

— Non. Tu sais, Rafael, je t'ai vraiment aimé. Mais rétrospectivement, ce que j'ai apprécié durant notre mariage, c'est que tu étais un type bien. Tu ne m'as jamais frappée, tu ne me trompais pas, parce que je l'aurais su, crois-moi, et tu rapportais du fric pour nous. Tu as toujours été là pour Filipito. Je me rappelle comment j'ai halluciné quand tu t'es mis à regarder des vidéos sur la nutrition des petits.

— Je veux le meilleur pour notre fils.

Rita me fait un sourire un peu désenchanté.

— Là encore, tu n'es pas comme les autres mecs du *barrio*. La plupart leur achètent des jouets, des fringues et basta. Ils les exhibent pour bien montrer qu'ils ont des couilles et qu'ils font des mômes. Mais il n'y a pas un seul mec parmi les maris de mes copines qui se soucie de nutrition et de changement climatique.

Je n'avais jamais pensé à cela. Je vois mes potes déjà pères de famille qui se reposent énormément sur leur femme pour élever le gamin lorsqu'il est petit. J'ai toujours voulu être un père impliqué. J'ai trop souffert de ne pas avoir de figure masculine quand j'étais môme, à part Diego, qui m'a servi de père et de frère tout à la fois. Mais lui-même avait sa propre vie à mener, même s'il a été là pour moi. À sa mort, je suis brutalement devenu adulte. Notre mère cumulait les boulots pour nous nourrir, et Rosa, déjà forte tête, aurait pu mal tourner. J'ai mis de côté mes propres envies adolescentes de liberté pour m'occuper d'elle le soir, avant que ma mère rentre. Cela me semblait normal, je voulais protéger ma petite sœur. Diego le faisait avant moi, je me suis glissé dans ses traces tout naturellement.

Mon attitude est hors-norme pour le barrio. Je m'en moque. Je veux être là pour mon fils, lui donner tout l'amour que j'ai dans le cœur, et le guider vers l'âge d'homme. Et si Rita se trouve un autre mec, il n'aura pas intérêt à le frapper comme mon fugace beau-père l'a fait avec Rosa. Je le dis à Rita, qui a un rire amer.

— Tu vois, c'est aussi pour ça que je ne cherche

pas de mec. Les hommes du barrio sont violents. Tu es l'exception qui confirme la règle, Rafael. J'ai vu mon père battre ma mère, mes frères battent leur femme, et franchement, je n'ai pas envie de vivre cela. Quant au premier qui toucherait à Felipe, je lui couperai les couilles ! Non, je suis bien comme ça. J'ai ma vie, mon fils, et puis toi et Rosa.

Elle attire ma tête contre la sienne et on se cogne le front, comme jadis lorsqu'on prenait une décision un peu folle. Je la serre dans mes bras et Filipito nous trouve comme ça, enlacés, et fronce ses petits sourcils.

— Vous êtes amoureux ? demande-t-il avec un ton plein d'espoir.

On a beau s'être séparés alors qu'il parlait à peine, notre fils rêve que nous soyons à nouveau amoureux, même si nous lui avons tous les deux dit que cela n'arriverait pas, mais que cela n'était pas grave, parce que nous l'aimions très fort tous les deux.

— Non, mais on t'aime très fort, fait Rita en lui tendant les bras.

J'ai soudain une vision de la même scène, mais avec Drake à mes côtés. Comment mon fils va-t-il prendre le fait que son père aime les hommes et qu'il vit avec un flic ? Il a beau être petit, il sait que certains hommes sont différents. À l'école et dans le barrio, on lui apprend qu'être gay est mal. J'ai essayé, avant même de réaliser que je l'étais moi-même, de lui apprendre que les gays sont juste différents.

J'ai soudain une drôle d'idée. Je récupère Filipito, et une fois qu'on est chez moi, je lui demande s'il est d'accord pour que j'invite un ami à notre sortie au zoo le lendemain. Mon petit bonhomme ne fait aucun problème. Il veut voir les jaguars et les tigres, et il se moque un peu des adultes qui seront là, tant que j'en fais partie.

J'invite Drake par message. Sa réponse est incrédule.

Tu es sûr ???

Oui, confirmé-je. *Je veux que mon fils apprenne à te connaître. On dira que tu es un pote.*

Il m'a déjà rencontré, tu t'en souviens ? objecte Drake.

On verra s'il s'en souvient. S'il t'a oublié, autant ne rien dire et lui faire oublier le shérif.

D'accord.

Le lendemain, je suis un peu nerveux, il faut bien le dire. Je mets un jean et un hoodie parce que le temps est frais, je vérifie que Filipito a bien mis un sweater et un bonnet, et on se met en route. Drake nous attend déjà devant l'entrée du zoo. Je prends mon fils par la main et je m'avance. Drake me fait un grand sourire, complètement décontracté, et on se fait un check.

— Filipito, dis bonjour à Drake.

— Bonjour. On se connaît, vous êtes le shérif du Colorado.

Et merde ! J'espérais que mon fils l'avait oublié, mais Filipito a une bonne mémoire des visages.

— Wow, tu te souviens de moi, c'est cool, fait Drake sans se démonter. Je ne suis plus shérif, et je suis revenu vivre ici.

Il tend la main à Filipito qui la serre cérémonieusement.

— Tu n'es plus policier ? articule-t-il.

— Non, répond Drake en me jetant un regard d'excuse pour ce gros mensonge dont nous avons discuté lorsque Filipito a été couché.

— Alors je t'aime bien, décide mon fils avec un charmant sourire.

Il oublie vite Drake lorsque nous entrons dans l'enceinte du zoo. Il veut tout voir, et je ne le quitte pas du regard lorsque je lâche sa main. Il ouvre de grands yeux lorsqu'il voit enfin, face à face, des jaguars et des tigres, mais ce qui le fascine le plus, ce sont les singes. Il y a pas mal d'espèces présentes, et Filipito veut tout savoir sur eux. Je suis étonné par Drake, qui nous apprend plein de choses sur les animaux que nous voyons.

— Tu as fait une fac de zoologie ? plaisanté-je.

— Presque. J'avais un abonnement à National Geographic dans le Colorado, et pas grand-chose à faire de mes soirées.

Filipito est aux anges. Au bout d'un moment, un peu fatigué, il prend ma main et glisse son autre dans celle de Drake. Nous échangeons un tendre regard. Je sais que nous pensons tous les deux à la même chose. Un jour, peut-être pas si lointain, nous marcherons ainsi dans les rues de la ville, mon fils entre nous, comme un couple qui se promène avec son gosse.

— Tu es déjà venu au zoo ? demande Drake à Filipito.

— C'est la première fois. Et toi ?

— C'est la troisième fois. Je suis venu avec mes parents quand j'étais petit, et puis avec ma classe de collège. Et toi ?

— Première visite, fais-je. C'est loin du barrio et ça coûte... Enfin, c'est loin du barrio.

La visite au zoo est rare chez nous. Il arrive que des classes y aillent, mais je n'y ai pas eu droit.

Lorsque l'heure du déjeuner arrive, nous n'avons pas parcouru la moitié des allées et Filipito déclare qu'il a faim.

— On ne va pas pouvoir aller au tex-mex, dis-je. C'est OK pour toi ? On peut soit manger ici et aller au cinéma ensuite, ou bien passer le reste de la journée ici. C'est toi qui décides.

Filipito n'hésite pas.

— On reste ici ! On voit tous les animaux !

Ça me va. Cela veut dire que je vais passer la journée avec Drake, mine de rien. On va au Café Pico, qui sert de la nourriture tex-mex, et on se commande un bon petit repas, avec de la bière mexicaine pour Drake et moi et de l'eau bien fraîche pour Filipito, qui meurt de soif comme de faim. Il se jette sur son repas après nous avoir souhaité un bon appétit – Rita et moi avons bien élevé notre fils – tandis que Drake et moi prenons notre temps. Je suis sûr que la serveuse nous a pris pour un couple, et cela me fait étrangement plaisir. Drake et moi communiquons à la fois en parlant, mais aussi par texto, histoire d'épargner les oreilles de Filipito. Il faudra que je lui dise de ne pas répéter à ses amis que Drake était là. Je tablais un peu sur le fait qu'il ne se souvienne pas du shérif qu'il n'a vu que le temps d'un week-end et qu'il pourrait ainsi en parler comme d'une visite où un ami de son père s'est joint à nous. Ce ne sera pas le cas et je ne sais pas comment gérer ça.

— Filipito, commencé-je, alors que mon fils entame son dessert. Tu sais, quand tu raconteras ta journée à *mama*, peut-être que tu pourrais ne pas lui dire que tu as rencontré Drake cet été ni lui dire qu'il était shérif. Tu sais que *mama* n'aime pas beaucoup les flics.

Filipito fait la moue.

— Pourquoi ?

Le mot que tout parent redoute. Pourquoi le ciel est bleu ? Pourquoi le chat ne se réveille pas ? Pourquoi papa a emmené un ami avec nous ?

— Parce que c'est un secret, intervient Drake d'un air de conspirateur. Ton papa et moi avons un secret, et bientôt nous te le dirons, mais tu dois promettre de ne pas en parler pour l'instant.

Filipito réfléchit en plissant les yeux, ce qui me donne envie de le couvrir de bisous tellement il est mignon, puis hoche solennellement la tête.

— D'accord. Je ne dirai rien. Je dirai qu'on était que tous les deux.

Je suis fier de mon fils. J'espère qu'il arrivera à tenir sa langue.

Je prends mon téléphone.

Bravo, tu as géré ça comme un chef.

Il va falloir qu'on s'entraîne. Un jour ou l'autre, il faudra dire à ton fils qu'on est ensemble.

Je sais. Je vais demander au docteur Jimenez de m'aider sur ce coup-là.

J'ai brusquement pensé à ma psy en voyant une femme qui lui ressemble à la table voisine. Je vais lui demander des conseils pour la suite, pour annoncer la nouvelle à Filipito, et à Rita aussi.

Je suis plus détendu le reste de la journée. Tour à

tour, nous offrons des sucreries à Filipito, en faisant attention de ne pas trop le gaver, et Drake lui offre une peluche de chimpanzé. Mon fils lui saute au cou et Drake le soulève de terre. Je vous jure que j'ai les larmes aux yeux en voyant mon mec aussi complice avec mon fils. On finit la journée en passant à la librairie du zoo. Je veux offrir un album illustré à Filipito, mais il va direct vers un livre pour enfants avec pas mal de texte.

— Je peux avoir celui-là ? demande-t-il.

— Tu sais lire les mots qu'il y a à côté des images ? demandé-je.

Le livre est conseillé pour les gamins à partir de dix ans. Filipito l'ouvre, cherche une page qui lui plaît sur les singes, et me lit l'article sans bredouiller. Je suis à la fois bluffé et très fier de mon fils. Je lui achète le livre et je lui propose de prendre un album à colorier. Drake ajoute une BD sur les singes. Filipito remercie tout le monde et est aux anges. Je le mets dans la voiture et il serre sa peluche et ses livres contre lui. Il consent à poser les livres, mais garde la peluche, qui finit par lui servir d'oreiller tandis qu'il s'endort, épuisé. La nuit tombe. Drake et moi nous rapprochons à nous frôler.

— J'ai passé une excellente journée, fait Drake à voix basse. Merci.

— Merci à toi. Tu as été génial avec Filipito.

— J'aime ton fils. Il est cool.

— Tu voulais des enfants avec ton ex ? demandé-je brusquement.

Drake secoue la tête.

— Non, mais à vrai dire, je pense que nous étions encore jeunes. Je pense que je ferai un bon beau-père pour Filipito.

Ma gorge se noue. J'avais la crainte que mon fils ne soit un obstacle entre nous, mais mes doutes viennent de s'envoler. Je jette un coup d'œil vers l'arrière de la voiture. Filipito dort, la tête tournée de l'autre côté. J'attrape Drake par la nuque et je l'embrasse avec force et conviction. Il me répond avec passion en m'enlaçant. Lorsque nous nous séparons, le monde est toujours là, personne ne m'a tiré dessus, personne ne nous pointe du doigt. Mon fils dort toujours. Nous sommes juste un couple dans une grande ville.

— Je t'aime, dis-je.

— Et je t'aime aussi. Maintenant, rentre vite chez toi et mets ton fils au lit. Ensuite, on pourra se faire une petite vidéo coquine tous les deux ?

— Oui, mais en silence, parce que la chambre de Filipito est à deux pas de la mienne.

— Ce sera à toi de ne pas crier au moment fatidique, Reyes. Tu es vocal quand tu jouis.

C'est vrai, et je ne peux rien à y faire. Je me bâillonnerai avec mon oreiller.

CHAPITRE 34

Drake

Je rentre avec un grand sourire aux lèvres. J'ai apprécié ma journée avec le petit et j'ai eu l'impression qu'on était vraiment un couple, qui emmène son gosse au zoo le samedi. Le baiser de Rafael m'a ému. Il n'a plus peur de m'embrasser en public quand nous sommes loin de chez lui. Il s'enhardit et j'aime cela. Encore un effort, et nous pourrons vivre notre relation au grand jour. Nous nous installerons ensemble, et on parlera à Filipito. J'ignore si un gosse de cinq ans est capable de garder un tel secret, j'en doute, mais sait-on jamais, si le gamin est surdoué, il est peut-être plus mûr qu'un petit de son âge.

Je dîne léger, parce que chaque fois qu'on a acheté

des churros et des donuts à Filipito, il nous en a offert, du coup je n'ai pas vraiment faim. Je prends une douche avant d'appeler Rafael. J'aimerais dire que je suis excité, que je bande déjà, que je suis prêt à une session vidéo coquine, mais en réalité, je bâille et j'ai envie de me glisser sous les draps pour dormir. Rafael n'a pas l'air plus en forme. Il est déjà couché et il a les yeux qui se ferment.

— Cette visite m'a épuisé, annonce-t-il. Je n'ai plus la force de la soulever. Et toi ?

— Pas mieux, réponds-je en riant. Pas grave. On se voit toujours demain soir ?

— Je ramène le petit à sa mère et je viens chez toi.

J'ai un grand sourire. Demain, nous ferons l'amour dans ce lit, et ce sera mieux qu'une séance vidéo. C'est l'avantage d'être tous les deux sur place. Nous pouvons nous toucher, nous embrasser et nous caresser pour de vrai, et non plus à travers un écran. Rien que pour cela, cela vaut la peine d'être revenu.

— Que fais-tu demain ? demande-t-il.

— Je regarde le sport à la télé et je monte des meubles.

Rafael me parle de ses propres projets avec son fils, ce qui me rappelle qu'on jouait au basket aux Pins.

— Il faudra qu'on rejoue ensemble, fais-je.

— Tu as une équipe de potes à laquelle je pourrais me joindre ? Parce que je ne peux pas t'amener ici.

Je retombe de mon petit nuage. J'ai une équipe, celle du SWAT.

— Non, pas vraiment. On en trouvera une qui veut bien de nous quand on vivra ensemble.

Il me fait un tendre sourire.

— J'ai reçu un email des Pins ce soir, annonce Rafael. Crystal me demande de confirmer ma venue pour la fin de l'année. Je n'avais pas réalisé que Noël était presque là.

— Je ne pourrais pas aller dans le Colorado, soupiré-je. Comme je viens de revenir et que je suis célibataire, je suis d'astreinte pour Noël et les jours suivants. J'ai réussi à sauver ma soirée du 31, mais je reprends le 2.

J'avais complètement oublié cette histoire de réservation aux Pins qui date de l'été dernier. Je ne pourrai pas y retourner et quelque part, je préfère. Si j'y allais, les gens se rendraient vite compte que je suis en couple avec Rafael, et ils pourraient avoir l'impression d'avoir été floués. Ils pourraient penser que je leur ai menti sur mon orientation sexuelle. J'ai beau être parti pour ne plus revenir, j'ai à cœur de rester dans l'estime de mes ex-concitoyens. J'ai reçu pas mal d'emails quand j'ai démissionné, d'habitants de Green Creek me disant qu'ils me regretteraient parce que je faisais bien le job. Je n'ai pas envie de perdre cela. Cela fait partie des compromis qu'un gay est parfois obligé de faire dans l'Amérique profonde.

— J'ai pensé à un truc, fait Rafael. Je ne vois pas l'intérêt d'aller là-bas si tu n'y es pas, mais je ne peux pas annuler ma réservation sans perdre le fric, tu connais Crystal.

— Évidemment.

— J'ai envie d'offrir ma réservation à Rosa et Rita, elles iront avec les gosses, ceux de Rosa et Filipito. Rosa est déjà pote avec Venus, et Rita est une fan. Mais je veux demander à Venus d'abord, vu qu'elle va venir avec sa compagne, je ne veux pas qu'elle se sente gênée.

Putain, Rafael, tu es tellement parfait ! Je t'aime, et j'aime ta délicatesse. Tu penses d'abord au bien-être psychologique d'une amie qui est dans le placard.

— Ce serait bien, oui, approuvé-je. Mais je pense que Venus saura gérer cela.

— Je l'espère. Si ça se fait, les filles vont être dingues.

Rafael s'étire.

— La semaine prochaine, tu dors chez moi ? demandé-je. Je dois passer une commande au supermarché demain matin, j'ai besoin de savoir.

— Si tu veux de moi, je viens, répond-il d'un ton faussement nonchalant.

— Tu sais que tu peux amener tout ton bordel et emménager quand tu veux, souris-je.

— Ne me mets pas la pression, shérif, proteste Rafael, mais il n'est pas fâché, il sourit.

— Je te dis simplement que tu peux venir.

— La semaine prochaine, j'ai pas mal de taf, m'informe-t-il. Je viens demain soir, mais lundi matin, je dois partir à l'aube.

— Je devrai partir de bonne heure aussi, lui dis-je. Je dois passer à la banque poser la thune que m'a filée Williams.

Je sais que j'ai grimacé en disant cela. La réalité vient brutalement de me rattraper.

Rafael se soulève sur un coude.

— À ce propos, j'ai montré ton billet à mon spécialiste. C'est un faux.

— Quoi ? sursauté-je.

— Il m'a montré les différences, dans les tifs de

Benjamin Franklin. Le reste lui paraît nickel, papier, encre, mais il y a quelques défauts dans le dessin.

— Tu l'aurais vu tout seul ?

— Non. Je ne suis pas du tout un spécialiste.

— Mon capitaine m'a garanti qu'ils étaient vrais, il l'a même passé à la lumière violette devant moi, me rappelé-je.

Rafael ricane.

— Putain, tu es vraiment naïf, shérif. Tu ne trouves pas que c'est vachement bien organisé, leur système d'arnaque ? Tu gagnes du fric, mais on te demande de le confier à une banque spécifique, via un employé spécifique. Et les billets sont faux. Ça te parle ?

— Ils blanchissent de la fausse monnaie en plus du reste ? réalisé-je. Mais c'est un crime fédéral !

Je tombe de haut. La corruption est déjà une sale affaire, mais contribuer à écouler de la fausse monnaie est tout autre chose. C'est un délit impardonnable. Williams et les autres risquent vingt ans de prison en plus des années pour deal de drogue.

— Fais gaffe à ton cul, Drake, s'inquiète Rafael. Ça pue tellement que ça va finir par t'exploser à la gueule. Pose le fric, puis va voir le type à qui tu veux dénoncer ton unité, et vite !

— Non, j'ai besoin de davantage d'informations si ce sont vraiment des faux billets.

Je dois savoir qui donne ce fric à Williams, et qui est l'employé qui contribue à le blanchir.

— Fais attention à toi, soupire Rafael. Sérieusement, tu m'inquiètes. Au moins, entre truands, on y va franco. Garde ton flingue tout le temps sur toi. Et mets mon numéro en appel rapide.

Si ça merde, je peux arriver vite.

— Tu te vois débarquer au QG du SWAT ? plaisanté-je.

— S'ils doivent te buter, ce sera lors d'une intervention, prophétise Rafael. Joue la comédie à fond, et ne laisse pas ton foutu sens de l'honneur prendre le dessus.

— Oui, *jefe*. Tu veux m'apprendre mon métier ?

— Ton taf, c'est d'arrêter les types comme moi, pas de jouer les infiltrés.

Un point pour lui. On se quitte en se promettant de casser le lit la nuit prochaine, et je m'endors à peine la lumière éteinte.

Sauf qu'on ne casse rien du tout de la semaine, parce que je fais plusieurs interventions en armure et que je rentre trop fatigué pour faire autre chose que me reposer. Pourtant, je me sens bien dans ma peau. Je suis dans mon élément, je fais le job que j'aime, et je le fais bien, même si je suis entouré de ripoux qui savent que la came que nous saisissons va les enrichir. Je puise du réconfort dans la pensée que ce n'est que provisoire. Dans peu de temps, je vais apporter le dossier que j'ai constitué sur leurs vols et mettre fin à tout cela. J'ignore ce qu'il va se passer pour moi ensuite. Je ne me fais pas d'illusions. Je serai celui qui a dénoncé des collègues, même si l'affaire n'a aucun retentissement dans les médias. Mon père a peut-être été surnommé l'Incorruptible, mais il a été bien seul ensuite. Il aurait pu faire une carrière bien plus brillante s'il s'était tu et avait laissé courir. On n'aime pas les balances, pas plus chez les flics que dans les gangs.

Je vais me retrouver dans une autre unité, en espérant que je ne serai pas mis au placard dans un emploi de bureau. Je n'ai pas signé pour cela, je veux de l'action. Une fois que j'aurai lancé la machine, je n'aurai plus aucun contrôle sur les événements et je suis conscient que tout peut m'exploser à la figure. Mais je sais que je dois le faire.

Chaque intervention, je stresse aussi par peur d'être envoyé dans le barrio de Rafael, face à face avec son gang. Ce n'est heureusement pas le cas, mais je sais qu'à un moment ou un autre, cela arrivera. J'ai l'impression de vivre dans un gigantesque compte à rebours.

Je suis tendu quand le week-end arrive enfin et que je peux reposer mon badge pour profiter de mon mec. Rafael, planqué sous son hoodie, me rejoint le samedi matin, en se glissant chez moi comme un voleur. Je vous jure qu'à un moment, les voisins vont appeler les flics parce qu'ils ont vu un type *chelou* entrer chez moi.

— Tu es sûr que le FBI ne t'a pas suivi ? plaisanté-je.

— Rigole, mec, mais tu ne sais jamais qui te suit ou pas, me contre-t-il en jetant un coup d'œil par les rideaux du salon.

Rassuré, il ôte son hoodie et comme il est nerveux, son tee-shirt part avec.

— On baise tout de suite ? demandé-je. OK, je suis partant.

— Non, je ne voulais pas, commence Rafael en riant, essayant de dégager son tee-shirt de son hoodie.

Je ne l'écoute pas. J'ai envie de lui, brusquement, parce que la vision de son torse, de ses bras tatoués, de sa peau, me file une trique monumentale. Je l'enlace, je l'embrasse, et j'attaque directement sa zone vulnérable, à savoir son cou, juste sous l'oreille. Il émet un petit gémissement et se plaque contre moi.

— Tu disais quelque chose ? demandé-je en m'écartant. Tu ne voulais pas quoi ?

Il m'attire contre lui.

— Je ne sais plus. Continue.

Je suis ravi qu'il ait changé d'avis. Je l'entraîne jusqu'à la chambre, parce que nous serons mieux que sur le canapé, et j'entreprends de le déshabiller. Il fait de même avec moi, et on râle tous les deux à cause de nos chaussures, beaucoup trop de lacets, et trop serrées pour les virer d'un coup de pied. Tous les deux, nous avons l'habitude de porter des chaussures qui tiennent bien pour pouvoir piquer un cent mètres sans risque de les perdre en route. Enfin, nous sommes nus sur mon lit, moi sur lui, lui sur moi, à nous embrasser et nous caresser comme nous en avons rêvé toute la semaine.

La peau de Rafael est incroyablement douce. Beaucoup plus que la mienne. J'adore la caresser et l'embrasser, surtout quand il est nu, sur mon lit, à ma merci. J'adore le faire haleter de désir pendant que je couvre son torse de baisers, descendant le plus lentement possible jusqu'à sa queue déjà dressée.

Je laisse ma langue tracer un chemin le long de sa veine, ce qui le fait tressaillir. Je l'engouffre dans ma bouche d'un seul coup, histoire de le surprendre, et je suce profondément, son gland à l'entrée de ma gorge, mes lèvres serrées autour de lui.

— Drake !

Je cueille ses bourses d'une main, les faisant rouler entre mes doigts. Je ne libère son sexe que pour lécher ses boules lourdes. Rafael tressaute sur le matelas. Je me redresse.

— Tu dis quelque chose ?

J'ai envie de prendre une photo de ce moment. Il est abandonné sur les draps déjà froissés, sa peau mate ressort merveilleusement bien sur le tissu blanc. Ses cheveux sont en désordre, et son expression est une invitation à la pure luxure. Lentement, je prends le tube de lubrifiant sur la table de nuit et j'en enduis mes doigts. Je n'ai pas besoin de parler. Rafael replie ses jambes sur son torse, exposant son ouverture sans la moindre restriction. Je glisse deux doigts en lui pour le préparer, et il ferme les yeux sous cette caresse. Je me penche pour le sucer en même temps, sans mettre trop de pression, parce que je ne veux pas qu'il jouisse trop vite. Du bout des doigts, je sens sa prostate et je la taquine. Depuis que nous sommes ensemble, j'ai éduqué cette petite glande à devenir réceptive à mes caresses. Rafael peut le nier avec véhémence, il adore quand je le fais, et ses orgasmes prostatiques sont les meilleurs.

Comme beaucoup de couples gays, il n'y a ni dominant ni dominé entre nous, nous échangeons nos rôles sans même y penser, selon notre humeur et notre envie. Mais Rafael, quand il est d'humeur sensuelle, aime être dessous. Il aime être pénétré et baisé, il aime la façon dont je le fais. Il s'en défend encore, réticent à admettre ce qu'il considère encore comme peut-être un peu moins viril.

Ce soir ne fait pas exception.

— Je suis prêt, grogne-t-il d'une voix sourde. Viens !

Je sais reconnaître une supplication déguisée en ordre. Je me protège et je plonge en lui, lui tirant un cri de plaisir. Je suis obligé d'encercler la base de son sexe avec mes doigts pour l'empêcher de jouir. Je prends mon temps pour faire monter son désir jusqu'à l'intenable, quand il essaie de défaire mes doigts pour se caresser. Je suis trop loin sur la route de la jouissance pour le taquiner davantage. J'enveloppe sa queue de ma main et je donne un dernier coup de reins. Rafael pousse un nouveau cri avant qu'un long gémissement ne s'échappe de ses lèvres entrouvertes. Son corps est agité de frissons et ses chairs intimes se referment délicieusement autour de mon sexe, m'envoyant au paradis des sens. Il le sent et serre plus fort, refermant ses jambes autour de mes hanches pour m'attirer plus profondément en lui. Je me fais piéger comme un débutant et je perds totalement le contrôle, tandis que des vagues de plaisir déferlent en moi, toutes plus puissantes les unes que les autres. Je lâche des jurons, tremblant, tandis que je me vide aussi bien les bourses que la tête. Je plane littéralement. Rafael est ma weed personnelle, mon fix, mon addiction de laquelle je ne veux pas être guéri.

— Tu m'a défoncé, soupire ce poète latino.

— Tu as adoré, protesté-je tandis que je me retire.

— Je ne dis pas le contraire, mais demain je ne vais pas pouvoir m'asseoir.

— Deale debout, mec. Adapte-toi.

Il éclate de rire. Je m'allonge à ses côtés, et je me baigne dans ce rire.

— Un jour, je vais te baiser si fort que tu ne pourras plus t'asseoir dans une voiture de patrouille.

— Etant sans la moindre pudeur, je ne me gênerais pas pour raconter à mes collègues que je me suis fait soulever grave la nuit précédente, plaisanté-je.

J'affabule et il le sait. Je garde ma vie sexuelle pour moi, et tout le monde en fait autant. Je n'en parle qu'avec mes amis.

Sauf que mes amis, jusqu'à il y a peu, étaient mon unité.

— Qu'est-ce qu'il y a ? s'inquiète Rafael.

— Rien. Je pensais à mes collègues.

Il m'enlace et m'attire contre lui.

— Où en es-tu de ton enquête ? demande Rafael. Tu vas bientôt les faire tomber ? Tu sais comment tu vas faire ?

— J'ai suffisamment de preuves, annoncé-je. Je vais y aller après les fêtes, mais je ne veux pas demander de rendez-vous officiel. Je ne veux pas que ça arrive aux oreilles de Williams. Je vais y aller direct, peut-être même aborder le commandant quand il sort de son bâtiment.

Rafael resserre son étreinte.

— Tu veux que je vienne en renfort, discrètement, prêt à te couvrir ?

Je suis touché.

— Non, ils ne vont pas m'abattre en pleine rue. Ils ne se doutent de rien, je joue bien la comédie, affirmé-je. Et toi ? Tu raccroches quand ?

— Très bientôt. Mon dernier gros coup sera au début de l'année. Ensuite, je sécurise mes acquis, je passe le clan à Jaime et je décroche. Je ne vais pas faire de grandes annonces. Je vais dire que je pars quelque temps au Mexique et disparaître peu à peu de la circulation.

— Et pour ton fils ?

— Je vais parler à Rita et à ma mère, et leur faire mon coming-out.

Je sens la soudaine tension dans son corps.

— Je suis sûr que ça se passera bien. Ta psy doit t'aider, non ?

— Oui, elle m'a donné des conseils, mais elle ne m'a pas caché que ça va être compliqué. Si Rita le prend mal, toute notre complicité vis-à-vis de Filipito va disparaître et ça va être la guerre.

Il soupire.

— Je suis conscient de tout ce que tu fais pour moi, fais-je.

— Je le fais pour nous, mec. Je veux qu'on vive ensemble. Je veux être moi-même, et ça implique reconnaître que je suis gay.

— Tu as fait un énorme chemin depuis cet été, remarqué-je. Il y a encore quelques mètres, mais tu touches au but. Et n'oublie pas que je suis là pour toi. Tous tes petits copains qui voudraient te buter parce que tu es gay seront peut-être un peu calmés s'ils savent que ton mec peut leur envoyer le SWAT aux fesses.

— On va garder ça en réserve, tu veux bien ? me tempère-t-il. Il y a un autre souci auquel j'ai pensé. Qu'est-ce que tes collègues vont dire quand ils vont savoir que tu sors avec moi ? Ils ne sont pas cons, ils vont voir mes tatouages, entendre mon nom, et ils ne mettront pas longtemps à découvrir mon pedigree. Ça ne va pas être bon pour toi ni pour ta carrière.

J'y ai pensé, évidemment. Rafael a raison, ça ne passera pas. Même s'il arrête tout, il restera toujours un ex-chef de gang, soupçonné d'avoir fait du trafic de drogue et d'armes.

— Après ce que j'ai découvert sur mon équipe, j'ai décidé de mettre ma vie privée en retrait de ma vie professionnelle, déclaré-je. Je pensais avoir trouvé une famille, alors que j'étais entouré de ripoux qui m'ont menti pendant des années. Je ne pense pas que j'irais à beaucoup de barbecues ou de soirées de ma future unité. Je vais mettre une nette barrière entre le SWAT et ma vie privée. Ils ne sauront que le minimum.

— Il n'y a pas d'enquête ?

— Pas que je sache. Chacun est encore libre d'avoir une vie privée.

Je ne suis pas très sûr de ce dernier point. Je sais qu'il n'y a pas d'enquête systématique, mais elle peut être déclenchée si quelqu'un a des soupçons sur Rafael et porte l'affaire devant nos supérieurs. À moi de faire en sorte que ma nouvelle équipe ne se doute de rien.

Rafael reste dubitatif.

— Autrement dit, tu vas me cacher, comme je te cache en ce moment.

— Tu sais, soupiré-je, si ça merde trop, je leur flanque ma démission. Tu comptes plus que le SWAT.

Ces pensées ont tourné dans ma tête ces derniers temps. Je pensais avoir trouvé ma vocation, dans une grande et belle famille qui sert et protège les citoyens. Mais je suis dans une unité de ripoux qui non seulement deale de la drogue, mais blanchit de la fausse monnaie. Je suis de plus en plus dégoûté chaque matin lorsque je vais au travail. Je sais que la majorité du SWAT est honnête et droite dans ses bottes. Mais j'ai le sentiment que toute ma vie depuis que j'y suis entré est un vaste mensonge.

— Je ne veux pas que tu foutes ta carrière en l'air pour moi, proteste Rafael.

— C'est ce que tu es en train de faire pour moi, fais-je remarquer.

— Je suis un bad boy, shérif. Tu veux faire de moi un homme honnête. Et puis je le fais aussi pour mon fils.

— Mais tu n'as pas de problèmes moraux à dealer, n'est-ce pas ? Si tu ne risquais pas de te faire prendre ou de te faire descendre par un gang rival ?

— Franchement ? Non. On n'a pas tous les mêmes chances quand on vient au monde, mec. Je joue avec les cartes que j'ai eues en main vu mon lieu de naissance et mon ethnie. Pour la culpabilité, tu repasseras. Et puis je n'oblige personne à consommer ce que je vends. Je ne fais pas la sortie des lycées. Quand tu es adulte, tu es censé savoir ce que tu fais. C'est l'esprit américain. Chacun est responsable de ce qu'il fait.

Je pourrais lui objecter certains arguments, lui parler de gens fragiles, mais je me tais. Je ne me sens plus le courage de faire un discours sur le bien et le mal. Je n'ai plus la foi.

— Tu ferais quoi si tu démissionnais ? reprend-il. Tu retournerais dans le Colorado ?

— Non, souris-je. Je ne veux plus être shérif. Je trouverai bien quelque chose à faire dans le privé avec mon background. Je pourrais travailler pour une compagnie de sécurité privée.

— Tu aimerais cela ?

— Je ne sais pas, soupiré-je. L'uniforme et le badge sont importants pour moi, tu sais.

— Je sais. Personne ne te demande d'abandonner. Je peux me faire discret, affirme-t-il.

— Je ne veux pas que tu sois discret, protesté-je.

— Mais tu aimes faire partie du SWAT. Tu aimes ton taf.

— Oui, reconnais-je.

— Alors, je serai discret. Je n'ai aucune envie de fréquenter tes collègues et d'aller à leurs barbecues. Je n'ai aucune envie de faire partie de leur famille. Tout ce que je veux, c'est être avec toi.

Je vous jure que je vais pleurer s'il continue. Je sais à quel point la famille est importante pour lui, et tout ce qu'il est prêt à abandonner pour moi, son gang et son barrio. Je suis conscient des risques qu'il prend vis-à-vis de son fils. Je veux me montrer à la hauteur.

— Nous serons discrets, dis-je. Mes collègues n'ont pas à connaître ma vie privée. Et je te présenterais à mon père. Il saura d'où tu viens, il n'a pas été flic pour rien. Mais s'il ne t'accepte pas, alors il me perdra.

ÉPILOGUE

Rafael

Le temps file à toute vitesse. J'ai à peine le temps d'acheter des cadeaux de Noël que c'est le moment de les offrir. Filipito a passé ses tests, mais nous n'avons pas encore les résultats. Cependant, tous les indices poussent la psy qui le suit désormais à penser qu'il est bel et bien en avance pour son âge. Il reste à déterminer de combien, pour savoir s'il doit aller dans une école spécialisée lui permettant de s'épanouir, ou bien s'il peut entrer à l'école primaire l'an prochain. Filipito ne se plaint pas, mais je sens bien qu'il est mal à l'aise dans sa classe. Il dit beaucoup qu'il fait semblant d'être bête pour pouvoir participer aux jeux, et qu'il fait exprès de perdre pour que les autres ne le rejettent pas. J'ai envie de pleurer pour mon fils. Il mérite de vivre pleinement, et non pas de faire semblant dès ses cinq ans ! Je n'ai pas besoin du docteur Jimenez, que je revois régulièrement pour préparer mon coming-out restreint (Rita et ma mère, et gérer mon fils par rapport à ma relation avec Drake), pour comprendre que je m'identifie à mon gamin. Il se sent obligé de se cacher lui aussi. On est dans la même galère, lui parce qu'il est trop intelligent, et moi parce que je suis gay.

Putain de famille.

Je décide de profiter de ces fêtes de fin d'année pour me relaxer et mettre en pause les pensées qui tournent en boucle dans ma tête. Je ne sais pas encore comment je vais annoncer à mon gang que je me casse, et tout le reste. J'ai l'impression d'avoir un immeuble branlant sur les épaules. Si je vacille, tout s'écroule sur moi. Je vais profiter des repas de famille pour Noël et du jour de l'an avec Drake, et je reprendrai le fardeau de mes soucis après le Nouvel An.

J'ai appelé Venus Marie, pour lui parler de mon idée d'envoyer Rita et Rosa à ma place.

— Si ça doit te gêner par rapport à Naomi, dis-le-moi, ai-je proposé.

— C'est vraiment gentil à toi d'y penser, a répondu Venus, mais j'ai l'habitude de gérer ce genre de situation. Et je serai ravie de revoir Rosa. Elle est cool.

Elle m'enlève un grand poids du cœur. J'annonce à Rosa et Rita qu'elles viennent de gagner une semaine de ski dans le Colorado. Rosa hurle si fort que j'éloigne le téléphone de mon oreille. Elle me demande bien sûr si Venus sera là et hurle une seconde fois. C'est bon, je suis sourd d'une oreille. J'appelle Rita sur mon autre oreille, et cette fois, je prends mes précautions en mettant le haut-parleur. Elle pousse des cris à son tour, parce qu'aller à la montagne et rencontrer son autrice favorite, elle est tout à fait partante. Naturellement, elle me demande pourquoi je lui offre le séjour.

— Parce que j'ai trop de taf pour partir skier, soupiré-je. C'est pour ça que j'aimerais profiter un peu de Filipito pour Noël.

Officiellement, le juge a décidé que cette année, notre fils passerait Noël avec sa mère et le jour de l'An avec moi. Dans la pratique, les fêtes de Noël vont nous réunir pour le réveillon, qu'on passe avec Rosa et ses mômes, et le jour même se passera chez ma mère, qui réunit tout le monde autour de sa table. Rita et moi nous entendons suffisamment bien pour éviter les conflits quant à la garde de notre fils.

Filipito et ses petits cousins sont couverts de cadeaux pour Noël, mais je vois une différence entre mon fils et les autres petits. Lui reçoit des livres en plus de jouets, et il ne tarde pas à s'isoler pour commencer sa lecture, tandis que les autres essaient leurs patins à roulettes. Rita et moi échangeons un regard et je vais voir mon fils, qui est sagement assis sur le canapé.

— Tu ne veux pas aller jouer avec tes cousins ? proposé-je. Tu auras le temps de lire demain.

— Non, je préfère lire. Ce sont des bébés, de toute façon.

Je n'insiste pas. C'est à lui de choisir son activité, mais je suis inquiet. À son âge, j'avais déjà ma petite bande autour de moi et quelques années plus tard, on bossait déjà pour Diego et son gang. Notre vie a été tracée dès notre plus jeune âge.

Mon fils ne passera pas par là. Il ira dans cette foutue école pour petits génies, et il aura un vrai avenir. Avec tout l'argent que j'ai déjà ramassé, j'ai de quoi voir venir. Je sais que Guerrero prépare un grand coup pour le tout début de l'année, et je vais en être. Mais j'aimerais quand même bien qu'il ne grandisse pas solitaire. Même si cette école coûte un bras et un rein, j'y enverrai mon fils pour lui permettre d'avoir des amis.

Le soir du 31, je suis chez Drake, dans les bras de Drake même, une coupe de champagne à la main. On trinque et on s'embrasse lorsque retentissent les douze coups de minuit à la télé.

— Ce sera notre année, décide-t-il. Nous allons vivre ensemble, vraiment. On décorera la chambre d'amis pour que ton fils s'y sente bien.

Je suis tellement touché que je ne trouve pas les mots.

— Tu vas avoir des posters de dinosaures, de planètes et de basket, finis-je par coasser.

— Les générations passent, mais les gosses ont toujours les mêmes goûts, sourit-il. C'est rassurant, quelque part.

Il m'embrasse dans le cou.

— J'ai un autre projet pour nous, annonce-t-il.

— Lequel ?

J'espère qu'il ne va pas parler union, mariage, ou un truc du genre. Je ne suis clairement pas prêt.

— J'aimerais qu'on fasse l'amour sans capote,

répond-il. Si on commençait l'année en faisant le test ?

— Je suis pour. Ça changera quelque chose aux fabuleux orgasmes que tu me donnes ?

— Ils seront plus intenses encore, promet Drake. Et on n'aura pas chaque fois à se préoccuper s'il nous reste des protections. On ira comme des sauvages, à l'ancienne, comme les hommes des cavernes.

Je me mets à rire.

— Tu crois qu'il y avait des gays à cette époque ? demandé-je.

— Bien sûr, commence-t-il. À vrai dire, je n'en sais rien. Bon, alors disons qu'on ira comme des cow-boys du Far West.

— Ça me parle plus, approuvé-je. Je vais prendre rendez-vous.

— Moi aussi. Je suis impatient d'y aller sans plastique entre nous, Reyes.

— Moi aussi, shérif, moi aussi.

Mon portable nous interrompt. Rosa et Rita sont en vidéo, et elles me souhaitent une bonne année, avec Filipito entre elles, surexcité. Venus Marie se joint brièvement aux filles. De ce que je peux voir, la soirée bat son plein aux Pins. J'ai un vague regret de ne pas y être avec Drake, mais on devrait se tenir à distance, de toute façon. Rita et mon fils me souhaitent à nouveau une bonne année, puis Rosa va dans un lieu discret – les toilettes, je les reconnais – et me demande si je suis avec Drake. Mon shérif vient me rejoindre et Rosa et lui échangent des vœux de bonne année.

— L'an prochain, dit soudain Rosa, je souhaite

qu'on soit tous réunis le soir du Nouvel An, et sans faux-semblants.

Elle nous laisse sur ces mots.

— L'an prochain, fait Drake, on vivra ensemble comme un couple. Ton fils sera assez grand pour comprendre. Ton gang ne sera plus qu'un souvenir, parce que tu auras trouvé une nouvelle façon d'exprimer ton génie pour les affaires.

— Je bois à cela, dis-je en levant la coupe de champagne que Drake vient de me resservir.

On sort dans le jardin lorsqu'on entend des feux d'artifice un peu partout, et la nuit est illuminée par des explosions multicolores.

Pour une fois, je n'ai pas mon hoodie pour dissimuler mes traits, et Drake m'enlace. Nous échangeons quelques saluts avec les voisins de chaque côté, on bavarde un peu, et je comprends que je suis l'objet de pas mal de spéculations. Drake me présente, et si les gens remarquent mes tatouages, ils ne disent rien. Ils savent que leur voisin fait partie du SWAT, et présument que je suis un type honnête.

J'aime bien être un type honnête, même si ce n'est que pour une soirée. Je n'ai plus envie d'être Rafael des *Diego Sangre*. Le Rafael de Drake me tente bien davantage.

DE LA MÊME AUTRICE

Série Renegades

T1 : Pax *
Pax Hunter et Nate Crawford n'auraient jamais dû se rencontrer, et encore moins s'aimer.

Pax est un gangster et règne sur Greenville, une petite ville du New Jersey. Jeux et combats illégaux constituent son quotidien. La justice veut le faire tomber. Les gangs rivaux guettent la moindre faiblesse.

Lorsque son père est accusé de meurtre, Pax veut le meilleur pour le défendre.

Nate est un jeune et brillant avocat. Ouvertement gay, il voit dans le sexy Pax un défi à relever. Tomber amoureux ne fait pas partie de son plan de carrière.

Pax, de toute façon, n'est pas attiré par les hommes.

La passion qui va les réunir va tout bouleverser sur son chemin, mettant en danger leur carrière, leur liberté, mais aussi leurs vies.

T1.5 : La promesse de la Saint-Valentin (nouvelle)
T2 : Joaquin *
T 2.5 : L'Ange de la Muerte
T3 : Colt *
T4 : Maddox
T4.5 : Lockdown
T 4.5 bis : Le mystère de Noël

Série Outsiders
T1 : Markus
Shane Parker est un archéologue de musée. Il a la phobie de l'avion, et n'est à l'aise qu'entouré de vieux livres et de reliques. Lorsqu'il apprend que son père, qu'il croyait disparu, est bien vivant et vit à quelques heures de voiture de Los Angeles, la curiosité l'emporte et il part pour le rencontrer.

Markus Wildblood est le vice-président des Pumas, le club de bikers local. Il n'aime rien tant que conduire sa moto à travers les grands espaces sauvages de l'Arizona. S'il travaille dans un garage, il se livre aussi à des trafics illégaux avec les Pumas.

L'arrivée de Shane bouleverse sa vie. Le blond et bel archéologue l'attire, mais Markus se demande s'il n'est pas en fait un agent fédéral sous couverture. Car Shane semble beaucoup s'intéresser à Trey Coltrane, le chef des Pumas, bien qu'il entame une liaison brûlante avec Markus…

T2 : Nash (à paraître)

Série Reyes & Knight
T1 : Wild Summer
T2 : Dangerous Winter
T3 : Mortal Spring (à paraitre)

Série Les Santelli
Désir troublant (les Santelli 1)

Passion cachée (les Santelli 2)
Cœurs en feu (Les Santelli T 3)
La surprise de Noël (nouvelle)
La surprise de Noël (nouvelle)

(Toute la série sera prochainement rééditée dans une version enrichie chez Juno Publishing)

Série Désirs Secrets (L'île aux esclaves) (BDSM)
T1 : Désirs Prisonniers *(Tom et Chris)
T2 : Désirs Enchaînés (Le Viking et George)
Le héros de Noël (nouvelle) (Viking/George)

Romans one-shot

Love 4 Real
Captif de l'Océan*
Le Prince Maudit *
Le miroir de ses désirs
Passion Alien
Prisonnier de son ennemi
Jeux de soumission *
Le Roi-Esclave*
Brûlante Soumission*
Hot Shots (nouvelles)
De pourpre et d'or

SOUS LE NOM DE CHRIS MALLORY
(URBAN FANTASY)

Série Chastity Houston

T1 : Sorcière, mais pas trop
T2 : Sorcière à temps partiel
T3 : Sorcière & associé

À PROPOS DE L'AUTRICE

Victoria Lace a grandi entourée de livres, principalement de mauvais genres comme la romance et la fantasy, sans oublier les polars et la SF. Après avoir travaillé dans des domaines aussi divers que le tourisme, l'informatique et la formation pour adultes, Victoria a décidé d'écrire à plein temps et vit aujourd'hui de sa plume.

Victoria est l'autrice de la série des **Santelli**, qui mêle romance MM et polar, des **Renegades**, qui suit les aventures d'un gang new-yorkais où les *bad boys* ne sont pas toujours ceux que l'on croit, et de **Wild Summer**. Sa nouvelle série, **Outsiders**, est consacrée aux bikers.

Elle vit à Strasbourg (la plus belle ville de France selon elle) avec sa petite famille à quatre pattes. Elle aime le café noir, le chocolat au lait et tout ce qui pétille.

Victoria écrit également de l'urban fantasy sous le nom de Chris Mallory.

Vous pouvez la retrouver sur Facebook
https://www.facebook.com/malloryandlace/
Twitter
https://twitter.com/chris_mallory_
Instragram
https://www.instagram.com/malloryandlace/

Printed in Great Britain
by Amazon